Harper
Collins

Zum Buch:

Als hätte sie mit der besten, aber unrentabelsten Tapas-Bar in Stockholm, dem nervigsten Vermieter der Welt und dem attraktivsten Anwalt der Stadt an ihrer Seite nicht genug zu tun, steht Caroline plötzlich auch noch vor einem moralischen Dilemma: Ihre ehemalige Nachbarin und Freundin Nancy lebt nach einem Schlaganfall im Seniorenheim. Caroline besucht sie jeden Tag – doch sonst tut das keiner. Nancys Einsamkeit ist erdrückend, und als sie eines Tages sagt, dass sie sich nichts sehnlicher wünscht, als endlich erlöst zu werden, ist Caroline hin und her gerissen. Was soll sie tun? Muss sie zusehen, wie Nancy gegen ihren Willen weiterlebt, oder kann es tatsächlich menschlicher sein, sie gehen zu lassen?

Zum Autor:

Neben seiner Tätigkeit als Autor – er schreibt Romane sowie Drehbücher und Theaterstücke – ist Peter Barlach in Schweden vor allem als Musiker bekannt. Er hat zahlreiche CDs veröffentlicht und tritt regelmäßig im schwedischen Fernsehen auf.

Peter Barlach

Jetzt noch mal von vorn

Roman

Aus dem Schwedischen von
Ulla Ackermann

Harper
Collins

HarperCollins®

FSC
MIX
Papier
FSC® C014496

1. Auflage: Mai 2019
Deutsche Erstausgabe

Originaltitel: »Nyckeln till Caroline«
Erschienen bei: Lind & Co, Stockholm

Published by arrangement with
Grand Agency

Umschlaggestaltung: zero-media.net, München
Umschlagabbildung: FinePic / München
Lektorat: Carla Felgentreff
Satz: GGP Media GmbH, Pößneck
Printed in Germany
Dieses Buch wurde auf FSC®-zertifiziertem Papier gedruckt.
ISBN 978-3-95967-281-8

www.harpercollins.de

1

»Sie müssen den Polizeikommissar aufhalten«, wimmert Nancy mit schwacher Stimme.

»Ich verspreche, dass wir alles tun, was wir können«, antworte ich.

Wie immer fällt es mir schwer, zu gehen. Ich nehme mir jedes Mal vor, nur kurz bei ihr vorbeizuschauen und ihr einen Kuss zu geben, und bleibe dann doch bei ihr hängen. Heute hat der Polizeikommissar offenbar Nancys Velourskleid geklaut. Ich sitze auf einem Stuhl an ihrem Bett und halte ihre Hand. Von der schiefen Haltung tut mir der Rücken weh, und ich versuche, den schwachen Uringeruch nicht einzuatmen.

Der Radiowecker neben den Fotos ihrer Kinder und Enkel, die sie nie besuchen, zeigt 11:39 Uhr. Ich sollte eigentlich ins Restaurant fahren, ich komme schon über eine Dreiviertelstunde zu spät.

Nancy war meine Lieblingsnachbarin, und wir haben oft zusammen Kaffee getrunken. Im Winter hat sie einen Schlaganfall gehabt, während ich bei ihr war. Der Krankenwagen ist schnell gekommen, aber ihr Gehirn hat einige Schäden davongetragen. Ihre gesamte linke Seite ist gelähmt, gehen kann sie nicht mehr. Sie ist so gut wie blind. Jetzt liegt sie in Zimmer 103 im Seniorenstift *Sonnenuntergang* und wird nie wieder nach Hause kommen. Außer mir und den unter Zeitdruck stehenden Pflegekräften ist die Angst vor dem Tod ihre einzige Gesellschaft. Und natürlich ihre imaginären Freunde: der Polizeikommissar, der ihre Kleidung stiehlt, ein netter Elefant, der Wuscheltrott heißt und in ihrem Schrank wohnt, sowie ein Mädchen aus der Psychiatrie in Beckomberga, das nachts über Nancys Bett läuft, deswegen wacht sie auch immer mit Rückenschmerzen auf. Die meiste Zeit ist sie verwirrt, aber hin und wieder hat sie klare Momente. Letzte Woche hat sie gesagt: »Caroline, wenn ich wiedergeboren werde, dann möchte ich als Ihr Kind zur Welt kommen.« Das ist vielleicht das schönste Kompliment, das ich in meinem ganzen Leben bekommen habe.

Ich beuge mich zu ihr hinunter und küsse sie auf die Wange. Sie seufzt und will etwas sagen, aber ich muss jetzt wirklich los.

Maya kommt mit einem Stahlrolltisch ins Zimmer, auf dem ein Tablett mit Medikamenten steht. Maya ist Filipina, um die fünfzig, anderthalb Meter groß und immer gut gelaunt.

»Hallo, Caroline, wie geht es Ihnen?«, begrüßt sie mich mit ihrem Akzent ohne R, dafür mit kunterbunt durcheinandergewürfelten Vokalen.

»Gut«, lüge ich. »Und Ihnen?«

»Bestens, bestens!« Maya geht an Nancys Bett und zieht vorsichtig die Decke zur Seite. »Und wie geht es unserer Nancy heute?«

Nancy murmelt, dass die Leute hier wie die Raben stehlen.

Maya schraubt die Kappe von einem Insulinpen – wie diese Injektionsgeräte offiziell heißen –, setzt eine Nadel aus einer kleinen weißen Schachtel darauf und dreht an dem Rädchen an der Spitze.

»Das kann jetzt ein bisschen piksen.« Sie hebt Nancys Nachthemd hoch, drückt das bisschen Fettgewebe an ihrem Bauch zusammen und setzt die Injektion direkt unterhalb des Nabels. Nancy reagiert nicht einmal. Nach ein paar Sekunden zieht Maya die Nadel wieder heraus. Mit routinierten

Handgriffen sammelt sie Verpackungsmüll und Spritze ein und legt alles auf das Tablett. »Ich komme gleich zum Füttern wieder.«

Sie verlässt das Zimmer und sagt, dass ich ebenfalls gehen muss. Nancy umklammert meine Hand. Ich weiß, dass sie nichts sieht, aber es kommt mir vor, als würde sie mich anstarren. Sie sieht aus, als hätte sie Todesangst. Sie scheint Kraft zu sammeln, um etwas zu sagen. Ich lächele gequält.

»Nehmen Sie mich mit!«, sagt sie schließlich, und ihre Stimme zittert nur ein kleines bisschen.

»Das würde ich gern, aber Sie wissen, dass das nicht geht.«

»Holen Sie mich bitte von hier weg.«

»Das kann ich leider nicht, und hier haben Sie alles, was Sie …«

»Ich will nicht mehr …« Sie seufzt tief und entspannt sich. Als hätte sie all ihre Kraft verbraucht.

»Was wollen Sie nicht mehr?«, frage ich, doch Nancy scheint eingeschlafen zu sein.

Ich sehe aus dem Fenster. Im dicht belaubten Innenhof sitzt wie immer die Frau ohne Beine in ihrem Rollstuhl und qualmt eine Zigarette nach der anderen.

Was hat Nancy gemeint?

Ich bleibe noch ein paar Sekunden an ihrem Bett stehen, bevor ich mich verabschiede. Sie antwortet nicht.

Sobald ich die Tür hinter mir geschlossen habe, fange ich an zu laufen. So schnell ich kann, haste ich den Flur entlang, der wie eine Mischung aus Mietskaserne und Krankenhaus wirkt. Wahrscheinlich soll man sich wie zu Hause fühlen, aber mein Unbehagen wird dadurch nur verstärkt. Man weiß sofort, was passiert ist, wenn eines der Namensschilder an den Türen verschwunden ist.

Als ich am Aufenthaltsraum – oder am Rollatorpark, wie ich ihn nenne – vorbeikomme, werde ich langsamer. Dort sitzt Gösta, der immer Schach spielen möchte und für den ich sogar gelernt habe, wie man die Figuren zieht. Jedes Mal wenn wir spielen, bin ich innerhalb von höchstens zwei Minuten schachmatt oder wie das heißt. Doch heute sieht er, dass ich es eilig habe, und fragt nicht einmal.

Aber Barbro bleibt ihrem Stil treu. »Willst du meine Muschi lecken, meine Kleine?«, ruft sie so laut, dass es hallt.

»Hör endlich auf damit!«, murrt Rune, dessen Rücken so krumm ist, dass er aussieht wie ein Halbkreis. Freundlich, aber bestimmt lehne ich das Angebot ab und verlasse das Pflegeheim.

Hat Nancy das gemeint, was ich glaube, das sie gemeint hat?

2

Während ich zum Restaurant jogge, laufen in meinem Kopf verschiedene Szenarien ab, wie ich Nancy ins Jenseits befördere. In der absurdesten Variante schlage ich ihr mit einem Hammer gegen die Stirn.

Nein, Caroline. Wie kann ich überhaupt nur mit dem Gedanken spielen, die alte Dame zu töten? Egal ob sie es ausdrücklich wünscht oder nicht, das Risiko, erwischt zu werden, ist groß, und schließlich kann es nicht mehr lange dauern, bis sie von alleine stirbt. Außerdem habe ich mir geschworen, niemals wieder etwas Ungesetzliches zu tun, und soweit ich weiß, ist Mord immer noch eine Straftat. Ich habe zwei Tage meines Lebens in einer Zelle verbracht. Lieber sterbe ich, als das noch einmal durchzumachen.

»Tut mir leid, dass ich zu spät bin!«, keuche ich außer Atem, als ich durch die Tür stürze.

»Kein Problem, du bist die Chefin, du bestimmst«, sagt Bente.

Auch wenn sie sich die größte Mühe gibt, es sich nicht anmerken zu lassen, höre ich ihr an, dass sie sauer ist.

»Wir haben elf gesagt, und jetzt ist es Viertel vor zwölf.«

»Sorry«, entschuldige ich mich. »Aber wir haben alles im Griff, oder?«

»Absolut. Wenn wir pleitegehen, dann nicht, weil du an einem Sonntag fünfundvierzig Minuten nach der vereinbarten Zeit hier auftauchst.«

Ich ignoriere ihre Spitze, aber ich verstehe, was sie meint. Bente und ich haben *Carolines Tapas* in der Sankt Göransgatan vor gut einem Jahr eröffnet. Ich liebe dieses kleine Fleckchen unversehrten Bauhaus-Charmes in unserem von Bausünden verschandelten Stockholm. Wir haben jeden Abend Gäste, die Leute reden über uns, wir bekommen Bestnoten in allen Zeitungen, aber es nützt nichts – der Gewinn bleibt aus. Ich habe mir seit einem Jahr keinen Lohn ausgezahlt. Bente erhält natürlich ihr Gehalt, schließlich hat sie Hannes. Ich lebe von Resten. Seit einem Jahr habe ich mir absolut nichts gegönnt.

Am besten läuft das Catering, aber dafür habe ich im Restaurant nicht genügend Platz. Mit unserem ehemaligen Vermieter habe ich einen Mietvertrag für einen leeren Lagerraum abgeschlossen, der direkt neben der Küche liegt. Ein Tischler war hier und hat uns einen Kostenvoranschlag in Höhe von dreihunderttausend Kronen inklusive Einrichtung gemacht, doch die Bank will bessere Zahlen sehen, bevor sie den Kredit erhöht. Ich weiß nicht genau, was eine Pattsituation ist, aber ich glaube, ich stecke mittendrin.

»Ist Hannes hier?«, frage ich.

»Im Büro.«

Ehe ich ihn begrüße, betrachte ich ihn immer erst heimlich ein paar Sekunden, weil er so goldig ist. Er spielt irgendetwas auf dem Tablet, das er vor ein paar Wochen zum Geburtstag bekommen hat, und er hat seinen neuen roten Gehörschutz auf. In unruhigen Umgebungen braucht er den, weil der Lärm ihn sonst zu sehr stresst, aber in unserem schallisolierten Minibüro muss er ihn eigentlich nicht tragen. Ich vermute, dass er ihn nur aufhat, weil er ihn von mir bekommen hat. Am Tag vor seinem Geburtstag ist er mit Bente Geschenke kaufen gegangen, weil ihm Pakete mit unbekanntem Inhalt nicht ganz geheuer sind. Bente hat erzählt, dass sie ein Bild von seiner Geburtstagstorte mit angezündeten Kerzen gemacht und es ihm gezeigt hat, bevor sie morgens damit in sein Zimmer gegangen ist und ihm ein Geburtstagsständchen gesungen hat.

»Er ist ein junger Mann, der keine Überraschungen mag, und ich respektiere das«, hat sie gesagt. Sie tut alles für ihn. Er mag zum Beispiel keine quietschenden Türen, also hat sie immer eine Dose Multifunktionsöl in der Handtasche. Im Winter ist ihr aufgefallen, dass er für sein Leben gern Auto fährt, und obwohl sie weder Geld, Zeit noch Lust hat, hatte sie einen Kredit aufgenommen, um den Führerschein machen und ein Auto kaufen zu können.

Ich öffne die Tür und stampfe auf den Boden, damit Hannes merkt, dass ich da bin. Er nimmt seinen Gehörschutz nicht ab, steht aber auf und umarmt mich. Mir wird vor Freude ganz warm.

Ich war heute Morgen um sieben Uhr hier und habe zwölf Kilo Spareribs in eine sechzig Grad warme Marinade aus Ingwer, Kardamom, Lorbeerblättern, Knoblauch, Chipotle, Chili, Tomatenpüree, weißem, schwarzem und rosa Pfeffer und noch ein paar anderen Gewürzen eingelegt. Jetzt nehme ich die dampfenden rosa Schweinerippchen mit meiner einen halben Meter langen Gabel heraus und lasse sie abtropfen, bevor ich eins nach dem anderen auf das größte Schneidebrett lege, das meine Küche zu bieten hat. Sie sind genau auf den Punkt, und die dicke Fettschicht zeugt vom glücklichen Leben der Tiere, das ein schnelles und humanes Ende genommen hat – oder wie immer die Schweine es in ihrer eigenen Sprache bezeichnen würden.

Das sollte man mit Nancy auch machen. Einen Schlachtschussapparat an die Stirn, während sie schläft. Jetzt habe ich schon wieder so seltsame Bilder im Kopf. Doch im Unterschied zu den Schweinen ist Nancy selbst der Meinung, dass sie ihr Leben zu Ende gelebt hat.

Ich versuche, mich auf unser heutiges Tagesspecial zu konzentrieren. Den Bratensaft reduziere ich, bis nur noch eine dunkle zähflüssige Masse übrig ist, die ich mit zusätzlichem Ingwer, Kardamom und Honig abschmecke. Dann schneide ich die Rippchen so dünn wie möglich, lege sie kurz vor dem Servieren bei höchster Hitze auf den Grill und gebe die Soße darüber. Sie kosten fünfzig Kronen pro Stück, und wenn die Gäste bezahlen wollen, zähle ich einfach die Knochen, die auf ihren Tellern liegen. Normalerweise servieren wir alle Gerichte mit Zahnstochern. Mundgerechte Happen quasi, aber das hier ist mal etwas anderes.

Bente steckt den Kopf durch die Tür und sagt, dass ich Besuch habe. Bevor ich mich erkundigen kann, welcher Verkäufer mir diesmal etwas andrehen will, ist sie schon wieder weg.

An der Bar sitzt ein Mann um die fünfzig mit hohem Haaransatz. Er strahlt, als er mich sieht.

»Caroline, hallo, wie schön!«, begrüßt er mich im melodiösen Dialekt der Einwohner von Dalarna, den ich sehr mag.

»Hallo«, antworte ich.

»Ich muss mich vorstellen«, sagt er und springt vom Barhocker. Der Mann ist kleiner als ich. Er nimmt meine rechte Hand in beide Hände und schüttelt sie. »Finn Bjurström, Ihr neuer Vermieter.«

»Jaaa, hallo, wie nett! Herzlich willkommen in unserem Haus, wenn ich es so formulieren darf …«

Mein Vertrag läuft noch fast vier Jahre, ich muss ihm also keinen Honig um den Mund schmieren, aber ich weiß aus Erfahrung, wie wichtig ein guter Kontakt zum Vermieter ist.

»Darf ich Sie zu einer Kleinigkeit einladen?«

»Nein danke. Ich wollte mich eigentlich nur kurz vorstellen und schauen, wie es bei Ihnen läuft.«

Wir reden über die Nachbarn, und er fragt, ob ich mich hier wohlfühle. Dann erzählt er, dass das Tabakwarengeschäft nebenan möglicherweise umzieht und dass er vorhat, die Wohnungen im Haus umfassend zu renovieren, weil sie so heruntergekommen sind. Bente und ich haben renoviert, als wir eingezogen sind, also sind wir Gott sei Dank nicht betroffen.

»Es heißt, dass Sie ziemlich gut in dem sind, was Sie tun, Caroline.«

»Ich bin die Beste in dem, was ich tue«, erwidere ich und zwinkere ihm zu. Er lacht und sagt, dass Selbstvertrauen neben Talent die zweitwichtigste Eigenschaft sei.

Ich frage, ob wir uns in der Küche weiter unterhalten können, weil ich noch einiges zu erledigen habe.

»Natürlich«, antwortet er. »Ich sehe mich gern um.«

Ich führe Bjurström durch die Räumlichkeiten. Unser Minibüro lasse ich aus, weil ich Hannes nicht stören will.

»Er ist extrem geräuschempfindlich«, sage ich nur. Als wir in die Küche gehen, kann ich es mir nicht verkneifen, über die Enge zu klagen.

»Das Brot und die Fonds mache ich zu Hause, weil ich hier nicht genügend Platz habe.«

»Ich verstehe«, sagt Bjurström. »Das muss umständlich sein.«

Ich erzähle ihm, dass ich den Lagerraum gemietet habe, und wir gehen nach nebenan und sehen ihn uns an. Obwohl er nur siebzehn Quadratmeter misst, begreift Bjurström, dass er für meine Cateringzwecke ideal wäre.

»Aber momentan fehlt mir das nötige Geld, und die Bank ist sehr vorsichtig …«

»Können Sie nicht einfach Ihre Preise erhöhen?«

»Die Preise sind am oberen Limit. Es war von Anfang an unser Ziel, dass jeder das nötige Kleingeld haben soll, um bei uns zu essen.«

»Wie solidarisch.«

Ich habe eine Idee und sage in wild zurechtgeschustertem Dalarna-Dialekt: »Sie haben nicht zufälligerweise dreihunderttausend Kronen, die Sie mir leihen könnten?«

Er lacht.

Schade, es hätte funktionieren können. Wir gehen zurück in die Küche, und ich bereue, dass ich gefragt habe. Gut, dass ich Dialekt gesprochen habe, so klang es eher nach einem Witz.

»Möchten Sie die Spareribs probieren? Sie sind unser heutiges Tagesspecial«, frage ich, um das Thema zu wechseln.

»Gern«, antwortet er und schaut sehnsüchtig auf die dampfenden Schweinerippchen auf dem Schneidebrett. Ich erzähle ihm, wie ich die Reduktion zubereitet habe, aber dass die Spareribs natürlich auch so schmecken würden. Er nimmt ein Stück, und seine Reaktion fällt wie erwartet aus.

»Gott, wie lecker! Das ist besser, als ich es mir hätte vorstellen können. Und meine Erwartungen waren hoch! Unglaublich saftig, wow! Sie werden mich in Zukunft häufiger zu sehen bekommen.«

Es ist immer noch ein herrliches Gefühl, jemanden auf diese Art zu schocken.

»Caroline, mir ist da gerade ein Gedanke gekommen. Möglicherweise kann ich Ihr Problem lösen.«

»Ach ja?«, erwidere ich. Vielleicht war es doch nicht so dumm, dass ich einen auf Märtyrer gemacht habe.

»Ich besitze eine leere Ladenfläche in Axelsberg. Die wäre für Ihre Zwecke ideal. Doppelt so groß und halb so teuer.«

Meine Hoffnung platzt wie eine Seifenblase.

»Nein danke, ich glaube nicht …«

»Denken Sie darüber nach, Sie müssen sich nicht sofort entscheiden. Für Ihren Cateringbetrieb, von dem ich annehme, dass er der lukrativste Teil Ihres Restaurants ist, spielt es keine Rolle, ob Sie auf Kungsholmen sind oder etwas weiter außerhalb.«

Hier gilt es, von vornherein einen klaren Standpunkt zu beziehen.

»Ich fühle mich wohl hier. Es ist nett von Ihnen, dass Sie mir das anbieten, aber nein danke.«

Ich gehe nach draußen in die Bar, Bjurström folgt mir und hört nicht auf zu argumentieren.

Irgendwann halte ich ihm die Tür auf. Wir verabschieden uns, und ich mache mich wieder auf den Weg in die Küche. Als ich an Bente vorbeigehe, die in der Bar Gläser spült, fragt sie: »Bist du dir sicher?«

»Ganz sicher«, antworte ich. Seltsam, dass sie überhaupt fragt.

Ich kümmere mich weiter um meine geliebten butterzarten Rippchen. Jetzt sind sie so weit abgekühlt, dass ich sie in die Hand nehmen kann, ohne mich zu verbrennen.

3

»Ich liebe dich!«, ruft James, als ich ihm seine fünfte Portion Spareribs vorsetze.

Bei *Carolines Tapas* stehen jeden Abend ungefähr zehn verschiedene Tapas-Gerichte und ein besonderes Tagesspecial auf der Karte. Heute sind das natürlich die Rippchen, auch wenn ich finde, dass die Parmesan-Mousse auf meinem selbst gebackenen Sauerteigbrot ihnen in nichts nachsteht.

James liegt beim Spareribs-Wettessen mit zwölf Rippchen vorn. Leider hat er fast genauso viele Gläser Sangria getrunken, und Bente und ich mussten feststellen, dass es mal wieder »einer dieser Abende« ist. James Hansson ist ungefähr Ende fünfzig, Schauspieler und Alkoholiker. Er überhäuft mich immer mit Komplimenten und hält mich für die Krone der Schöpfung, aber wenn er zu bierselig wird, darf er nichts mehr bestellen. Ich habe ihm dasselbe gesagt, was ich allen Männern sage: Sie können mich objektifizieren, so viel sie wollen, aber bei der kleinsten Beleidigung ramme ich ihnen mein Knie in ihre Familienjuwelen.

Der Abend läuft nach Plan. Das Restaurant ist voll und die Stimmung gut. Mein Lieblingsstammgast Rikard ist da. Er hat einen Vollbart, dichte schwarze Haare und schöne Augen. Ihm gehört eine Werbeagentur, und sein Trinkgeld ist immer genauso hoch wie der Rechnungsbetrag. Er findet unsere Preise zu günstig. Als Rikard zum ersten Mal hier war, habe ich mich ein bisschen in ihn verguckt und mit ihm geflirtet. Beim zweiten Mal hatte er seine superniedliche und lustige Freundin dabei, und das hat meine amourösen Anwandlungen im Keim erstickt. Ich nehme mich vor vergebenen Männern in Acht, und Rikard und seine Freundin sind ein Traumpaar. Aber es war schön, dass ich wegen ihm mal wieder Schmetterlinge im Bauch hatte. Ansonsten war es im letzten Jahr an dieser Front extrem ruhig. Selbst auf Solosex habe ich kaum noch Lust.

Während der Stoßzeiten beschäftigen wir zwei zusätzliche Küchenhilfen auf Stundenbasis, die spülen und für das Mise en Place zuständig sind. Eigentlich könnten wir sie als Vollzeitkräfte gebrauchen, aber uns fehlt das Geld. Sie heißen Julia und Agnes und sind beide Anfang zwanzig. Ich bin nur ein paar Jahre älter als sie, komme mir aber doppelt so alt vor. Die beiden sind nett, loyal und machen ihre Arbeit, vor allem Julia. Agnes ist nicht ganz so zuverlässig. Es kommt schon mal vor, dass sie lieber auf ihr Handy guckt, wenn wir in der Küche alle Hände voll zu tun haben. Außerdem jammert sie ständig über Blasen an den Füßen oder Muskelkater, wenn sie Sport gemacht hat. Menschen, die aller Welt mitteilen müssen, dass ihnen der ein oder andere Körperteil wehtut, gehen mir auf die Nerven. Was soll ich mit diesen Informationen anfangen?

Leider sind Julia und Agnes befreundet. Wenn ich Agnes rauswerfe, geht Julia auch, und auf die Schnelle finde ich niemanden, der so flexibel einspringen kann wie die beiden. Ich sehne den Tag herbei, an dem ich richtige Vollblutgastronomen einstellen kann. Und eine Reinigungsfirma, die jeden Morgen kommt, wäre der Himmel auf Erden. Doch momentan können wir davon nur träumen.

Meine beste Hilfe war Ralf. Aber er ist im Frühjahr gestorben. An einem Aortariss. Von jetzt auf gleich. Zack, bumm, tot.

Auf der Beerdigung habe ich mit seiner Tochter gesprochen, und sie sagte, dass sie ihn im Flur gefunden hätten. Er war wohl auf dem Weg ins Badezimmer. Seine Arme lagen seitlich am Körper, ein Zeichen, dass er sofort tot gewesen sein muss. Er hat nicht einmal versucht, seinen Sturz mit den Händen abzufangen.

Als ich das erfuhr, habe ich geweint. Danach musste das Leben weitergehen.

Heute Abend läuft alles wie geschmiert. Wir arbeiten schnell und sind unserem Plan immer einen Schritt voraus.

Die Stunden vergehen, es wird Zeit für die letzte Runde.

»Caroline!«, grölt James. Ich ignoriere ihn. Ich habe die Nase voll von Alkoholikern. Vielleicht bin ich selbst Alkoholikerin, aber deswegen muss ich mich nicht jeden Abend bis zur Besinnungslosigkeit betrinken und mich zum Affen machen.

»CAROLINE!«

Ich drehe mich zu ihm um und lege einen Finger auf die Lippen. Er macht eine entschuldigende Geste.

»Was hast du auf dem Herzen, James?«, frage ich ruhig, gehe zu ihm hinüber und wische bei der Gelegenheit eine Sangrialache von der Theke, die er verursacht hat.

»Caroline …«, murmelt er.

Ich schaue ihm in die Augen und versuche, seinen Blick aufzufangen.

»Caroline … Ich wollte dir nur sagen … Ich weiß, dass ich zu alt für dich bin … Ich weiß, dass du nicht einmal … das sage ich nur, damit du es weißt …«

»Komm schon, raus mit der Sprache«, ermuntere ich ihn. Er weiß, dass ich nicht den ganzen Abend lang Zeit für ihn habe.

»Du bist die erstaunlichste Frau, der ich in meinem ganzen Leben begegnet bin … Du bist nicht nur das schönste Wesen, das ich jemals gesehen habe … Wirklich, du solltest Filmstar werden oder Model …«

»Danke«, sage ich lächelnd. Mir ist klar, dass er das als Kompliment meint, aber ich würde lieber bis zu meinem Lebensende johlend auf der Ladefläche eines Lkws durch die Innenstadt fahren und meinen Schulabschluss feiern, als Filmstar oder Model zu werden.

»Du besitzt Integrität, Caroline …«

»Außerdem habe ich den Hintern einer Göttin und nehme jetzt die letzte Runde auf. Möchtest du noch etwas *Alkoholfreies* trinken, bevor wir schließen?«

James lacht und bestellt eine Cola light. Agnes fragt, ob sie die Tische abräumen kann, eine Tischgesellschaft möchte das beste Essen bezahlen, das sie jemals gegessen hat, und trotz allem liebe ich meinen Job.

4

»Warum geht die Theatervorstellung weiter, nachdem der Vorhang gefallen ist?«

Ich seufze und lege mir in Gedanken verschiedene Antworten zurecht. Ich würde so gern etwas Kluges und Tröstendes sagen. Aber was soll man einer Neunzigjährigen antworten, die vom Leben genug hat? Schließlich sage ich nur: »Ich weiß es nicht, Nancy. Ich weiß es nicht.« Behutsam drücke ich ihre schmale, kalte Hand. Ich weiß, was sie meint. Sie hat ihr Leben gelebt. Der Vorhang ist gefallen.

Bis vor Kurzem habe ich ihr manchmal ein Glas Wein eingeschenkt, aber nicht einmal das will sie noch.

Vor einigen Jahren hat man ihr einen Schrittmacher eingesetzt. Was für eine Riesendummheit. Ihr Herz bleibt einmal am Tag stehen, und dann bringen elektrische Impulse es wieder zum Schlagen. Wenn es nach mir ginge, sollte man ihn einfach wieder herausnehmen.

Aber Gott sei Dank geht es nicht nach mir, und ich bin froh, dass Nancy mich weiter darum bittet, sie »von hier wegzubringen«.

Ich schaue auf die Uhr und stehe auf, heute werde ich nicht zu spät kommen.

Manchmal frage ich mich, warum ich Nancy besuche. Wir sind nicht einmal miteinander verwandt. Klar, auf meinem Weg zur Arbeit komme ich sowieso am Pflegeheim vorbei, aber trotzdem. Besuche ich sie, weil ich so ein außergewöhnlich guter Mensch bin oder weil ich ein schlechtes Gewissen habe? Mir fällt keine gute Antwort auf diese Frage ein, und solange ich sie nicht gefunden habe, leiste ich Nancy Gesellschaft.

In der Halteverbotszone vor dem Restaurant steht ein nachlässig geparkter Volvo.

Drinnen fällt mein Blick als Allererstes auf Bjurström. Er sitzt auf einem Barhocker, hat die Ellenbogen auf die Theke gestützt und unterhält sich mit Bente. Als er mich sieht, breitet sich ein strahlendes Lächeln auf seinem Gesicht aus. »Hallo, Caroline, wie geht es Ihnen?«

Seine erneute Anwesenheit bringt mich auf die Palme. Nicht einmal sein charmanter Dalarna-Dialekt kann meine Laune heben. Ohne unhöflich zu werden, sage ich ihm klipp und klar, dass ich im Stress bin, noch tausend Sachen erledigen muss und keine Zeit für ihn habe.

»Ich weiß, ich weiß, Caroline, aber ich habe mit Bente gesprochen, und es geht schon in Ordnung.«

Bente nickt.

Die Sache gefällt mir ganz und gar nicht.

Ich gehe ins Büro und stelle meine Tasche ab. Bjurström wieselt hinter mir her und lehnt sich in den Türrahmen, als würde das Restaurant ihm gehören. Was es ja auch tut.

Ich ignoriere ihn und setze mich auf den Schreibtischstuhl, um meine Straßenschuhe gegen meine bequemen schwarzen Sneaker mit schweineteurer Spezialsohle einzutauschen.

»An manchen Tagen stehen die Sterne günstig, Caroline. An manchen Tagen stehen sie günstig.«

»Ach ja?«, erwidere ich.

»Und heute ist ein solcher Tag!«

Bjurström macht eine dramatische Pause, als würde er erwarten, dass ich allerlei neugierige Fragen stelle. Ich schweige, und er fährt fort: »Geben Sie mir eine halbe Stunde, und ich gebe Ihnen ein neues Leben.«

»Ich habe keine halbe Stunde, und ich brauche kein neues Leben. Aber trotzdem danke.«

»Ich habe mich mit Bente unterhalten. Sie kennt sich genauso gut mit Zahlen aus wie Sie sich mit Lebensmitteln.«

Ich sage keinen Ton.

»Ich weiß, was Sie denken, und ich respektiere Ihre Meinung. Vielleicht ist Axelsberg tatsächlich ein bisschen zu weit außerhalb, aber ich mache Ihnen ein neues Angebot, das Sie nicht ablehnen können.«

Er wirft mit Mafia-Floskeln aus *Der Pate* um sich und riecht nach teurem Parfüm. Ich spüre schlechte Schwingungen.

»Und wenn ich kein Interesse habe?«

»Das kannst du nicht wissen!«, höre ich Bente rufen.

Steht sie etwa draußen und lauscht? Diese Zwei-gegen-einen-Nummer geht mir gewaltig gegen den Strich.

»Darf ich Sie auf eine kleine Spritztour entführen? Für eine halbe Stunde, eine Dreiviertelstunde höchstens, ganz ohne Hintergedanken?«

Ich taxiere Bjurström einige Sekunden und will gerade mit einem glasklaren Nein antworten, als Bente hinter seiner Schulter auftaucht. Sie lächelt mir aufmunternd zu. Als wäre ich sieben Jahre alt und Bjurström hätte angeboten, mit mir in den Vergnügungspark Gröna Lund zu gehen.

Bente nickt eifrig.

Ich seufze gequält.

Sie hat so viel für mich getan, und immerhin sind wir Geschäftspartnerinnen. Verdammt.

»Na schön. Wohin fahren wir?«
Bjurström grinst, als hätte er einen Sieg errungen.
»Sie werden es nicht bereuen«, sagt er.
»Das tue ich jetzt schon«, erwidere ich.

5

Wie immer, wenn ich über die Västerbron fahre, denke ich darüber nach, wie es sein würde, zu springen. Schon als Kind habe ich mir vorgestellt, so zu sterben: im freien Fall.

Plötzlich sitze ich in Bjurströms hellblauem Volvo und bin auf dem Weg zu einem leer stehenden Ladenlokal in Midsommarkransen, das er und Bente offensichtlich ideal für unsere Zwecke finden.

Wir haben schon Ende September. Aber wenn man in der Stadt wohnt und arbeitet, verpasst man leicht den Wechsel der Jahreszeiten. Jetzt erst fällt mir auf, dass es Herbst geworden ist. Schräg unter uns haben sich die Baumkronen der Eichen auf Langholmen gelb verfärbt.

Ich finde, dass Stockholm von hier oben am schönsten ist. Ich liebe alle Orte in der Stadt, von denen man gleichzeitig das Rathaus und die Münchenbrauerei sehen kann. Obwohl die Gebäude in verschiedenen Jahrhunderten gebaut wurden und ihre Architektur völlig verschieden ist, passen sie irgendwie wunderbar zusammen. Und dazu das Wasser, die Centralbron und dazwischen die Skyline von Riddarholmen und der Altstadt.

Zu meinem Erstaunen ist Bjurströms Auto ziemlich versifft. Ich hätte ihn eher für einen BMW- oder Mercedes-Typen gehalten, aber er fährt einen schmutzigen Volvo, in dem kaputte Happy-Meal-Spielsachen und alte Strafzettel herumliegen.

Er schwadroniert darüber, in was für einer zynischen Branche er arbeitet und dass man das »Herz am rechten Fleck« haben müsse.

»Ich versuche, mich um meine Mieter zu kümmern, als wären sie meine Kinder.«

»Laden Sie Ihre Mieter auch zu einem Happy Meal ein?«, frage ich, und er lacht.

»Sie haben Humor, Caroline. Ich mag Sie, und ich möchte Ihnen wirklich helfen.«

Auch wenn ich mich über seine Worte freue und ich das Gefühl habe, dass er es ernst meint, habe ich nicht vor, das Kompliment zurückzugeben. Aber allmählich entspanne ich mich. Bo und ich haben darüber gesprochen. Bo ist mein Therapeut, und von ihm habe ich gelernt, dass ich andere Leute nicht vorschnell verurteilen darf. Ich habe ein gutes Gespür für Menschen, aber ich kann mich auch irren und muss ihnen eine Chance geben.

Außerdem habe ich keinen blassen Schimmer von Finanzen. Bente dafür umso mehr, und sie sagt, dass wir uns das Ladenlokal auf der Sankt Göransgatan nicht mehr leisten können.

Wir fahren an der Hornstull-Galerie vorbei. Ich habe noch nie einen Fuß dort hineingesetzt und werde es auch niemals tun. Ich muss an Ralf denken, der immer sagte, er sei ein »Guerillakämpfer in einer Galerie-Gesellschaft«. Er fehlt mir. Ich vermisse seine Monologe. Er hätte gesagt: »Galerien sind das Übel unserer sich an Toplisten aufgeilenden Klick-Gesellschaft«.

»Die Galerie macht sich hier ausgesprochen gut«, lässt sich Bjurström vernehmen. »Sie ist ein Riesengewinn für Hornstull und ganz Södermalm.«

Ralf hätte mich dafür gehasst, dass ich in dieses Auto gestiegen bin.

Wir überqueren die Liljeholmsbron, und Bjurström setzt seinen Monolog über seine Mieter fort. »Es gibt ja Leute, die unbedingt auf Skansen wohnen wollen, und ich finde, dann soll man ihnen ihren Willen auch lassen.«

»Wer wohnt auf Skansen?«

»Selbst ernannte Liebhaber des Bauhausstils, aber diese Leute haben nicht die geringste Ahnung, was den Bauhausstil ausmacht. Das, was sie meinen, ist Funktionalismus, und wie der Name schon sagt, liegt das Hauptaugenmerk dabei auf *Funktionalität*. Aber was in den Fünfzigern funktional und praktisch war, ist es heute längst nicht mehr. Die Behebung eines Wasserschadens in einer Küche aus den Fünfzigern kostet zwölfmal so viel wie die Reparatur eines Wasserschadens in einer modernen Küche. Noch dazu treten Wasserschäden zwölfmal so häufig auf. Zwölfmal, Caroline!«

»Wie haben Sie das ausgerechnet?«

»Ich weiß nicht, wie oft ich in Kundengesprächen darauf hingewiesen habe, dass es keine Rolle spielt, wie schön die Mehl- und Zucker-Glasschütten für das Küchenbüfett aus den Fünfzigerjahren sind, sie sind heutzutage einfach nicht mehr *funktional*.«

Bjurström redet sich genauso in Rage, wie Ralf es immer getan hat, nur dass Ralf in diesem Fall der Mieter gewesen wäre. Er hätte vermutlich gesagt: »Dieser geldgeile Immobilienhai tritt unser kulturelles Erbe aus reiner Profitsucht mit Füßen. Der schnöde Mammon frisst die armen Seelen mit Haut und Haar.«

Auch wenn ich mich nicht so sehr aufrege wie Ralf, bin ich ganz seiner Meinung.

Als wir in Midsommarkransen ankommen, verkündet Bjurström triumphierend: »Wir haben nur achtzehn Minuten gebraucht! Achtzehn Minuten. In den USA gilt Hudson als Vorort von New York, obwohl es zwei Stunden entfernt liegt. Diesen Stadtteil würden die Amerikaner als *downtown* bezeichnen. Das ist kein Vorort, das ist City-Lage!« Er blickt umher und kann nur durch eine Vollbremsung in allerletzter Sekunde einen Zusammenstoß mit einem gelben Pkw vermeiden, auf dessen Nummernschild die Buchstaben HAI stehen.

»Was werden Sie mit unserem Restaurant machen, wenn wir umziehen?«, frage ich, während Bjurström seinen Volvo in eine Parklücke vor einem Haus mit einem Zu-verkaufen-Schild im Fenster manövriert. »FALLS wir umziehen«, verdeutliche ich, damit er nicht glaubt, er hätte mich in der Tasche.

»Ich will nur das Beste für Sie. Es ist mir wichtig, dass Sie sich wohlfühlen. Und ich glaube nicht, dass Sie das tun werden, sobald die Renovierungsarbeiten im Haus beginnen.«

Bjurström steigt aus, läuft um den Wagen herum und hält mir die Tür auf.

»Wollen Sie den alten Charme nicht ein bisschen bewahren?«

»Das versteht sich von selbst, Caroline, das versteht sich von selbst«, sagt er und macht eine Verbeugung, als ich aus dem Auto steige.

6

Auf dem Rückweg wechseln wir kaum ein Wort miteinander.

Ich habe das Angebot abgelehnt, aber Bjurström findet, ich solle meine Entscheidung nicht sofort treffen. Die Ladenfläche liegt im neuen Teil von Midsommarkransen und hat nicht für fünf Öre Charme. Bjurström hat gemerkt, dass ich kein bisschen beeindruckt war. Jetzt telefoniert er. Es geht um irgendeine Drainage, die um eine seiner Immobilien gezogen werden soll und die er absolut nicht bezahlen will.

Ich schreibe meiner Mutter eine SMS. Sie hat mich heute zum Abendessen eingeladen. Es soll Rogen geben. Sie hat endlich eingesehen, dass Kochen nicht zu ihren Stärken gehört. Bei Rogen kann man nichts verkehrt machen.

Wir biegen aus der falschen Richtung in die Sankt Göransgatan, worauf ich anbiete, einfach über die Straße zu gehen, aber Bjurström legt vor der Kühlerhaube eines Lieferwagens einen rasanten U-Turn hin. Der Fahrer hupt wütend.

»Vielen Dank für das Angebot«, sage ich, sowie er im Halteverbot vor meinem Restaurant parkt. »Aber jetzt muss ich arbeiten«, verdeutliche ich und taste nach dem Türgriff.

»Natürlich«, erwidert Bjurström. Er schnallt sich ab und läuft um den Wagen, doch diesmal hält er mir nicht die Tür auf, sondern verschwindet im Restaurant. Was hat er vor? Was führt er im Schilde?

Ich knalle die Autotür so fest zu, wie ich kann, und gehe ihm nach. Als ich den Gastraum betrete, höre ich, wie er

Bente, die gerade die Lorbeerpflanze in der Ecke gießt, zuruft: »Es hat geklappt! Herzlich willkommen in Midsommarkransen!«

»Ist das wahr?! Gute Entscheidung, Caroline!«, jubelt Bente und läuft auf mich zu, um mich zu umarmen.

»Nein!«, sage ich.

»Wie bitte?«, entfährt es Bjurström, als hätte er die letzte halbe Stunde auf dem Mond gelebt.

Bente bleibt verwirrt stehen. Jetzt muss ich ein für alle Mal ein Machtwort sprechen.

»Welchen Teil von meinem Nein haben Sie nicht verstanden?«

»Aber ich dachte, dass …«

»Sie haben gar nichts gedacht. Ich kann Männer nicht ausstehen, die ein Nein nicht akzeptieren, und ich möchte, dass Sie mein Restaurant auf der Stelle verlassen.«

Bjurström sieht wirklich aus, als würde er aus allen Wolken fallen. »Caroline, treffen Sie jetzt bitte keine voreilige Entscheidung.«

»Das tue ich nicht.«

»Aber Caroline, du verstehst nicht, wie …«, mischt Bente sich ein.

»Ich verstehe ganz genau. Aber dieser Mann versteht nicht, dass ich mein Restaurant nicht nach Midsommarkransen verlegen möchte. Ich habe für dieses Lokal einen Mietvertrag, und ich bleibe.«

Bjurström sieht Bente an, als wäre ich ein Fall für den Psychiater. »Besprechen Sie die Sache in aller Ruhe und rufen Sie mich anschließend an. Hier haben Sie meine direkte Durchwahl …« Aus dem Nichts zaubert er eine Visitenkarte hervor. Ich bewege kein einziges Molekül im Körper.

Bjurström hält die Karte Bente hin, die sie demonstrativ entgegennimmt.

»Ich wünsche Ihnen noch einen schönen Tag«, verabschiedet er sich und macht eine Geste, als würde er seinen Hut lüften.

Als die Tür hinter Bjurström ins Schloss gefallen ist, stellt Bente die Gießkanne mit einem Knall auf dem Fußboden ab und geht schnurstracks ins Büro. Sie murmelt irgendetwas in der Art wie »Diese Vergewaltigungsanspielung war verdammt daneben«. Den Rest des Satzes kann ich nur erraten.

»Ich weiß, dass du mit Buchführung auf Kriegsfuß stehst«, sagt sie, als sie kurz darauf mit ihrem Laptop zurückkommt, »aber sieh dir diese Exceltabelle an! Du bist nicht farbenblind, und Rot bedeutet Minus! Schau hin!« Energisch klopft sie mit dem Zeigefinger auf den Bildschirm. Ich habe Bente selten so wütend gesehen. Normalerweise flucht sie nicht einmal. »Ja, dich interessiert der ganze Papierkram nicht, aber das Restaurant läuft nicht gut. Wir kommen gerade so mit Ach und Krach über die Runden. Und du zahlst dir nicht einmal ein Gehalt aus. So geht es nicht mehr weiter. Wir müssen umdenken! Bitte, liebe, kluge Caroline, wann ziehst du deinen Kopf aus dem Sand und siehst den Tatsachen ins Auge?!«

Ich fühle mich wie ein pubertärer Teenager, der durch Schuleschwänzen seine guten Noten aufs Spiel setzt, und bin kurz davor, in Tränen auszubrechen. Als hätte Bente das bemerkt, wird ihr Tonfall wieder weicher.

»Ich weiß, was du sagen wirst, Caroline: Qualität zahlt sich am Ende aus. Und bis zu einem gewissen Punkt stimme ich dir zu. Wir arbeiten nur mit allerbesten Waren, aber wir können die Preise nicht noch weiter erhöhen, und wir haben kein Geld, um mehr Servicekräfte einzustellen. Das Einzige, wo wir mit einem Plus rausgehen, ist das Catering. Aber dafür haben wir hier nicht genügend Platz, weil wir den Lagerraum nicht ausbauen können, was wiederum daran liegt, dass wir kein Geld haben, weil wir unseren Catering-Service nicht erweitern können … Verstehst du?«

»Ja«, sage ich, denn ich verstehe durchaus, was sie meint.

»Wenn wir das Restaurant aber nach Midsommarkransen verlegen würden … Der Umzug würde uns keine Öre kosten. Bjurström hat sich großzügigerweise bereit erklärt, die Kosten zu übernehmen. Entschuldige, aber allein das. Eine Umzugsfirma würde bestimmt fünfzehntausend Kronen kosten. Oder willst du unseren Zwei-Tonnen-Grill mit zwölf Platten vielleicht in der U-Bahn transportieren?«

Ich traue mich nicht, ihr mit meinen Zukunftsplänen für ein Restaurant-Imperium zu kommen, für das mir schon verschiedene kulinarische Konzepte vorschweben. Das wäre kindisch. Wir betreiben *Carolines Tapas* jetzt seit gut einem Jahr, wir sind erfolgreich und machen Fortschritte, nur eben nicht in dieser Exceltabelle. Ich glaube nach wie vor an meine Tapas-Bar und an uns. Aber ich habe Bente so oft gebeten, mir zu vertrauen, dass ich selbst höre, wie hohl meine Worte klingen.

»Willst du aufhören, Bente?«

»Sei nicht albern. Ich will, dass wir uns für Midsommarkransen entscheiden.«

»Ich kann verstehen, wenn du aufhören willst. Ich würde dir drei Monatsgehälter zahlen, das weißt du.«

»Das ist nett von dir, aber wir sind ein Team, Caroline.«

»Sind wir das?«, frage ich und spüre, dass mir ein Kloß im Hals steckt.

»Natürlich.«

Bente und ich schauen uns lange an, und ich sehe ein, dass wir auch diese Krise meistern werden.

»Dieses Viertel hat eine Seele, aber Bjurström versucht mit aller Macht, ihr den Garaus zu machen. Der Tabakwarenladen und die Imbissbude an der Ecke sind bereits weggezogen. Unser Lokal hatte schon in den Vierzigerjahren Flair, und den hat es bis heute. Geschichte ist wichtig, finde ich. Wenn wir klein beigeben, ist diese Straße für immer tot.«

Bente seufzt. »Falls wir bis zum Frühjahr keine schwarzen Zahlen schreiben, muss ich aufhören.«

»Abgemacht«, sage ich, und wir geben uns die Hand.

»Darf ich dich um etwas bitten?«, frage ich mit fester Stimme.

»Na klar.«

»Zeig weder Bjurström noch irgendwem sonst, dass du nicht mit mir einer Meinung bist.«

»Warum?«, fragt Bente verständnislos, und ich schildere ihr eine Szene aus *Der Pate*, in der eine andere Mafia-Familie den Paten überreden will, in den Drogenhandel einzusteigen. Der Pate lehnt ab, doch sein Sohn widerspricht ihm vor den Augen der anderen Familie. Das führt dazu, dass der Pate kurz darauf erschossen wird, weil der andere Mafia-Clan glaubt, der Sohn würde nach dem Tod des Vaters die Geschäfte übernehmen und in den Drogenhandel einsteigen.

»Du bist also die Patin und ich deine Tochter, oder wie?«, sagt Bente lachend.

»Genau, und Bjurström bringt mich um, damit er mit dir Geschäfte machen kann«, erwidere ich.

»Weil er hofft, dass ich dann nach Midsommarkransen umziehe …«

»Damit er hier einen 08/15-Shop irgendeiner seelenlosen Ladenkette einquartieren kann.«

»Welche Tapas haben wir heute eigentlich auf der Speisekarte?«, fragt Bente.

»Nur Lammhoden«, antworte ich, »und zwar frittierte!«

Wir lachen und beginnen mit den Vorbereitungen, aber ich habe ein ungutes Gefühl in der Magengegend.

7

Ich bin gerade vom Rogen-Essen bei meiner Mutter nach Hause gekommen. Ursprünglich hatte ich vorgehabt, den kleinen Schwips, den ich mir angetrunken hatte, weiter auszubauen und anschließend durch die Bars zu ziehen, aber stattdessen bin ich nach Hause gefahren und habe mich an Weißwein aus der Bag-in-Box mit einer pikanten Terpentin-Note gehalten.

Ich habe mich geirrt, auch bei Fischrogen kann man etwas verkehrt machen. Der Rogen an sich war für einen amerikanischen ganz okay. Aber wenn die Zwiebeln zu grob gewürfelt sind und nur die äußere Schale entfernt wurde, also die bittere innere Haut und der Wurzelansatz drangeblieben sind, schmeckt er grausam.

Ich hatte angeboten, das Zwiebelschneiden zu übernehmen, aber meine Mutter wollte, dass ich mich zurücklehne und den Abend genieße. »Jeder kann Zwiebeln würfeln«, zwitscherte sie. Das Brot hatte sie schon eine Viertelstunde vor dem Essen geröstet. Meine Versuche, sie davon abzuhalten, waren vergeblich. »Sonst vergesse ich es«, meinte sie.

Meine Mutter findet meine Kochkünste snobistisch. Ihre sind ein kulinarischer Super-GAU.

Aber mittlerweile hat sich unser Verhältnis gebessert, und wir haben über die Mexikoreise geredet, die meine Mutter, ihr Mann Jakob und mein kleiner Halbbruder August über Weihnachten machen wollen. Ich habe gescherzt, dass sie Urlaub an der *Playa del All-inclusive* machen, und August eingeredet, dass das Eis billiger wird, je mehr er davon isst.

Jakob hat mir zugestimmt und verkündet, dass er Bier und Champagner in sich reinschütten müsse, um Geld zu verdienen. Darüber hat sich meine Mutter schrecklich aufgeregt, und ich kann sie verstehen. Auch wenn ich der Meinung bin, dass sie selbst schuld ist, wenn sie den ganzen Abend über einen Urlaub reden muss, zu dem ich nicht eingeladen wurde.

Mittlerweile bin ich ziemlich angeschickert und informiere mich in einem Internetforum über aktive Sterbehilfe und Tötung auf Verlangen. Ich habe einen ausführlichen Thread mit Tipps gefunden, wie man jemanden umbringt, ohne dass es nach Mord aussieht. Einige Vorschläge sind absolut geschmacklos, aber die ernsthaften empfehlen eine Medikamentenüberdosis, und zwar eines Arzneimittels, das der Betreffende bereits einnimmt. Ich vertiefe mich in einen längeren Beitrag über ein fiktives Beispiel mit einer Person, die an Altersdiabetes leidet. »Die betreffende Person bekommt in der Regel dreimal am Tag Insulin gespritzt. Morgens und abends erhält sie Langzeitinsulin, mittags Kurzzeitinsulin. Nehmen wir an, die übliche Insulindosis beträgt 8 Einheiten Actrapid. Sie benötigen einen Insulinpen und eine 3-ml-Ampulle. Wenn Sie der Person die komplette Ampulle spritzen, fällt sie ins Insulinkoma und kommt nie wieder zu Bewusstsein. Sie wird blass, fängt an zu schwitzen, schläft ein und stirbt völlig schmerzfrei innerhalb von zwanzig Minuten. Je näher der Todeszeitpunkt rückt, desto natürlicher wird der Prozess von außen betrachtet erscheinen.«

Reiß dich zusammen, Caroline. Ich weiß ganz genau, sobald ich wieder nüchtern bin, werde ich mich sowieso nicht trauen.

8

Als ich Nancys Zimmer betrete, glaube ich im ersten Moment, mich im Raum geirrt zu haben. Nancy hat Besuch. Zwei Jungen im Teenageralter sitzen am Tisch und spielen mit ihren Handys, ein Mann steht am Fenster und schaut hinaus, eine Frau beugt sich über Nancys Bett.

Sie dreht sich fragend zu mir um, ich entschuldige mich und gehe wieder nach draußen.

Aber auf dem Namensschild an der Tür steht Nancy Urdin. Sie hat also wirklich Besuch bekommen! Das muss ihre Tochter sein, die Opernsängerin.

Gerade als ich mich abwenden will, wird Nancys Zimmertür geöffnet.

»Entschuldigen Sie«, sagt eine Frauenstimme. »Heißen Sie zufällig Caroline?«

»Ja.«

Die Frau muss um die fünfzig sein. Sie trägt ein dunkelblaues Kleid, ihr blondiertes Haar ist perfekt frisiert. Der rote Lippenstift betont ihren blassen Teint. Sie erinnert mich an eine US-amerikanische Schauspielerin, deren Namen ich mir nie merken kann.

Sie lächelt und gibt mir die Hand. »Ich bin Yvonne Urdin. Nancys Tochter.«

»Hallo, schön, Sie kennenzulernen. Mein Name ist Caroline Södergren. Ich …«

»Ich habe gehört, dass Sie meine Mutter oft besuchen.«

»Ja, so oft, wie ich es schaffe. Sie ist ziemlich einsam.«

»Wollen Sie mir ein schlechtes Gewissen machen?« Ihr

Lächeln wird noch eine Spur breiter.

»Nein, ganz und gar nicht. Ich weiß, dass Sie viel unterwegs sind.«

»Warum besuchen Sie meine Mutter so häufig?«

»Wir sind ... Freundinnen.«

»Freundinnen?«

»Oder wir sind Nachbarinnen ... wir waren Nachbarinnen. Wir mögen uns.«

»Sind Sie jetzt Freundinnen oder Nachbarinnen?«

Ich will nur noch weg. »Wir sind ...«

»Was haben Sie davon, sich mit meiner Mutter zu unterhalten?«

»Wie bitte?«

»Was haben Sie davon, sich mit meiner Mutter zu unterhalten?«, wiederholt sie.

Ich blicke zu ihr hoch. Plötzlich kommt sie mir zwei Meter groß vor.

»Meine Mutter ist verwirrt«, fährt Yvonne Urdin fort. »Und wenn sie doch einmal einen zusammenhängenden Satz herausbringt, ist es nur Unsinn.«

»Ja, ich weiß nicht ... Ab und zu hat sie klare Momente. Und sonst stimme ich ihr einfach nur zu.«

»Sie stimmen ihr zu?«

»Ja, wie einem Betrunkenen in der U-Bahn. Man gibt ihm einfach ...«

»Wie einem Betrunkenen in der U-Bahn?«

Muss sie alles wiederholen, was ich sage?

»Wo wir schon einmal dabei sind. Stimmt es, dass Sie meiner Mutter Wein geben?«

»Ja, das ist vorgekommen. Sie mag Wein und Erdbeeren so gerne.«

»Haben Sie das mit ihrem Arzt abgesprochen?«

»Nein.«

»Hat ihr jemand Wein verordnet?«

Ich fühle mich wie ein Boxer, den man in eine Zwangsjacke gesteckt hat. Mein Gegner braucht einfach nur dazustehen und kann ungehindert rechte Geraden und Uppercuts auf mich niederprasseln lassen, oder wie diese Schläge heißen.

Ich muss etwas tun. Nancys Tochter ist mit ihrer Gardinenpredigt immer noch nicht am Ende, und ich falle ihr ins Wort: »Yvonne, Sie sind doch eine weltberühmte Opernsängerin?«

»Äh, ja. Was auch immer das jetzt mit unserer Diskussion zu tun hat.«

»Die beste Opernsängerin Schwedens, stimmt's?«

Plötzlich verändert sich ihre Miene, und sie schmilzt wie Eis in der Mikrowelle. »Darüber herrschen geteilte Meinungen, aber es gibt Leute, die dieser Ansicht sind, ja.«

Jetzt habe ich mich wenigstens aus meiner Zwangsjacke befreit. »Ich habe Sie singen gehört. Ich finde, Sie sind fantastisch«, schwindele ich.

»Danke«, kichert sie geschmeichelt.

»Sie sind mit Abstand die Beste.«

»Oh, ja …«

»Mir ist gerade eine Idee gekommen.«

»Ach ja?«

»Vor ein paar Wochen war ein zehnjähriges Mädchen von einer Musikschule hier und hat für die älteren Herrschaften ein paar Lieder gesungen.«

»Was Sie nicht sagen.«

»Das ist richtig gut angekommen. Sowohl beim Pflegepersonal als auch bei den Senioren.«

»Mmh.«

»Es war eine kleine Auszeit vom Alltag sozusagen.«

»Das kann ich mir gut vorstellen.«

»Und da habe ich mich gefragt, ob Sie vielleicht auch einmal herkommen möchten, um etwas zu singen?«

Yvonne sieht aus, als hätte ich sie kalt erwischt. Jetzt ist sie diejenige, die meinem Blick ausweicht.

»Wie wäre es zum Beispiel mit einer Arie?«, schlage ich vor und versuche, so aufrichtig zu klingen, wie ich nur kann. »Ich glaube, dass Musik alle Menschen erreicht. Auch wenn sie schwer krank sind. Als das kleine Mädchen gesungen hat, habe ich es ganz deutlich gespürt. Musik ist, wie soll ich es sagen ... irgendwie universell.«

Ich bin stolz auf meine Wortwahl und mache Augen so groß wie Untertassen. »Ich selbst bin leider völlig unmusikalisch, ich treffe keinen Ton. Mich will niemand hören. Aber Sie mit Ihrer glockenklaren Stimme, das wäre ...«

»Entschuldigen Sie, Caroline. Ich weiß nicht, was ich sagen soll. Ich bin beruflich sehr ...« Yvonne holt tief Luft und sieht sich um, als würde sie nach einer Souffleuse suchen.

Was sie sagen will, ist, dass sie ein Star ist, der auf den größten Bühnen der Welt auftritt, und nicht für schwedische Senioren singt. Aber sie sagt nur: »So läuft es nicht.«

»Nein?«

Sie versucht, wieder die Oberhand zu gewinnen. Diesmal in einem sehr viel freundlicheren Tonfall.

»Ich kenne Sie nicht, Caroline, und ich weiß nicht, was Sie wollen. Aber Sie müssen verstehen, dass ich es merkwürdig finde, dass Sie meine demente und kranke Mutter regelmäßig besuchen, und ... Können Sie das verstehen?«

»Nein, denn sie ist einsam, und ich habe Zeit. Und außer mir besucht sie niemand.«

Wir schauen uns schweigend an.

»Okay, gut. Danke für das Gespräch, Caroline. Jetzt muss ich wieder zu meiner geliebten Mutter. Adieu.«

Langsam gehe ich den Korridor hinunter. Ich denke über den Begriff Uppercut nach und sage es mir einige Male laut vor. »Uppercut, Uppercut.« Ein lustiges Wort. Ich beschließe, dass Yvonne mir einen Uppercut verpasst hat.

9

»Wo stellen Sie Ihre Fonds her?«

»Hier im Restaurant«, flunkere ich.

Die Frau ist mir unsympathisch. Nicht nur, weil sie diese alberne weiße Uniform der Gesundheitsbehörde trägt, die mit einem kleinen Schiffchen auf dem Kopf gekrönt wird. Außerdem blinzelt sie beim Reden. Ich finde es schwierig, mich mit Menschen zu unterhalten, die bei jedem dritten Wort zwinkern.

»Könnte ich bitte eine Liste der Zutaten sehen?«

»Natürlich. Darf ich Sie vorher noch etwas fragen …« Ich schiele auf ihr Namensschild. »Elisabeth.«

»Ja.«

»Wie kommt es, dass das Gesundheitsamt schon wieder hier ist? Die letzte Kontrolle ist doch erst ein paar Wochen her.«

»Das Gesundheitsamt führt regelmäßig Begehungen von Restaurants und Lebensmittelbetrieben durch, um sicherzustellen, dass die Vorschriften der Lebensmittelhygieneverordnung eingehalten werden«, leiert sie monoton herunter. Sie sieht dabei so lustig aus, dass ich mir nur mit Mühe das Lachen verkneifen kann.

Sie ist zierlich und eigentlich ganz süß, aber mit diesem lächerlichen Schiffchen und der Brille sieht sie aus wie eine Comicfigur. Und sie klingt, als würde sie von einem Skript ablesen.

»Ja, aber *regelmäßig* bedeutet normalerweise ein-, zweimal im Jahr. Sie waren erst vor drei Wochen hier, und da gab es keine Beanstandung.«

Elisabeth blinzelt und lehnt den Kopf ein wenig zurück. Inzwischen weiß ich, dass sie das immer macht, bevor sie anfängt zu reden.

»Könnte ich bitte die Zutatenliste für diesen Fond sehen?«

Ich gehe ins Büro und ziehe den Ordner mit der Aufschrift ZUTATEN aus dem Regal. Bei Bente ist alles an seinem Platz. Mir ist schleierhaft, wie sie das hinbekommt. Na ja, eigentlich weiß ich es, zumindest theoretisch: Man entwickelt ein System und legt die Dinge jedes Mal wieder dorthin zurück, wo man sie hergeholt hat. Ich blättere zu FONDS und nehme einen DIN-A4-Bogen heraus. Natürlich koche ich verschiedene Fonds mit unterschiedlichen Zutaten, habe aber nur eine Zutatenliste, die mehr oder weniger auf alle Fonds zutrifft.

Elisabeth bedankt sich für die Liste und faltet sie zusammen, ohne einen Blick darauf zu werfen. Sie will eine Probe mitnehmen, um zu überprüfen, ob die Zutatenliste korrekt ist.

Verdammt, wie gründlich die geworden sind. Das hier ist gar nicht gut.

Mit einem Plastiklöffel füllt sie eine kleine Menge in eine Dose ab. Die Frau ist doch nicht ganz dicht. Wie wichtig kann das sein?

»Servieren Sie in Ihrem Restaurant Brot?«, fragt sie.

»Ja, ab und zu.«

»Kaufen Sie das Brot oder backen Sie es hier?«

Denk nach, Caroline. Wenn ich sage, dass ich es kaufe, verlangt sie nach den Quittungen. Wenn ich sage, dass ich es hier backe, will sie die Geräte sehen. Wenn ich die Wahrheit sage, nämlich dass ich zu Hause backe, wird sie ... Plötzlich begreife ich, dass ich keine Wahl habe. Willkommen in der

Wirklichkeit, Caroline. Jetzt bin ich geliefert. Das Spiel ist aus. Ich kann ebenso gut gestehen.

»Ich backe das Brot bei mir zu Hause.«

»Haben Sie die Genehmigung der Lebensmittelbehörde eingeholt, um …«

»Nein«, falle ich ihr ins Wort, damit ich mir nicht ihren Vorschriftenkatalog anhören muss. Ich weiß genau, wem ich das zu verdanken habe. Finn Bjurström. Bei seinem Antrittsbesuch habe ich ihm gegenüber erwähnt, dass ich dreihunderttausend Kronen benötige, um den Lagerraum umzubauen, weil in der Küche nicht genügend Platz ist und ich meine Fonds und mein Brot zu Hause zubereiten muss. Gestern haben Bente und ich sein Angebot ausgeschlagen, ein Ladenlokal auf Södermalm zu mieten, das ungefähr so viel Charme hat wie eine Krankenhauskantine. Wir haben klipp und klar abgelehnt, und Ta-daa! Einen Tag später steht das Gesundheitsamt bei uns auf der Matte und nimmt Fonds und Brot unter die Lupe. Bjurström hat Freunde. Und dieses Baugerüst, das seit heute Morgen meine Fenster und mein Restaurant-Schild verdeckt, kann auch kein Zufall sein.

Herrscht jetzt Krieg?

Elisabeth sagt, dass sie einen Bericht schreiben muss und dass sie sich in zwei Wochen wieder meldet. Bis dahin muss ich entweder damit begonnen haben, mein Brot zu kaufen, oder nachweisen, dass ich es im Restaurant backe.

Ich verabschiede mich besonders freundlich von ihr. Anschließend setze ich mich an die Bar und gieße mir einen Becher Kaffee ein, der seit heute Morgen in der Maschine steht. Am liebsten würde ich ihn mit einem ordentlichen Schuss Cognac pimpen, lasse es aber sein.

Ich versuche durchzuatmen und einen kühlen Kopf zu bewahren.

Es ist, als würde ich einen Zweifrontenkrieg führen. Ich habe einen Termin bei Bo vereinbart, um mit ihm darüber zu sprechen, wie ich mich Nancy gegenüber verhalten soll. Ich kann es nicht mehr ertragen, sie so leiden zu sehen. Vielleicht gelingt es ihm, mich auf andere Gedanken zu bringen.

Und dann dieser Mistkerl Bjurström. Wenn ich ein kleines Land wäre, hätte er mich mittlerweile besetzt. Entweder geben Bente und ich sofort klein bei oder wir holen uns rechtlichen Beistand. Wenn wir nicht auf sein »Angebot« eingehen, wie Bjurström es nennt, bleibt ihm eben nichts anderes übrig, als nach härteren Bandagen zu greifen und das Gesundheitsamt auf den Plan zu rufen.

Ich gehe nach draußen vor die Tür und betrachte das Baugerüst. Mein Schild ist kaum zu sehen. Wenn man nicht weiß, dass sich hier ein Restaurant befindet, könnte man meine Tapas-Bar ebenso gut für einen Fahrradladen halten.

Bjurström denkt bestimmt, dass diese Maßnahmen reichen, damit ich das Feld räume. Da irrt er sich gewaltig, aber ich muss mir Hilfe holen.

Das letzte Mal, als ich juristischen Beistand benötigte, hatte ich einen ganz sympathischen Kerl kennengelernt. Er hat mich aus der Untersuchungshaft geholt und mir seine Visitenkarte gegeben.

Wenn Bjurström Krieg will, brauche ich Waffen.

10

»Ich gehöre zu den Leuten, die sich weigern, am Hauptbahnhof auszusteigen, weil ich nicht sein will wie alle anderen.«

Ich sitze in Bos bequemem Ledersessel. Wir schweigen einen Moment.

Bo ist um die sechzig, und ich gehe seit anderthalb Jahren zu ihm. Er hat mir einmal das Leben gerettet, und obwohl ich nicht das Gefühl habe, ihn noch zu brauchen, fahre ich ab und zu in die Altstadt, statte ihm in seiner kleinen Praxis in der Svartmangatan einen Besuch ab und rede über das Leben. Und den Tod. Eigentlich kann ich mir die Sitzungen nicht leisten, aber andererseits sind sie das Einzige, was ich mir momentan gönne. Bei Bo fühle ich mich geborgen.

»Habe ich Ihnen von Nancy Urdin erzählt?«, frage ich.

»Ja, wenn das die alte Dame ist, die im Pflegeheim liegt und unter anderem an Demenz leidet?«

»Genau die.«

»War sie nicht Ihre Nachbarin?«

»Woran Sie sich alles erinnern!«

»Ihre Schilderung war sehr eindringlich.«

»Das Einzige, was sie will, ist sterben.«

»Ja, so geht es vielen.«

»Ich überlege, wie ich ihr helfen kann.«

»Gut.«

Ich möchte, dass Bo weiterredet. Aber er schweigt, damit ich weiterspreche. Plötzlich überlege ich es mir anders.

»An Ihrer Schweigepflicht hat sich nichts geändert?«, frage ich nach einer Weile.

»Nein, als ich das letzte Mal nachgesehen habe, gehörte sie noch zu meinen Berufspflichten.«

»Es sei denn, Sie haben den Verdacht, dass Kindern Schaden zugefügt wird?«

»Richtig.«

»Dann müssen Sie das Jugendamt informieren, und das Jugendamt informiert wiederum die Polizei?«

»Woran Sie sich alles erinnern«, erwidert er.

»Ihre Schilderung war sehr eindringlich«, erwidere ich, und wir müssen beide grinsen.

Bo wartet darauf, dass ich fortfahre, aber ich weiß nicht recht, wie ich weitermachen soll.

»Jedenfalls«, sage ich nach einer Weile und setze mich gerader hin, »sind Sie der Einzige, mit dem ich darüber sprechen kann.«

Aus einer der engen Gassen der Altstadt dringt das Piepen eines rückwärtsfahrenden Lastwagens zu uns empor.

»Ich denke darüber nach, Nancy von ihrem Leid zu erlösen. Oder ich spiele mit dem Gedanken. Oder ich ... Nein, das tue ich nicht, aber ich habe eine Methode gefunden.«

Ich schaue Bo verstohlen an, um zu sehen, ob meine Worte irgendeine besondere Reaktion bei ihm auslösen.

»Da Sie sich bei diesem Thema besser auskennen als ich, können Sie mich gerne in nähere Einzelheiten einweihen, Caroline.«

Ich erzähle ihm, wie sehr Nancy leidet, dass ich vorgestern ihrer unsympathischen Tochter begegnet bin und dass ihre Enkel, die ihre Großmutter seit einem halben Jahr zum ersten Mal wieder besucht haben, nichts Besseres zu tun hatten, als sich mit ihren Handys zu beschäftigen.

»Und gestern hatte sie sich komplett eingekotet. Sie hätten

ihren Blick sehen sollen, als sie verstanden hat, was passiert war. Es sah aus, als würde sie den Kopf in ihrem Kissen vergraben, um sich selbst zu ersticken! Verstehen Sie? Niemand sollte so leben müssen. Und zufällig habe ich einen Artikel im Internet gefunden, in dem beschrieben wird, wie man jemanden völlig schmerzfrei töten kann, ohne dass es entdeckt wird.«

Bo sagt immer noch nichts.

»Wollen Sie wissen, wie man es macht?«

»Es geht nicht darum, was ich will, es geht darum, ob Sie es erzählen wollen, Caroline«, antwortet er, als hätte ich vergessen, was sein Beruf ist.

Ich erzähle ihm alles, was ich über Actrapid und Diabetes weiß, und dass ich im Pflegeheim einen Insulinpen und eine Ampulle klauen könnte. Dass ich Nancy eine Spritze in den Bauch geben könnte und dass niemand Verdacht schöpfen und eine Obduktion verlangen würde.

»Alle wären erleichtert, dass Nancy friedlich eingeschlafen ist. Als ich gestern zeitgleich mit einer Krankenschwester am Medikamentenraum vorbeigegangen bin, habe ich gesehen, dass der Medizinschrank nicht abgesperrt wird. Der Medikamentenraum selbst ist immer abgeschlossen, das ist also ein Problem, aber wenn ich das irgendwie löse ... Ich würde mir so wünschen, dass Nancy nicht länger leiden muss!«

»Ich habe nicht vor, das irgendwie zu bewerten«, sagt Bo, »oder Ihnen zu dem einen oder zu dem anderen zu raten, aber ich ahne, dass Ihr Entschluss noch nicht feststeht?«

»Nein! Nein, verdammt! Ich wünschte nur, dass ... ich den Mut hätte, es zu tun.«

»Mir stellen sich zwei Fragen.«

»Und die wären?«, hake ich nach und sehe ihm in die Augen.

»Erstens: Warum gerade Nancy?«

Ich kann nicht antworten.

»Ich meine, es gibt bestimmt hunderttausend alte Menschen, die in einer ähnlichen Lage sind. Wird Nancy die Einzige bleiben? Wollen Sie nicht alle alten Menschen erlösen, die leiden? Und würden Sie sich mit der Entscheidung wohlfühlen? Nehmen wir zum Beispiel meine Mutter. Sie ist vierundneunzig Jahre alt, und ihr geht es ähnlich wie Nancy. Jedes Mal wenn ich sie besuche, wünsche ich mir, dass sie einschläft. Können Sie das erledigen?«, fragt er mit einem schiefen Lächeln.

»Hat sie Altersdiabetes?«

»Die hat sie tatsächlich.«

»Kein Problem. Das kostet Sie neunhundert Kronen.«

Wir grinsen und schielen beide auf die Uhr, die auf dem Schreibtisch steht. In ein paar Minuten ist die Sitzung zu Ende.

»Und wie lautet die zweite Frage?«, will ich wissen.

»Warum gerade *Sie*, Caroline?«

»Vielleicht weil ich jemand bin, der sich traut«, antworte ich, ohne zu zögern. »Weil ich nicht mit dem Strom schwimme.«

Ich bin stolz darauf, Bo eine klare Antwort geben zu können, ohne dass meine Stimme zittert oder ich seinem Blick ausweiche.

Bo analysiert meine Worte. »So, wie Sie nicht wie alle anderen am Hauptbahnhof aussteigen?«

»Ganz genau«, bestätige ich lächelnd.

11

»Natürlich erinnere ich mich an die Fleischdiebin!«

Seine Worte hallen immer noch in meinem Kopf nach. Ich gehe die zugige Sergelsgatan in der Stockholmer City hinunter und bin auf dem Weg zu seiner Kanzlei, die sich in einem der fünf Hochhäuser befindet.

Gestern habe ich ihn angerufen, und er hat mir direkt für heute einen Termin gegeben. »Um vierzehn Uhr habe ich eine Lücke zwischen zwei Besprechungen.« Ich musste ihm gar nicht viel erzählen, er hat mein Dilemma sofort verstanden. Als wäre er schon über Bjurström im Bilde, hat er sich ohne Umschweife bereit erklärt, mir zu helfen, auch wenn er eigentlich Strafverteidiger ist. Seine Stimme beruhigte mich, und mir wurde ganz warm ums Herz. Aber ich kann mich beim besten Willen nicht an sein Gesicht erinnern. Egal wie sehr ich mich anstrenge, es will mir einfach nicht gelingen.

Ich besitze keine Bügelfalten-Hose, die dem Dresscode einer gediegenen Kanzlei entsprechen würde, also habe ich meine schwarze hautenge Stretch-Jeans angezogen. Wenn man nicht so genau hinsieht, könnte man meinen, sie sei aus einem teuren Stoff. Und meinen bequemen grünen Flohmarkt-Parka habe ich gegen meinen Ledermantel eingetauscht, der für dieses windige Wetter viel zu kalt ist. Er ist so eng, dass ich keinen dicken Pullover darunter tragen kann.

Noch einmal werfe ich einen Blick auf die zerknitterte Visitenkarte, die er mir letztes Jahr gegeben hat. *Oscar Stenberg,*

Stenberg & Albrechtson, Anwaltskanzlei, Sveavägen 9, Hötorgshaus Nr. 5, 18. Stock.

Im Erdgeschoss des Gebäudes werde ich von ein paar dieser sterilen »Trend-Cafés« und einer Vorrezeption in der Nähe der Fahrstühle begrüßt. Ich stelle fest, dass ich richtig bin, und drücke in dem ultramodernen Aufzug auf den Knopf für den achtzehnten Stock.

Als eine Computerstimme verkündet, dass wir angekommen sind, habe ich einen Druck auf beiden Ohren.

Ich irre zwischen den Büros umher. Unternehmen wie Kaijser Invest oder Dina Affärer bezahlen die horrenden Mieten hier wahrscheinlich aus der Portokasse. Die Anwaltskanzlei Stenberg & Albrechtson befindet sich hinter einer blickdichten Glastür. Ich drücke auf eine Klingel, die genauso aussieht wie die Klingel, die wir in meiner Kindheit bei uns zu Hause im Möjavägen hatten. Die Tür geht mit einem Summen auf.

Am Empfang sitzt ein süßes blondes Mädchen mit Dutt.

Ich sage ihr, dass ich um vierzehn Uhr einen Termin bei Oscar Stenberg habe, und während sie ihn anruft, fragt sie mich gleichzeitig, ob ich einen Kaffee trinken möchte. Und weil ich heute Morgen um fünf Uhr aufgestanden bin, um vor meinem Termin bei Oscar alle nötigen Vorbereitungen in der Küche zu erledigen, bitte ich um einen dreifachen Espresso. Sie scheint meine Bestellung ganz und gar nicht merkwürdig zu finden.

Ich stelle mich ans Fenster und blicke in den Himmel.

»Caroline!«

Er weiß noch, dass mein Name mit einem kurzen i ausgesprochen wird.

Wir geben uns die Hand. Sein Händedruck ist fest.

Oscar sagt, dass er sich über meinen Anruf gefreut habe, und es klingt, als würde er es tatsächlich so meinen.

Er trägt ein enges hellblaues Hemd und eine dunkelblaue Krawatte. Seine Johnny-Cash-Frisur ist an den Schläfen bereits leicht ergraut, und er hat eine ausgeprägte Kinnpartie und einen leichten Silberblick. Er sieht gut aus.

Oscar führt mich in ein Konferenzzimmer, das »Kopenhagen« heißt, und erzählt, dass alle Räume in der Kanzlei nach einer nordeuropäischen Hauptstadt benannt sind.

»Einmal hat sich einer unserer externen Juristen während seiner Anfangszeit dadurch ins Bockshorn jagen lassen. Er hatte gehört, dass eine Besprechung in Oslo stattfinden sollte, und ohne zu überlegen einen Flug gebucht, weil er nicht im Kopf hatte, wie die Konferenzräume in unserer Kanzlei heißen. Wir ziehen ihn immer noch damit auf.«

Ich lache höflich. Das muss wohl Juristenhumor sein. Wie kann man für mehrere Tausend Kronen zwischen Stockholm und Oslo hin- und herfliegen und das Ganze als Gag betrachten? Kopenhagens Panoramafensterfront bietet eine spektakuläre Aussicht über Stockholm. Man hat das Gefühl, die ganze Stadt überblicken zu können. In einer Ecke des Raums stehen zwei Ledersessel, und in der Mitte befindet sich ein Glastisch, um den elegante Stühle gruppiert sind. Allein das Mobiliar hat bestimmt schon eine Viertelmillion Kronen gekostet. Und die Aussicht ist unbezahlbar.

»Dort drüben sehen Sie das LO-Gebäude und da die beiden Königstürme ...« Oscar erzählt, dass das Café Kungstornet mittlerweile eine Modeboutique sei und dass die Originaleinrichtung aus den Fünfzigern eingelagert wurde und darauf wartet, verbrannt zu werden. Er krempelt die Ärmel seines Hemdes hoch. Ich mustere ihn verstohlen. Für eine sexuell ausgehungerte Frau wie mich kommt es einem Striptease gleich, wie er langsam seine muskulösen Unterarme entblößt.

Das Mädchen vom Empfang bringt meinen Espresso. Auf der Untertasse liegt ein Pfefferminzplätzchen. Ich bedanke mich übertrieben herzlich.

»Könnte ich einen Blick in den Mietvertrag werfen?«, fragt Oscar, als sie wieder verschwunden ist.

Er liest ihn in Sekundenschnelle durch.

»Ich denke, dass Bjurström sich auf diesen Paragrafen berufen wird: ›Die Mietpartei ist verpflichtet, die für einen Gastronomiebetrieb geltenden Gesundheits- und Hygienevorschriften jederzeit und in vollem Umfang zu befolgen und einzuhalten und eventuelle Vorschriften und Anordnungen von zuständigen Aufsichtsbehörden zu erfüllen.‹«

»Daran halte ich mich.«

»Und Sie haben das vertragliche Nutzungsrecht und sollten sich keine Sorgen machen müssen, aber trotzdem haben Sie nicht die geringste Chance, Caroline. Wissen Sie, warum?«

»Nein.«

»Wegen 5,7 Milliarden Kronen.«

»Er hat Geld wie Heu, oder?«

»Bjurström ist einer der zwanzig reichsten Schweden. Und wie hat er das geschafft?«

»Indem er Leute wie mich zum Frühstück isst?«

»Und Leute wie mich zum Mittagessen.«

Wir lachen, und ich trinke meinen Espresso.

»Wissen Sie, was sich hier befunden hat, bevor die Hochhäuser gebaut wurden?«

Plötzlich habe ich eine kindische Angst, etwas Falsches zu sagen, obwohl ich mir hundertprozentig sicher bin.

»Das Klara-Viertel?«

»Genau. Hier haben Nils Ferlin und seine Brüder gesoffen und gedichtet. Diese Hochhäuser waren über viele Jahrzehnte die am meisten gehassten Bauten in Stockholm, und für viele sind sie es bis heute. Man kann zu ihnen stehen, wie man will, aber es steckt zumindest eine architektonische Idee dahinter. Auch wenn ich sie nicht gerade als fünf Trompetenstöße bezeichnen würde.«

»Wie bitte?«

»Der damalige Stockholmer Bürgermeister Hjalmar Mehr hat … Ach, lassen wir das. Leute wie Bjurström verschandeln die Stadt, rauben ihr sämtlichen Flair und Charakter, und das nur, um sich finanziell zu bereichern. Und Menschen wie Sie, Caroline, sind für die nur Witzfiguren, die Gesindel anziehen und den Mietspiegel in den Keller treiben. Unsere Lokalpolitiker wollen eine sichere Stadt propagieren und die Baufirmen Milliarden kassieren. Ich nehme stark an, dass es sich hier um einen klassischen Fall von Um- und Neunutzung handelt. Bjurström wird im Erdgeschoss Ihres Hauses irgendeine dieser großen amerikanischen Coffeehouse-Ketten und eine Edel-Modeboutique einquartieren und die Wohnungen in den oberen Etagen als Büroräume an Unternehmen vermieten, die das Zehnfache an Miete zahlen wie die ehemaligen Bewohner. Und die Politiker sehen wohlwollend dabei zu, weil sie so zwei Fliegen mit einer Klappe schlagen: Die Steuereinnahmen steigen, und der Pöbel verschwindet aus dem Straßenbild.«

»Ich bin Teil dieses Pöbels«, sage ich, und wir müssen beide lachen.

»Ich helfe Ihnen gern, wenn ich kann«, sagt Oscar.

»Und wie …?« Ich weiß nicht, wie ich meine Frage formulieren soll.

»Unsere Kanzlei arbeitet mindestens fünfzig Stunden pro Jahr unentgeltlich. Und niemand verbietet mir, dass ich irgendwann mal abends in Ihrer Tapas-Bar vorbeischaue und Ihr Essen probiere. Für den Anfang trete ich lediglich als Consultant auf. Bjurström braucht nicht zu wissen, dass Sie sich einen Anwalt genommen haben. Erst einmal spekulieren wir darauf, dass er einen Fehler macht.«

»Aber wenn ich beweisen kann, dass ich meinen vertraglichen Pflichten nachkomme, wie kann er …«

Oscar zuckt mit den Schultern.

»Zuerst wird er vermutlich versuchen, Sie zu bestechen, und an Ihren gesunden Menschenverstand appellieren.«

»Das hat er bereits getan, aber ich will nicht, dass aus meiner kleinen Oase eine seelenlose amerikanische Coffeehouse-Kette wird.«

»Dann wird er Ihnen drohen, Ihnen alle möglichen Steine in den Weg legen und Sie verklagen, damit Sie am Ende aufgeben.«

»Wie nett.«

»Mögen Sie Ferlin?«

Ich sage ihm die Wahrheit, dass ich mich beim Thema Poesie nicht so gut auskenne.

Er rezitiert aus dem Stegreif:

Nicht einmal einen kleinen grauen Vogel
der singt auf einem grünen Ast
gibt es auf der anderen Seite
was mich traurig macht.

Er trägt die Verse mit Hingabe vor, ohne dass es übertrieben wirkt. Seine Stimme ist dunkler als sonst, klingt aber nach wie vor ganz natürlich.

Nicht einmal einen kleinen grauen Vogel
und keine Birke, weiß am Wegesrand –
doch am schönsten Sommertag des Jahres
bekam ich Sehnsucht nach diesem Land.

Mir ist klar, dass das Gedicht zu Ende ist. Schön und ein bisschen kitschig. Mir fällt keine gescheite Bemerkung ein.

Schweigend betrachten wir die Aussicht. Ich starre auf das Logo des LO-Gebäudes. Wenn man unten auf der Straße steht und an der Fassade emporblickt, bekommt man einen steifen Nacken. Von hier sieht das Gebäude wie ein Puppenhaus aus.

»Ich kann mir richtig vorstellen, wie Ferlin hier gesessen und dieses Gedicht geschrieben hat«, sage ich nach einer Weile.

»Im Ernst?«, erwidert Oscar, und ich höre ihm an, dass er sich fragt, ob ich mich über ihn lustig mache.

Ich drehe mich zu ihm um. »Ja, im Ernst. Ich sehe ihn vor mir, wie er in diesem dänischen Designersessel für viertausend Euro abzüglich Mehrwertsteuer sitzt, nachdenklich zur SAS Radissons Skybar hinüberschaut, eine Zigarre pafft, Absinth trinkt und über einen kleinen grauen Vogel dichtet.«

Oscar lacht. »Ich muss jetzt zu einer Besprechung, Caroline. Aber halten Sie mich auf dem Laufenden. Ich werde sehen, was ich tun kann.«

Wir geben uns noch einmal die Hand und schauen uns an,

ohne etwas zu sagen. Es ist sein rechtes Auge, das schielt. Ich schaue auf seine Hände und entdecke einen schlichten schmalen Weißgoldring an seinem Ringfinger.

Schade, aber ich bin trotzdem froh, dass ich einen kleinen Stich in der Magengegend spüre.

12

Nancy wimmert vor Schmerzen und wirft den Kopf hin und her.

Den roten Alarmknopf habe ich schon viermal gedrückt, doch bis jetzt hat sich niemand blicken lassen. Ich verstelle das Bett, damit sie aufrechter liegt. Mir ist klar, dass sie Rückenschmerzen hat. Aber sie hört nicht auf zu wimmern. Offensichtlich ist das Mädchen aus Beckomberga wieder die ganze Nacht über ihren Rücken gelaufen. Ich versuche bestimmt schon seit zwanzig Minuten vergeblich, zu ihr durchzudringen.

Ich stürze auf den Flur hinaus. Sie scheinen heute wieder hoffnungslos unterbesetzt zu sein. Als ich angekommen bin, ist mir auf dem Weg zu Nancys Zimmer keine einzige Pflegekraft begegnet.

Vor dem Rollatorpark entdecke ich endlich eine Krankenschwester. Ich kann nicht erkennen, wer es ist, deshalb rufe ich: »Entschuldigung!« Doch sie scheint mich absichtlich zu ignorieren. Ich laufe auf sie zu und rufe noch lauter. Sie murmelt irgendeine Antwort, aber ich kann nicht verstehen, was sie sagt.

Ich gehe wieder zu Nancy zurück. Sie hat einen Hustenanfall, und zwischen den Hustenattacken schreit sie vor Schmerzen. Außerdem hat sie starke Blähungen. Sofern das überhaupt möglich ist, sieht sie noch unglücklicher aus. Ich hebe ihre Decke an und ziehe ihr Nachthemd ein Stück hoch, das heute sicher noch nicht gewechselt wurde. Ihre Windel ist ausgelaufen, und gelblich brauner Stuhl rinnt an ihren Beinen herunter. Der Gestank ist unerträglich.

»Verflucht!«, rufe ich.

Nancy kontert mit weiteren Schmerzenslauten.

Am liebsten würde ich ihr ein Kissen auf das Gesicht drücken und dem Ganzen ein Ende bereiten.

»Möchten Sie sterben, Nancy?«

Plötzlich schlägt sie die Augen auf und verstummt.

»Bin ich tot?«, fragt sie.

»Nein, ich habe gefragt, ob Sie sterben möchten, Nancy?«

»Ja, ja, ja …«

»Wollen Sie das wirklich?«

»Ja, ja, ja …«

»Möchten Sie, dass ich Ihnen dabei helfe?«

Endlich taucht Maya auf. »Hallo, Mädchen! Alles in Ordnung?«

»Nein, nichts ist in Ordnung! Nancy hat furchtbare Rückenschmerzen, und ihre Windel ist ausgelaufen.«

»Ich rieche es.« Maya geht zum Schrank und nimmt eine frische Windel heraus. Sie zieht Nancys Bettdecke hoch und fängt an, sie zu waschen.

Ich frage, warum heute mal wieder Personalnotstand herrscht.

»Zwei Kollegen haben sich krankgemeldet, und zwei weitere sind aus irgendeinem anderen Grund nicht gekommen.«

Ich verabschiede mich, küsse Nancy auf die Stirn und gehe auf den Flur hinaus.

Schon wieder bin ich viel zu spät dran. Ich sollte Nancy von ihren Qualen erlösen, das wäre auch für mich eine Erleichterung. Ich habe nicht genug Zeit, um sie ständig zu besuchen.

Eine rothaarige Krankenschwester, die eigentlich in einem anderen Stock arbeitet, ist auf dem Weg zum Medikamentenraum. Sie hastet den Korridor entlang. Ich habe das Gefühl, dass die Pflegekräfte ständig unter Stress stehen, sich abhetzen und trotzdem nicht alles schaffen. Irgendein Bewohner muss immer betreut werden. Und sobald jemand ausfällt, bricht das System zusammen. Die Tür des Medikamentenraums fällt langsam hinter der Frau ins Schloss. Ich bleibe stehen. Es dauert ein paar Sekunden, bis mir klar wird, warum ich das tue. Es ist, als würde ein cleverer Einbrecher in mir schlummern, der schneller denkt als mein Über-Ich. Wie ferngesteuert gehe ich auf den Raum zu. Als ich nur noch ein paar Schritte entfernt bin, kommt die Frau wieder raus. Sie grüßt und läuft in die Richtung zurück, aus der sie gekommen ist. Die Tür fällt langsam zu. Hastig drehe ich mich um. Niemand zu sehen. Die rothaarige Krankenschwester ist schon zwanzig Meter entfernt. Die Tür ist immer noch nicht ganz ins Schloss gefallen. Schnell schiebe ich meinen linken Fuß in den Spalt.

So kann ich nicht stehen bleiben. Jetzt oder nie, Caroline.

Ich greife nach der Tür, ziehe sie nur so weit wie nötig auf und schlüpfe in den Raum. Im Vorbeigehen habe ich schon mal einen flüchtigen Blick hineingeworfen. Trotzdem ist der Medikamentenraum kleiner als erwartet. Und extrem hell, obwohl es kein Fenster gibt. Ich schaue mich gründlich um. Soweit ich sehen kann, wird der Raum nicht kameraüberwacht.

An den Wänden verlaufen Regale mit Medikamentenschachteln. In einer Ecke befindet sich ein Kühlschrank, der mit einem Vorhängeschloss gesichert ist. Allerdings steckt der Schlüssel. Die Pflegekräfte stehen unter einem so großen Zeitdruck, dass sie den Schrank nicht abschließen. Ein wahres Paradies für Junkies. Aber wo soll ich anfangen zu suchen? Ich habe Schwierigkeiten, die Namen auf den

Schachteln zu entziffern. Was soll ich sagen, wenn jemand kommt? Wie aufs Stichwort erklingen draußen auf dem Flur Schritte. Vielleicht ist es Maya. Kann ich mich mit einem Witz aus der Affäre ziehen? Soll ich lügen und behaupten, dass ich ihnen helfen wollte? Oder soll ich die Wahrheit sagen? Jetzt sind die Schritte vor der Tür. Würde Maya mich verstehen? Ich bekomme keine Luft. Die Schritte entfernen sich. Nur die Ruhe, Caroline. Denk nach, wie könnte ein System aussehen, in dem sich auch ein Praktikant sofort zurechtfindet? Ganz einfach, man ordnet die Medikamente alphabetisch. Actrapid sollte also ganz oben liegen. Volltreffer! Eine Schachtel ist angebrochen. Ich nehme mir zwei Ampullen. Eine brauche ich zum Üben, und außerdem kann ich mir nicht vorstellen, dass sie die Insulinampullen nachzählen.

Ich mache den Kühlschrank zu und schaue in einen Unterschrank. Auch diesmal habe ich auf Anhieb Glück. In einer offenen Schublade liegen Insulinpens. Einer davon verschwindet in meiner Tasche. Direkt daneben entdecke ich mehrere Schachteln mit der Aufschrift *Micro fine, Pen needles, 4 mm*. Das sind die Nadeln, die Nancy benutzt. Ich nehme eine ganze Schachtel und stecke sie ein.

Meine Beute ist nicht zu sehen, aber ich bin noch nicht in Sicherheit. Wie zum Teufel soll ich von hier verschwinden? *Ich habe die Toilette gesucht?* Super Ausrede. Mein Blick fällt auf ein paar weiße Kittel. Soll ich …? Nein, jeder im Heim kennt mich. Sowohl die Pflegekräfte als auch die Bewohner. Sogar einige Angehörige würden mich wiedererkennen. Wie bin ich nur in diesen Schlamassel geraten? Ich muss hier weg. Vor der Tür ist es still, aber weil der Medikamentenraum an einem langen Flur liegt, bin ich schon von Weitem aus beiden Richtungen zu sehen.

Ich hole tief Luft, öffne die Tür und trete auf den Gang hinaus. Mit entschlossenen Schritten und hocherhobenem Kopf gehe ich den Korridor hinunter. Niemand ruft mir hinterher. Die alten Leute im Rollatorpark sind sichtlich erfreut, mich zu sehen, und rufen wild durcheinander. Ich stecke meine Hände in die Hosentaschen und umklammere den Insulinpen. Jetzt erst werfe ich einen Blick über die Schulter. Niemand ist mir gefolgt. Niemand hat mich gesehen. Alles ist wie immer. Eine Welle der Erleichterung durchflutet mich.

Glück muss man haben.

13

Seit ich die Fonds im Restaurant zubereite, ist es in der Küche noch enger. An Backen ist überhaupt nicht zu denken. Notgedrungen kaufe ich mein Brot bei der Konditorei Thelins. Ich habe meinen geballten Charme spielen lassen und mir einen Vorzugspreis erflirtet.

Ich gebe mir alle Mühe, nicht an Nancy zu denken, aber es fällt mir schwer. Falls ich so alt werden sollte, kann ich nur hoffen, dass sich die Einstellung zum Thema aktive Sterbehilfe bis dahin geändert hat und jeder frei über sein eigenes Ende entscheiden kann. Momentan muss man unheilbar krank sein und ein Vermögen an eine Klinik in der Schweiz zahlen, um sich das Leben zu nehmen. Wenn es nach mir ginge, wären Sterbekliniken ein grundlegendes Menschenrecht. Bei der Frage, wie alte Menschen in Würde sterben können, scheinen wir auf dem Stand der Abtreibungsdebatte und dem Selbstbestimmungsrecht der Frau in den Vierzigerjahren stecken geblieben zu sein.

Heute Abend haben wir Tintenfischringe auf der Speisekarte. Dafür nehme ich ausnahmsweise Tiefkühlware. Das ist am sichersten, und bei meinen Calamares à la Caroline schmeckt man keinen Unterschied. Ich lasse die Tintenfischringe über Nacht in Limettensaft auftauen, danach paniere ich sie mit einer unkomplizierten und außerdem zeitsparenden Methode. Ich stecke sie einfach in Plastiktüten, die ich zur Hälfte mit einer Mehl-Salz-Mischung gefüllt habe, und schüttele sie. Eigentlich eine ziemliche Verschwendung, aber Mehl ist wohl so ziemlich das günstigste Lebensmittel, das es gibt, da kann man mal ein Auge zudrücken. Anschließend wende ich die Calamares in gequirltem Ei und lege sie auf ein großes Blech mit japanischem Pankomehl, unter das ich Brotreste gemengt habe. Dann wandern sie in den Kühlschrank. Für heute Abend habe ich ungefähr 250 Calamares vorbereitet, die ich mit meiner selbst gemachten Chili-Mayonnaise servieren werde.

Fünf Jahre lang habe ich mit verschiedenen Chilipflanzen herumexperimentiert, bis mir vor lauter Aji Benito und Hungarian Hot Wax ganz schwindlig war. In unseren Breitengraden Chilis anzubauen, ist gar nicht so einfach. Auch unterschiedliche Lampen und Erdsorten haben nichts genützt. Jetzt beziehe ich Ein-Kilo-Gläser Eldorado-Chiliflakes für zwölf Kronen das Stück vom Lebensmittel-Großhändler Martin Olsson und nehme nichts anderes mehr. Manchmal sind die einfachen Dinge die beste Lösung. Aber die Mayonnaise mache ich selbst. Das ideale geschmacksneutrale Öl für eine Emulsion gibt es bei Maxfood. Allerdings kaufe ich es nicht bei meiner ehemaligen Arbeitsstelle im Lidingö-Zentrum, dahin traue ich mich nicht. Aber trotzdem. In gewisser Weise zahle ich meine Schulden zurück. Und mit dem Rapsöl aus dem Maxfood-Sortiment gelingt meine Mayonnaise einfach perfekt.

Ich besitze eine große, moderne Friteuse, mit der eigentlich nichts schiefgehen kann, aber trotzdem habe ich Angst, mich heute Abend zu verbrennen. Ein guter Koch verbrennt sich die Finger, hat mein Vater immer gesagt, als ich klein war. Wenn er hundertachtzig Grad heiße Ölspritzer abbekommt, spürt er höchstens einen leichten Pikser. Für mich ist jeder Tropfen heißes Öl wie ein Messerstich, und ich muss die Zähne zusammenbeißen, was ich natürlich auch tue. Schmerzen sind Privatsache.

14

Als ich in die Sankt Göransgatan einbiege, sehe ich Bjurström schon von Weitem. Er steht mit irgendeinem Baumenschen vor meinem Restaurant und diskutiert. Beide deuten auf die Fassade.

Immer freundlich bleiben, Caroline. Immer freundlich bleiben, denke ich.

Der gestrige Abend hätte ein Bombenerfolg sein können. Die Leute haben gegessen, bis wir buchstäblich nichts mehr in der Küche hatten, es war proppenvoll, ohne dass es zu irgendeinem Zeitpunkt zu Platzproblemen gekommen wäre, und mindestens drei Gäste haben mir ihre Visitenkarten gegeben, weil sie mein Catering bestellen wollen. Ein Mann, dessen aufgeknöpftes Hemd mir freien Blick auf seine Brustbehaarung gewährte, hat mich vom Fleck weg für die Abiturfeier seiner Tochter engagiert. Und weil sie »das Juwel seines Herzens« ist, spielt Geld keine Rolle.

Ich war allerbester Laune, als plötzlich vier uniformierte Polizisten auf der Bildfläche erschienen, um eine sogenannte Gaststättenkontrolle durchzuführen. Sie haben sogar den Hinterausgang gesichert, damit niemand klammheimlich verschwinden konnte. Allerdings waren sie sehr höflich und diskret. Ich glaube, die meisten Gäste haben sie gar nicht bemerkt. Die Beamten haben alle Angestellten überprüft und wollten sämtliche Bestellungen und Quittungen sehen. Danach waren sie eine Viertelstunde bei Bente im Büro. Schließlich sagten sie, dass alles in Ordnung sei, und zogen wieder ab. Ich war ebenfalls ausgesprochen höflich und die Ruhe selbst, obwohl mich ihr unangekündigtes Auftauchen innerlich auf die Palme gebracht hat. Ich bin mir hundertprozentig sicher, dass Bjurström dahintersteckt.

»Hallo, Finn«, begrüße ich ihn freundlich.

»Hallo, Caroline, guten Morgen. Wie geht es Ihnen?«

»Danke, gut. Hallo«, sage ich zu dem Baumenschen. Bjurström stellt mich ihm vor, und der Mann grüßt abwesend. Vermutlich ist er mit seinen Gedanken ganz woanders.

»Wie laufen die Geschäfte?«, frage ich und blicke wie die beiden an der Hauswand empor, als würde ich zu ihrer Gang gehören. Ich merke, dass Bjurström meine Anwesenheit stört, aber er macht gute Miene zum bösen Spiel.

»Ich kann nicht klagen. Und bei Ihnen?«

»Ich bin zufrieden. Gott sei Dank scheinen sich meine Gäste durch ein Baugerüst, das einen Millimeter vor meiner Eingangstür steht, nicht abschrecken zu lassen.«

»Oh, das tut mir leid. Stört es Sie?«

»Ganz und gar nicht.«

»Da bin ich erleichtert.« Bjurström dreht mir demonstrativ den Rücken zu und gibt mir deutlich zu verstehen, dass er seine Unterhaltung mit dem Bauleiter ohne mich fortsetzen will.

»Ich habe vollstes Verständnis dafür, dass Ihre Leute bei ihren Renovierungsarbeiten nicht wie Spiderman an der Fassade hochklettern können. Und die Kontrolle gestern Abend haben wir ohne Probleme gemeistert.«

»Was für eine Kontrolle?«, fragt Bjurström. Jetzt habe ich sein Interesse geweckt.

»Die Gaststättenkontrolle«, sage ich, als wäre das die naheliegendste Sache der Welt.

»Wie bitte?«

»Ich dachte, Sie wüssten davon. Die Polizei hat gestern eine Gaststättenkontrolle bei uns durchgeführt.«

»Woher sollte ich davon wissen?«

»Ja, woher sollten Sie davon wissen?«, ahme ich seinen Dalarna-Dialekt nach.

Bjurström dreht sich wieder um.

»Aber sie hatten nichts zu beanstanden. Schade, oder?«

»Wenn Sie uns bitte entschuldigen, Caroline. Wir sind dabei, die Zukunft zu planen.«

»Ja, und in dieser Zukunft habe ich keinen Platz mehr, ich weiß«, sage ich und rücke ihm noch dichter auf die Pelle.

Bjurström entschuldigt sich bei dem Bauleiter, packt mich am Arm und zieht mich ein paar Meter zur Seite. Seine Stimme ist leise und bestimmt: »Ich finde, Sie verhalten sich gerade ausgesprochen dumm, Caroline. Geradezu kontraproduktiv. In Ihrer Branche muss man pragmatisch sein, und das sind Sie nicht. Mit Ihrem Verhalten schaden Sie nur sich selbst.«

»Besser man schadet sich selbst, als dass es jemand anderes tut.«

»Im Englischen gibt es diese schöne Redensart ...« Bjurström switcht in eine Art Dalarna-Englisch: *»Please don't be an asshole to me. Cause then I have to be an asshole to you. And I'm way better at being an asshole than you are.«*

Er lächelt mich an, und ich balle meine Hand in der Tasche zu einer Faust, damit sie sich nicht selbstständig macht und ihm mitten in die Visage fliegt. Männlicher Chauvi-Slang hat vielleicht in den Fünfzigern funktioniert, aber die Zeiten sind vorbei.

Ich schaue ihn ganz unschuldig an. »Mein Englisch ist leider ziemlich *bad*, was haben Sie gerade gesagt?«

»Machen Sie sich nicht dümmer, als Sie sind, Caroline. Legen Sie sich nicht mit mir an. Oder wie man zu Hunden sagt: Aus!«

Mit schnellen Schritten eilt er zum Bauleiter zurück, als hätte er Angst, nicht das letzte Wort zu behalten. Ich lasse ihm die Genugtuung. Dieses Mal.

Ich gehe ins Restaurant und rufe Oscar an, hier ist Verstärkung nötig.

Meine Knie zittern, und meine Füße kribbeln. Finn Bjurström ist ein aalglatter Typ. Wenn solche wie er gewinnen, geht die Welt unter.

15

Es ist Sonntagmorgen. Ich laufe über die Skeppsholmsbron. Mir gefällt, dass die Autos immer nur abwechselnd in eine Richtung über die Brücke fahren dürfen. Wenn solche Leute wie Bjurström das Sagen hätten, würde der Verkehr hier vierspurig verlaufen, die Autofahrer müssten Mautgebühren berappen, und die Wahrzeichen der Brücke, die Kronen in der Mitte des Geländers, wären schon längst im Wasser gelandet.

Oscar ist sofort ans Handy gegangen, obwohl er mitten in einer Besprechung saß. Er hat mich gebeten, zu seinem Konzert in die ehemalige Skeppsholms-Kirche zu kommen, die mittlerweile in Eric-Ericson-Halle umbenannt wurde. Oscar singt in irgendeinem Chor, aber ich habe vergessen, wie er heißt. Das Konzert beginnt um elf Uhr. Wir sind um zehn verabredet.

Warum ändert man den Namen einer Kirche? Darf man das überhaupt? Haben sie die Kirche abgerissen und stattdessen eine Konferenzhalle aus dem Boden gestampft? Ich dachte immer, alle Stockholmer Kirchen stünden unter Denkmalschutz.

Ich bin früh dran und blättere in einem Prospekt über die Geschichte der Kirche. Es sieht so aus, als hätte man im Innenraum nur das Kreuz abgenommen und Gott weggezaubert, ansonsten hat sich am Gebäude nichts verändert. Eric Ericson war anscheinend ein bekannter schwedischer Chorleiter und Dirigent, und die nach ihm benannte Halle ist »ein internationales Chorzentrum im Herzen Stockholms«. Ich bin froh, dass ich Zeit habe, mich ein bisschen über die Kirche zu informieren. In Oscars Gegenwart komme ich mir schon ungebildet genug vor.

»Manche Konzertbesucher scheinen es ja gar nicht erwarten zu können.«

Ich wirbele herum und entdecke Oscar, der auf mich zukommt. Er ist wirklich attraktiv. Heute fällt mir zum ersten Mal auf, dass er ziemlich sexy geht. Ein weicher, federnder Gang, der deutlich signalisiert: »Hier komme ich«, ohne aufdringlich zu wirken. Ich lächle und spüre, wie mein Gesicht rot anläuft. Verdammt!

Dieses Mal umarmen wir uns. Anschließend setzen wir uns in dem runden Raum in die hinterste Reihe. Ich liebe die Atmosphäre hier. Die große Kuppel und das Licht.

»Wissen Sie, wer Eric Ericson war?«

»Ja, ein berühmter schwedischer Chorleiter und Dirigent, einer der berühmtesten, oder?«

»Ich bin beeindruckt«, erwidert er lächelnd. »Ich singe gern hier. Nicht nur wegen der Akustik. Es ist diese besondere Atmosphäre. Man spürt die Geschichte der Kirche, ohne dass man …« Er zögert.

»Ohne dass man mit Religion erschlagen wird?«, ergänze ich auf gut Glück.

»Pst, nicht so laut! Dass sie den Sohn weggetragen haben, bedeutet nicht, dass auch der Vater verschwunden ist.«

Ich danke ihm, dass er sich die Zeit für mich nimmt, und er beteuert, es sei ihm eine Freude. Ich erzähle ihm von der Gaststättenkontrolle, von Bjurströms unterschwelliger Drohung und dass seit Neuestem mit pünktlicher Regelmäßigkeit der Strom ausfällt. Oscar erwidert, dass er so etwas erwartet habe und dass das vermutlich nur die Spitze des Eisbergs sei, wenn ich das Feld nicht freiwillig räume.

»Das tue ich auf keinen Fall. Jede Gemeinheit, die er sich ausdenkt, bestärkt mich in dieser Meinung«, sage ich mit Nachdruck.

»Und Bjurström hat nach wie vor keine Ahnung, dass Sie sich einen Anwalt genommen haben?«, fragt Oscar.

»Nein.«

»Das ist gut. Ich will so wenig wie möglich in Erscheinung treten, sondern eher unauffällig im Hintergrund wirken.«

Wir schauen uns an. Er hat zwei unterschiedliche Augenfarben. Das rechte ist braun, das linke geht mehr ins Grünliche. Seine Lippen sind voll, fast schon feminin, aber er ist kein Softie, sondern im Gegenteil ein ziemlicher Macho. Ich frage mich, wie er wohl reagieren würde, wenn ich ihn küsse.

»So wie Gott?«, höre ich mich sagen.

»Genau!«, erwidert er. »Ich bin Gott. Ich höre und sehe alles, offenbare mich aber nicht.«

»Wenn Sie Gott sind, wer bin dann ich?«, frage ich und hoffe inständig, dass seine Antwort die Jungfrau Maria lauten wird, wobei wir die Sache mit der unbefleckten Empfängnis durchaus in eine befleckte umwandeln könnten.

»Eines meiner vielen verwirrten Schäfchen«, lacht Oscar und steht auf. Der Chor muss sich einsingen. Er fragt, ob ich mir das Konzert anhören möchte.

Ich frage ihn, was sie singen werden. Als er Brahms *Requiem* antwortet, sage ich »Wie schön!«, als würde ich es kennen. Oscar scheint zu ahnen, dass ich nicht die leiseste Ahnung habe, wovon er redet, und erklärt, dass ein Requiem die Vertonung der katholischen Totenmesse sei. »Aber Brahms' *Requiem* ist keine Trauermusik. Es soll den Zurückgelassenen Trost spenden.«

»Ja, mal sehen. Vielleicht höre ich es mir an«, sage ich ausweichend und fühle mich wie eine pubertäre Sechzehnjährige.

Oscar umarmt mich flüchtig und geht zu seinem Chor.

Eigentlich habe ich keine Zeit, mir das Konzert anzuhören. Ich verstehe nicht, was an klassischer Musik so toll sein soll, und bin viel zu aufgekratzt, um still zu sitzen. Trotzdem will ich bleiben. Wer weiß, wann ich das nächste Mal die Gelegenheit bekomme, ihn eine Stunde lang hemmungslos anstarren zu können. Ich werde ihn schamlos zum Objekt meiner weiblichen Begierde machen.

16

Blind vor Tränen überquere ich die Skeppsholmsbron in Richtung Innenstadt. Zehn Minuten lang habe ich Oscar angestarrt. Am liebsten hätte ich mich auf ihn gestürzt, ihm die Kleider vom Leib gerissen und ihn vernascht. Doch dann passierte etwas in mir. Ich spürte, wie die Musik mich in ihren Bann zog, mich einhüllte und mich in sich aufnahm. Ich schloss die Augen und hörte einfach nur zu. Ich wurde ein Teil der Musik, wurde eins mit ihr. Besser kann ich es nicht beschreiben. Trotz der dunklen Klänge wurde mir ganz warm ums Herz. Oscars Worte gingen mir die ganze Zeit nicht aus dem Kopf: »Es soll den Zurückgelassenen Trost spenden.« Ich musste an meine Freundin Stephanie und meinen kleinen Bruder Sebastian denken, aber anders als sonst, eher so, als würde ich von ihnen träumen, als wären sie noch am Leben und würden mir Kraft geben.

Ich beschließe, heute zur Arbeit zu laufen. Ich habe keine Lust, dass irgendwer meine verheulten Augen sieht und fragt, ob alles in Ordnung ist. Zu Fuß brauche ich eine halbe Stunde, bis dahin wird mein Gesicht wieder präsentabel sein.

Der Wind zerrt an meinen Kleidern. Ich bin zu dünn angezogen, aber es macht mir nichts aus. Ich muss lernen, mich auf die wichtigen Dinge im Leben zu konzentrieren. Oder ich muss nicht, aber ich will. Das Leben ist viel zu kurz, um es mit irgendwelchen albernen Kinkerlitzchen zu verschwenden. Was will ich eigentlich wirklich? Ich will, dass mein Restaurant dort bleibt, wo es ist. Ich will expandieren und Gewinn erzielen, damit ich mir auch mal freinehmen und kompetente Mitarbeiter anstellen kann, denen ich ein anständiges Gehalt zahle. Ich will Nancy nicht mehr leiden sehen. Wenn nichts Unvorhergesehenes passiert, kann sie noch fünf Jahre so vor sich hin vegetieren. Ich habe die Möglichkeit und die Kraft, etwas dagegen zu tun. Also werde ich meinen ganzen Mut zusammennehmen und kein Feigling mehr sein.

Meine Tränen sind versiegt, aber die Musik klingt in mir nach. Ich fühle mich stark. Ich werde meine Ziele verwirklichen. Es erfordert nur Zeit und Geduld. Ich habe beides.

17

Es ist Montagmorgen, und ich sehe Bente auf den ersten Blick an, dass etwas passiert ist.

»Was ist los?«

»Eben hat ein Gast angerufen und behauptet, er hätte sich Donnerstagabend bei uns eine Lebensmittelvergiftung zugezogen.«

Ich habe das Gefühl, als würde mir jemand mit einem Eiszapfen die Wirbelsäule entlangfahren.

»Warum ist er sich so sicher, dass er sie sich bei uns geholt hat?«

»Er war felsenfest davon überzeugt. Ich habe ihm ein Drei-Gänge-Menü auf Kosten des Hauses angeboten, aber er meinte, er würde nie wieder einen Fuß in unser Restaurant setzen. Dann habe ich ihn gebeten, mir seine Bankverbindung zu geben, damit wir ihm den Rechnungsbetrag erstatten können, worauf er nur erwiderte, dass wir das Geld lieber in eine Putzfrau investieren sollten. Ich habe mich tausendmal entschuldigt und versucht, ihn zu besänftigen, aber er wurde immer aufgebrachter. Zum Schluss hat er noch gesagt, dass er das Gesundheitsamt informiert hat.«

»Das ist garantiert wieder auf Bjurströms Mist gewachsen«, sage ich wie aus der Pistole geschossen.

»Hör auf. Der Gast heißt Svante Wolff und hat nichts mit Bjurström zu tun. Du kannst ihm nicht alles in die Schuhe schieben. Das Einzige, was wir mit Sicherheit wissen, ist, dass wir ihm das Baugerüst wegen der Sanierungs- und Renovierungsmaßnahmen am Haus zu verdanken haben. Und wie du selbst gesagt hast: Niemand kann an einer Hauswand hochklettern, es sei denn, er heißt Spiderman.«

»Kannst du eine Stunde lang die Stellung halten, wenn ich Julia und Agnes anrufe und sie bitte, einzuspringen?«

»Wenn es sein muss«, seufzt Bente.

Sie kennt mich.

An der McDonald's-Filiale auf der Sankt Eriksgatan springe ich in ein Taxi. Ich nehme mir so gut wie nie ein Taxi. Aber jetzt habe ich Angst, mich könnte der Mut verlassen, wenn ich Bjurström nicht so schell wie möglich zur Rede stelle.

Vor der Bjurström Immobilien GmbH am Alviks Torg steige ich aus. Im Gebäude betrete ich den geräumigsten Fahrstuhl, den ich jemals benutzt habe. Ich aktiviere die Aufnahmefunktion meines Handys und stecke es in die Brusttasche meiner Jeansjacke. Da Bjurström schon versucht hat, mich mit einer albernen englischen Redensart einzuschüchtern, obwohl ich ihn kaum provoziert hatte, hoffe ich nun, dass er mir unverblümte Drohungen an den Kopf schleudert, wenn ich ihn zur Weißglut treibe. Er hat sein wahres Gesicht gezeigt, und ich werde es beweisen.

Ich werfe einen prüfenden Blick in die verspiegelte Wand des Fahrstuhls und wünschte, ich würde tough und selbstbewusst wirken, wie jemand, der weiß, was er tut. Aber alles, was ich sehe, ist ein kleines verängstigtes Mädchen, das am liebsten einen Rückzieher machen würde.

Die Fahrstuhltüren entlassen mich in einen Empfangsbereich, der noch größer und heller ist als der von Oscars Anwaltskanzlei.

»Hallo, ich möchte zu Finn Bjurström«, sage ich zu dem Rezeptionisten, einem dunkelhaarigen Typen in meinem Alter.

»Haben Sie einen Termin?«, fragt er. Seine Stimme hat einen femininen Touch.

»Nein, ich bin allein.«

Meine Antwort verunsichert ihn.

»Sie müssen vorher einen Termin vereinbaren, wenn Sie …«

»Nein danke. Das ist nicht nötig. Ist er in seinem Büro?«

Entschlossen marschiere ich einen der Flure hinunter, als wüsste ich genau, wo Bjurströms Büro liegt. Der Rezeptionist springt auf.

»Entschuldigen Sie bitte, aber Herr Bjurström hat heute einen sehr vollen Terminkalender.«

»Ausgezeichnet, das habe ich auch!«, erwidere ich und gehe weiter. Meine Intuition scheint mich nicht im Stich zu lassen, denn der Empfangsfuzzi hastet hinter mir her und versperrt mir den Weg. Ich werde langsamer. Er glaubt, dass ich vorhabe, links an ihm vorbeizuschlüpfen, und macht einen Schritt zur Seite. Ich nutze seine vernachlässigte rechte Deckung, merke, dass ich direkt vor Bjurströms Bürotür gelandet bin, reiße sie auf und gehe hinein. Große Panoramafenster, die den Blick auf die Tranebergsbron und glitzerndes Wasser freigeben. Bjurström sitzt mit dem Rücken zum Fenster hinter einem riesigen Schreibtisch und unterhält sich angeregt mit einem Mann. Die beiden scheinen ungefähr im selben Alter zu sein.

»Hallo, Finn«, sage ich.

Bjurström hält mitten im Satz inne und springt auf. Ich hoffe, dass er mich anblafft, aber stattdessen fragt er besorgt: »Caroline, was machen Sie hier? Ist etwas passiert?«

»Ja, und ich muss mit Ihnen reden. Jetzt.«

»Selbstverständlich, kein Problem.«

Zu meinem Erstaunen entschuldigt er sich bei seinem Gesprächspartner und komplimentiert ihn freundlich, aber bestimmt hinaus. Sie machen einen Witz darüber, dass Finn heute ein sehr begehrter Mann sei, und nachdem Bjurström auch dem Rezeptionisten zu verstehen gegeben hat, dass alles in Ordnung ist, schließt er die Tür und wendet sich mir zu.

»Willkommen in der Stockholmer Peripherie, Caroline. Haben Sie es sich anders überlegt?«

»Nein.«

»Kann ich Ihnen einen Kaffee anbieten?«

Mir fällt ein, dass ich heute nicht gefrühstückt habe, und eine Tasse Kaffee wäre gerade das Himmelreich auf Erden, aber ich lehne ab. Das Einzige, was ich jetzt brauche, ist eine Audioaufnahme, die beweist, dass Bjurström mich erpresst. Ich muss ihn dazu bringen, seine aufgesetzte Freundlichkeit abzulegen.

»Haben Sie ein Angebot für mich, das ich nicht ablehnen kann, Caroline?«, fragt er.

»Ich weiß, dass Sie mich mit allen Mitteln aus dem Restaurant vertreiben wollen«, erwidere ich.

Bjurström lacht und drückt auf eine Taste einer dieser neumodischen Nespresso-Maschinen. Während der Kaffee durchläuft, macht das Gerät einen solchen Lärm, dass es keinen Sinn hat weiterzureden. Auf der Aufnahme wäre ohnehin nichts zu verstehen. Bjurström nimmt seinen Kaffee und stellt sich mit dem Rücken ans Fenster. Im Gegenlicht kann ich sein Gesicht nur undeutlich erkennen.

»Ich habe einen Interessenten für die Ladenfläche in Midsommarkransen.«

»Was Sie nicht sagen.«

»Intelligenter Bursche. Betreibt irgendein IT-Unternehmen. Ich kenne mich auf dem Gebiet nicht so aus. Mir ist dieses ganze IT-Zeug zu trocken, wenn ich ehrlich sein soll. Ihre Branche gefällt mir besser. Kochen ist echte Handarbeit. Ehrlich und solide. Ich finde, dass Sie …«

»Ihr Süßholzgeraspel können Sie sich sparen!«

»Wie bitte?«

»Ich weiß genau, was Sie vorhaben.« Ich gehe ein paar Schritte auf ihn zu. Es gibt mir ein Gefühl von Stärke, auch wenn ich eigentlich nur will, dass seine Worte auf der Aufnahme besser zu verstehen sind. Die Sonne blendet mich, und ich kann nicht erkennen, wie er auf meinen Vorstoß reagiert.

»Waren die Polizeikontrollen und die Besuche des Gesundheitsamts noch nicht genug?«

»Bitte, Caroline …«

»Nein, kein ›Bitte, Caroline‹. Jetzt spielen wir mit offenen Karten. Sie wollen mich loswerden, damit Sie irgendeinen weiteren gesichtslosen Megastore in der Sankt Eriksgatan einquartieren und die Mieten erhöhen können. Und weil ich nicht freiwillig verschwinde, drohen Sie mir. Aber da die Nummer bei mir nicht zieht, sabotieren Sie mein Restaurant, drehen den Strom ab und hetzen mir die Polizei und andere Behörden auf den Hals. Ist es nicht so?«

Bjurström schweigt, er wirkt ernst, beinahe resigniert.

»Geben Sie zu, dass auch diese angebliche Lebensmittelvergiftung auf Ihr Konto geht!«

Bjurström baut sich vor mir auf. Sein Gesicht ist nur ein paar Millimeter von meinem entfernt. Seine übliche Gebärde, um zu zeigen, dass er am längeren Hebel sitzt. Jetzt habe ich ihn. Gleich wird er mir unmissverständlich drohen.

»Machen Sie die Augen zu«, sagt er.

»Nein!«, widerspreche ich verblüfft.

»Doch!«, verlangt er, während sich seine Hand meinem Gesicht nähert. »Machen Sie die Augen zu und wünschen Sie sich was.«

»Was soll das?«

»Sie haben eine Ihrer schönen, langen Wimpern verloren. Wenn man eine Wimper verliert, darf man sich etwas wünschen.«

Ich schließe die Augen und wünsche mir, dass Bjurström für alle Zeiten in der Hölle brennt.

»Aber Sie dürfen nicht verraten, was Sie sich gewünscht haben, sonst geht der Wunsch nicht in Erfüllung.« Meine Wimper liegt auf der Spitze seines Zeigefingers.

Ich beschließe, sein anmaßendes Verhalten zu ignorieren. Ich habe keine Ahnung, in welchem Handbuch für Psychopathen er diese Manipulationstechnik gelernt hat, aber bei mir beißt er damit auf Granit. Mit fester Stimme sage ich: »Sie sind so sehr daran gewöhnt, immer Ihren Willen zu bekommen, dass Sie Ihr Verhalten vermutlich ganz normal finden. Aber das ist es nicht. Sie können mir drohen, so viel Sie wollen, Sie machen mir keine Angst. Ich werde die dreihunderttausend Kronen auftreiben, und ich werde mit meinem Restaurant in der Sankt Eriksgatan bleiben. Was sagen Sie dazu?«

»Das haben Sie mir bereits deutlich zu verstehen gegeben. Warum haben Sie den langen Weg in diesen Stockholmer Vorort auf sich genommen, um es mir ein zweites Mal zu erzählen?«

Auf einmal spüre ich, dass meine Beine zittern. Tun sie das schon die ganze Zeit? Was mache ich eigentlich hier?

»Caroline, ich weiß genau, wie es Ihnen geht. Und ich bewundere Sie für Ihre Standhaftigkeit. Deshalb habe ich meine Pläne bereits entsprechend angepasst.«

Bjurström scheint mit seiner kleinen Ansprache zufrieden zu sein und trinkt einen Schluck Kaffee. Ich tue so, als hätte ich ihn nicht gehört. Ich weiß, dass er lügt.

»Ich lasse mich von Ihren Mafia-Methoden nicht einschüchtern. Ich habe keine Angst vor Ihnen«, sage ich, merke aber, dass meine Stimme nicht mehr ganz so fest klingt.

Bjurström lacht und kann gerade noch verhindern, dass ihm der Kaffee aus dem Mund läuft. »Sie haben wirklich Humor, Caroline. Das habe ich vom ersten Moment an gewusst.«

Bjurström schmeichelt mir weiter und kann gar nicht oft genug betonen, wie sympathisch er mich findet. Heute scheint er sich durch nichts aus der Reserve locken zu lassen. Bei unserer letzten Begegnung hat er sein aufbrausendes Temperament schneller unter Beweis gestellt.

»Sie haben mir neulich gedroht, das können Sie nicht abstreiten.«

»Ich habe in meinem ganzen Leben noch nie jemandem gedroht.«

»Wiederholen Sie diese englische Redewendung, die Sie vor dem Restaurant benutzt haben.«

»*You are amazing!*«

»Lassen Sie den Quatsch!«

»Wenn Sie nicht noch etwas Wichtiges besprechen möchten … dann entschuldigen Sie mich bitte, ich habe zu arbeiten. Und das sollten Sie vielleicht auch tun?«

Verdammt. Weiß er, dass ich die Unterhaltung aufzeichne? Ich schiele auf die Brusttasche meiner Jeansjacke. Das Handy ist nicht zu sehen. Hat er eine Kamera im Fahrstuhl? Bjurström bittet mich höflich zu gehen, weil er telefonieren muss, und ich schrumpfe, bis ich nur noch zwanzig Zentimeter groß bin.

Er begleitet mich zur Tür und erzählt von seiner Kindheit hier in Alvik. Wie viel leichter damals alles war. Ich habe das Gefühl, dass er mich durchschaut. Am liebsten würde ich ihm mein Telefon in die Hand drücken und zugeben, dass ich der schlechteste Spion der Welt bin. Der Donald Duck der Spione.

Bjurström gibt mir zum Abschied die Hand, lächelt freundlich und sagt »Auf Wiedersehen, Caroline.« Ich bringe nicht einmal ein »Tschüs« über die Lippen. Er soll nicht hören, dass ich kurz davor bin zu heulen.

18

Als ich nach meinem Besuch bei Bjurström in der U-Bahn sitze und zum Fridhemsplan zurückfahre, fühle ich mich wie die letzte Versagerin. Ich verspüre den Drang, mich zu ritzen, aber nicht so, dass sichtbare Narben als Hilferuf zurückbleiben, sondern so tief, dass ich verblute.

Ich bin mir noch nie im Leben so kreuzdämlich vorgekommen. Der einzige Trost ist, dass niemand zu erfahren braucht, dass ich versucht habe, Bjurström mit einer Handy-Aufnahme das Handwerk zu legen. Niemand muss erfahren, dass ich überhaupt bei ihm gewesen bin.

Im Restaurant schalte ich auf Autopilot und mache meine Arbeit. Aber ich bin nicht mit dem Herzen bei der Sache und behandle mindestens einen Gast unhöflich. Meine Tapas-Kreationen sind total fantasielos. Ich bin fix und fertig und verfluche meine eigene Dummheit. Eine Bio-Schwedin, die glaubt, sie könnte in Stockholm die weltbeste Tapas-Bar betreiben, die noch dazu mitten auf Kungsholmen liegen muss und auf gar keinen Fall irgendwo weiter außerhalb. Wie überheblich kann man sein? Teeren und federn sollte man mich.

Als hätten sich alle Angestellten, die in der Innenstadt arbeiten, zu einem Feierabendbierchen verabredet, rennen uns die Leute ab achtzehn Uhr förmlich die Bude ein. Wir haben alle Hände voll zu tun, um den Ansturm zu bewältigen, aber der Umsatz kann sich sehen lassen.

Ich habe gar keine Zeit, mich weiter im Selbstmitleid zu suhlen. Eine Frauenclique bestellt eine Sangria nach der nächsten. Sie werden immer ausgelassener und lauter, ohne dass die Stimmung ausufert, und essen viel. Ich glaube, wir haben an die tausend Muschel-Käse-Schinken-Bällchen zubereitet, und Julia hat inzwischen gelernt, sie perfekt zu frittieren.

Irgendwann schalte ich ein paar Gänge runter und übernehme die kalten Tapas wie Oliven und Schinken auf Weißbrot. Alles läuft wie am Schnürchen.

Plötzlich ruft jemand meinen Namen. Die Stimme kommt mir bekannt vor, und wie aus heiterem Himmel steht Oscar da! Ich bin so froh, ihn zu sehen, dass ich spontan unter dem Bartresen durchkrieche und ihn umarme. Er scheint das nicht das kleinste bisschen seltsam zu finden, sondern erwidert meine Umarmung und stellt mich zwei Kollegen vor.

Um zweiundzwanzig Uhr wollen die drei aufbrechen. Den ganzen Abend bin ich immer wieder an ihren Tisch gegangen, und jedes Mal haben sie mein Essen über den grünen Klee gelobt. Allen hat es geschmeckt, und ohne Bjurströms Namen explizit zu erwähnen, hat Oscar mindestens zweimal gesagt: »Sie müssen hierbleiben, Caroline.« Ihm gefällt, dass wir den alten, traditionellen Charme des Lokals bewahrt haben.

Natürlich habe ich meine missglückte Undercover-Aktion in Alvik mit keinem Wort erwähnt.

Stattdessen habe ich geflirtet. Allerdings sehr dezent. Ich habe ein paar Witze gerissen, die offenbar gut ankamen. Als sich einer von Oscars Kollegen nach meiner Ausbildung erkundigte und ich lakonisch antwortete: »Die harte Schule des Lebens«, haben sie sich nicht mehr eingekriegt. Ich muss gestehen, dass ich mich auch ziemlich schlagfertig fand, aber das habe ich mir natürlich nicht anmerken lassen. Leute, die über ihre eigenen Witze lachen, sind noch schlimmer als Leute, die über ihre Wehwehchen klagen.

James, der uns heute Abend ebenfalls mit seiner Anwesenheit beehrt und das Geplänkel aus nächster Nähe mitbekommen hat, wirkte beinahe ein bisschen eifersüchtig. Ich bin noch nie unter dem Bartresen durchgekrochen, um ihn zu umarmen.

Als Oscar und seine Begleiter bezahlen wollen, sage ich, dass ihr Essen aufs Haus geht. Oscar bedankt sich, möchte aber wissen, wie hoch die Rechnung gewesen wäre. Ich drucke ihren Bon aus, der sich auf 1420 Kronen beläuft, woraufhin Oscar mir 1500 Kronen Trinkgeld in die Hand drückt.

»Aber jetzt muss ich nach Hause zu Frau und Kindern«, sagt er.

»Sind Sie glücklich verheiratet?«, frage ich.

»Definieren Sie glücklich«, kontert er.

Ich lache, zögere dann aber, weil ich spüre, dass er auf eine Antwort wartet.

»Ich war noch nie verheiratet, aber ich denke, dass man mit seinem Partner glücklich ist, wenn man bei einem Streit nicht gleich den Kopf ausschaltet, beim Sex allerdings schon.«

Oscar starrt mich an, als wäre ich total verrückt.

»Und abwechselnd die Spülmaschine ausräumt«, schiebe ich hinterher und zucke mit den Schultern. Oscar dreht sich zu seinen Kollegen um, die sich biegen vor Lachen. Bei ihnen scheine ich mit meiner Definition ins Schwarze getroffen zu haben. Oscar hält einen mahnenden Zeigefinger in die Höhe. Ich interpretiere es als Geste der Anerkennung.

Die drei verabschieden sich, das Restaurant leert sich allmählich. Die Frauenclique ist weitergezogen, James offensichtlich ebenfalls. An der Bar sitzt noch ein älteres Paar, und an einem der Stehtische am Fenster grölen ein paar Studenten, bei denen wir sicherheitshalber eine Ausweiskontrolle durchgeführt haben.

Ich fange an, in der Bar klar Schiff zu machen, und frage Bente, ob James bezahlt hat.

»Bei mir nicht.«

»Dieser alte Schluckspecht.«

»Er ist auch nicht auf der Toilette. Da komme ich gerade her.«

»Ich habe die Faxen dicke!«

Ich wische an der Stelle, wo James gestanden hat, den Tresen ab. Sein Glas ist weg.

»Hast du sein Glas abgeräumt?«, frage ich Bente.

»Nein.«

»Jetzt reicht's!«

Wutentbrannt laufe ich zur Tür und entdecke James, der mit seinem Bierglas in der einen und einer Zigarette in der anderen Hand vor dem Restaurant auf dem Bürgersteig steht und mit irgendwem diskutiert. Er gestikuliert wild. Ich gehe nach draußen, um ihm das Bier wegzunehmen. Erst jetzt fällt mir auf, dass es sich bei seinen Gesprächspartnern um zwei Polizisten handelt, einen Mann und eine Frau.

»Ich habe von diesem Scheißland endgültig die Schnauze voll!« James schaut mich Beifall heischend an. »Wie siehst du das, Caroline? Dir geht's doch genauso, oder?«

Ich reiße ihm das Bierglas aus der Hand. Die Polizisten reden beruhigend auf James ein, aber ich verstehe nicht, was sie sagen.

»Du bist ein alter Saufkopf! Wie oft habe ich dir gesagt, dass du nicht mit einem Bierglas vor die Tür gehen sollst?« Ich koche vor Wut. Jetzt kann alles aus sein.

»Aber …«

»Verschwinde. Ab heute hast du Hausverbot.«

»Caroline, ich kann es dir erklären …«

»Du kannst dir deine Erklärung sonst wohin stecken!«, schreie ich und schütte ihm das Bier ins Gesicht.

Während die Polizistin mich bittet, mich zu beruhigen, fragt ihr Kollege James, ob er Anzeige gegen mich erstatten will.

Das will er nicht, und die Polizeibeamten bitten ihn, sich zu entfernen. Ich zittere am ganzen Körper und habe einen dicken Tränenkloß im Hals.

»Bitte … Er wird nie wieder einen Fuß in mein Restaurant setzen. Ich habe es ihm so oft gesagt, dass er sein Bier nicht mit rausnehmen darf … Bitte, Sie müssen doch keinen Bericht darüber schreiben? Ich verspreche, dass es nicht wieder vorkommt«, flehe ich.

»Tut mir leid, wir wissen, dass es nicht Ihre Schuld ist. Trotzdem sind wir dazu verpflichtet, diesen Verstoß zu ahnden. Aber es muss für Sie nicht unbedingt Konsequenzen haben«, sagt die Polizistin.

Die beiden folgen mir ins Restaurant, und mir ist klar, dass dieses Bier im wahrsten Sinne des Wortes der letzte Tropfen war, den Bjurström noch gebraucht hat.

19

Gestern Abend war ich so unglaublich wütend, dass ich nicht einschlafen konnte. Ich war wütend auf Bjurström, wütend auf James. Wütend auf meinen Vater.

Nach ein paar Stunden versuchte ich mir einzureden, dass es sinnlos ist, sich über Dinge aufzuregen, die man nicht ändern kann. Stattdessen begann ich, mir Gedanken darüber zu machen, welche Dinge ich sehr wohl ändern kann.

Nancy.

Da gelang es mir einzuschlafen, und als ich aufwachte, fühlte ich mich ausgeruht und entschlossen. In meinem Leben geht gerade alles drunter und drüber, und ich möchte etwas tun, über das ich die volle Kontrolle habe und von dem ich weiß, dass es richtig ist. Ich will keinen Zweifrontenkrieg, einer allein genügt. Und ich will nicht ständig ein schlechtes Gewissen haben, weil ich Nancy nicht häufiger besuche. Natürlich habe ich das Risiko einkalkuliert, stattdessen von Gewissensbissen geplagt zu werden, weil ich sie getötet habe. Aber das kann ich mir kaum vorstellen. Ich bin mir sogar ziemlich sicher, dass es nicht so kommen wird. Um nicht zu sagen hundertprozentig sicher.

Ich lasse die Jalousien herunter und nehme den Insulinpen in die Hand. Das Design gefällt mir: blau und weinrot. Er hat sogar einen Namen: Lilly. Haben die Cowboys im Wilden Westen ihren Pistolen nicht auch Namen gegeben?

Meine Waffe heißt Lilly.

Ich habe ganz genau zugesehen, wie Maya es macht, wenn sie Nancy eine Spritze gibt. Außerdem habe ich an mir selbst geübt. Ich war erstaunt, dass ich den Einstich kaum gespürt habe. Sich selbst ein Haar auszureißen ist schmerzhafter. Der Pen hat einen drehbaren Dosierknopf, mit dem man die Insulineinheit einstellt, die gespritzt werden soll. Als ich an mir selbst geübt habe, habe ich bis zur Eins gedreht, die kleinste Menge. Bei Nancy werde ich so weit drehen, wie es geht, bis zur Sechzig, und ihr die ganze 3-ml-Ampulle injizieren.

Ich gönne mir ein ausgiebiges Frühstück: mein selbst gemachtes Müsli, Joghurt, ein weich gekochtes Ei mit Kaviar aus der Tube und eine dünne Scheibe Sauerteigbaguette mit dem besten Honig der Welt, den mein Nachbar Bobo für mich macht. Er sagt, dass sein Honig so lecker schmeckt, weil seine Bienenstöcke an einem Waldrand stehen und die Bienen lauter verschiedene Wald- und Wiesenpflanzen anfliegen. Und da sein Honig wirklich der beste Honig ist, den ich jemals gegessen habe, muss an seiner Theorie etwas dran sein.

Ich versuche das, was ich in Kürze tun werde, von außen zu betrachten. Mir ist klar, dass es Leute auf diesem Planeten gibt, die meine Einstellung nicht nachvollziehen können: eine alte Nachbarin, die sowieso jeden Augenblick sterben kann, aus Mitleid töten zu wollen. Aber genau das ist der springende Punkt: Nancy könnte ebenso gut noch jahrelang in dieser körperlichen und geistigen Verfassung weiterleben müssen. Und jetzt, wo ich die perfekte Methode gefunden habe, ist es meine mitmenschliche Pflicht, sie von ihrem Leid zu erlösen. Wenn ich in diesem Bett vor mich hin vegetieren müsste, würde ich jedem um den Hals fallen, der auch nur mit dem Gedanken spielte, mich von meinen Schmerzen zu befreien. Aber in gewissen Situationen ist es nicht der Gedanke, der zählt. In gewissen Situationen muss man handeln. Und Nancy hat mich darum gebeten.

Als ich das Pflegeheim betrete, sehe ich, dass Madeleine heute am Empfang sitzt. Sie ist noch jung und läuft mit blauen und pinken Strähnchen durch die Welt. Ich winke ihr zu. Sie winkt fröhlich zurück. Ich habe nicht vor, meinen Besuch zu verheimlichen. Im Gegenteil. Ich werde mich genauso verhalten wie immer. Als ich am Rollatorpark vorbeikomme, will Barbro wissen, ob ich heute schon einen Kerl vernascht hätte. Automatisch sage ich Ja. Schlagartig wird mir bewusst, dass dies mein letzter Besuch im Pflegeheim sein wird, und der Gedanke stimmt mich wehmütig. Doch dann fällt mir ein, dass ich mindestens noch einmal herkommen muss, da ich offiziell nicht wissen kann, dass Nancy tot ist. Also muss ich so tun, als wollte ich sie wie üblich besuchen. Wie ich mich wohl dabei fühlen werde?

Es ist 07:52 Uhr. Perfekt. Nancy ist bereits gewaschen und hat ihre morgendliche Insulinspritze bekommen. Maya hat ihre Runde beendet. Es wird dauern, bis wieder jemand vom Pflegepersonal bei ihr vorbeischaut.

Nancy liegt in ihrem Bett und murmelt vor sich hin. Ich kann nicht verstehen, was sie sagt, aber sie hat die Augen geschlossen und wimmert. Ich achte darauf, die Tür fest hinter mir zuzuziehen. Am liebsten würde ich sie abschließen, damit mich niemand auf frischer Tat ertappt, aber eine abgeschlossene Tür würde nur verdächtig wirken. Die Frau ohne Beine sitzt draußen im Hof in ihrem Rollstuhl und raucht. Sie sieht mich nicht. Ich setze mich mit dem Rücken zur Tür auf Nancys Bettkante. Sicherheitshalber blicke ich mich im Zimmer um und vergewissere mich, dass seit letzter Woche nicht plötzlich irgendwelche Überwachungskameras installiert worden sind. Aber ich kann keine entdecken.

»Hallo, Nancy«, sage ich. Sie reagiert nicht. »Nancy!«, rufe ich lauter. »Ich bin es, Caroline.«

»Wer?« Nancy öffnet die Augen, doch sie scheint mich überhaupt nicht wahrzunehmen. Sie sagt nichts und liegt völlig reglos in ihrem Bett. Ich schaue sie lange an, dabei fällt mir eine Situation aus meiner Kindheit ein. Mama, Sebastian und ich waren bei einer Freundin meiner Mutter zu Besuch auf dem Land. Sie hatte einen Sohn, mit dem ich spielen musste. Und als wir im Wohnzimmer das Monopoly-Brett aufgebaut hatten, prallte plötzlich ein Buchfink gegen die Fensterscheibe. Wir sind nach draußen gerannt und haben uns den Vogel angesehen. Er lag reglos auf dem Boden. Wir waren uns sicher, dass er tot war, aber in dem Moment, als ich ihn aufheben wollte, um ihn zu begraben, flog er davon. Ich habe mir vor lauter Schreck in die Hose gemacht. Mamas Freundin meinte, dass der Vogel eine katatonische Schockstarre gehabt habe und dass Vögel sich tot stellen, wenn sie vor irgendetwas Angst haben oder sich bedroht fühlen. Genau so sieht Nancy aus. Katatonisch. Aber sie ist kein Buchfink, und sie wird niemals davonfliegen.

»Ich bin gekommen, um Sie von hier fortzubringen«, sage ich sanft.

»Oh …« Ich erahne ein Lächeln. Dann schließt sie die Augen wieder, und ich kann nicht erkennen, ob sie schläft oder sich nur ausruht und darauf wartet, dass ich sie von hier fortbringe. Ich weiß nicht, wie viel sie versteht, aber das spielt auch keine Rolle. Ich weiß, dass sie will, dass ich es tue.

Lilly ist geladen: mit Nadel und Insulin. Ich ziehe die blaue Sicherheitskappe von der Nadelspitze. Falls jetzt jemand ins Zimmer kommt, habe ich genug Zeit, den Insulinpen wieder in meiner Tasche verschwinden zu lassen, ohne dass die Person bemerken würde, was ich vorgehabt habe. Sollte die Tür plötzlich aufgehen, verdeckt mein weiter schwarzer Mantel meine Bewegungen. Fast warte ich darauf, dass ich nervös werde, meine Hände anfangen zu zittern, mir Zweifel kommen und ich mein Handeln infrage stelle. Doch nichts davon tritt ein. Ich gehe ruhig und methodisch vor, drehe Lillys weinroten Dosierungsknopf bis zum Anschlag. Auf Nancys Bettdecke sind Engel, ich ziehe sie zur Seite und schiebe Nancys frisch gewaschenes Nachthemd ein Stück hoch. Nancy sieht aus, als würde sie darauf warten, dass ich meine Mission erfülle. Ihre Haut ist trocken, grau und faltig. Sie fühlt sich eher wie die Haut irgendeines exotischen Urzeittieres als die Haut eines Menschen an. Ich drücke so viel Fettgewebe wie möglich zusammen, suche mir eine Stelle unterhalb des Bauchnabels, wie Maya es immer macht, und steche die Nadel in Nancys Haut. Sie reagiert nicht. Ich drücke auf die Spritze und leere sie bis auf den letzten Tropfen. Die Einstichstelle blutet nicht, es ist nichts zu sehen. Ich komme mir vor wie eine professionelle Krankenschwester, die ihre tägliche Arbeit verrichtet. Lilly verschwindet in den Tiefen meiner Tasche.

Am liebsten würde ich sofort von hier fliehen, aber das wäre feige. Ich will von Nancy Abschied nehmen. Ich denke an Sebastian, meinen kleinen Bruder. Von ihm konnte ich mich nicht verabschieden. Ich weiß nicht, ob Nancy ein Lieblingslied hat, deshalb singe ich *Kalle Teodor* aus Pippi Langstrumpf.

Bei der letzten Strophe ist Nancy eingeschlafen, aber sie atmet noch.

Auf ihrer Stirn bilden sich Schweißperlen.

Ich küsse sie auf die Wange und sage »Auf Wiedersehen, Nancy«. Dann gehe ich aus dem Zimmer.

20

Bente darf heute mal ausschlafen. Ich putze und höre dabei Musik: Thåström. Zum zweiten Mal wische ich den Küchenfußboden. Kein Paragrafenreiter vom Gesundheitsamt soll auch nur den geringsten Grund zur Beanstandung finden, ganz egal wie viel Bestechungsgeld derjenige auch kassiert hat. Es ist noch nicht einmal sieben Uhr. Thåströms Stimme zieht mich in den Bann:

Dort steht ein neues Hotel, es strahlt und leuchtet
Aber ich gehe nicht hinein
Kirchchöre singen in meinem Kopf
Ich gehe einfach weiter

Sehe mein Spiegelbild in den Schaufenstern der Geschäfte
Könnte einen Hunderter darauf setzen, dass es mein Vater ist
Ich tue so, als hätte ich die Person nicht erkannt
Ich tue so, als hätte ich die Person nicht erkannt.

Plötzlich strömen mir die Tränen über das Gesicht. Seit ich Nancy die Spritze gegeben habe, sind die Tage irgendwie ineinander verflossen. Am ersten Abend bin ich zu meinem Vater gefahren. Ich bin alle einhundertachtundachtzig Stufen zum Henriksdalsberget hochgestiegen, und am Ende der Treppe habe ich Lilly in ihre Bestandteile zerlegt und sie umweltpolitisch und mülltechnisch korrekt entsorgt.

Papa servierte Kängurufilet, das ziemlich zäh war, und dazu einen Weißburgunder. Er hat nur zwei Gläser getrunken. Ich kann es immer noch nicht glauben, aber diesmal scheint er es wirklich ernst zu meinen und seinen Alkoholkonsum auf ein Normalmaß zu reduzieren. Früher kam es durchaus vor, dass er sich schon beim Kochen eine halbe Flasche Whiskey hinter die Binde goss. Dieses Mal hat er sich mit einem Glas Wein begnügt. Ich hingegen habe mich an einem billigen Portwein hemmungslos betrunken.

Am nächsten Tag bin ich wieder wie immer zur Arbeit gegangen. Ich habe keine Bullen-Paranoia bekommen, habe keinen Termin bei Bo vereinbaren müssen, hatte keine Albträume und kein schlechtes Gewissen. Zuerst war ich nicht einmal sicher, ob Nancy tatsächlich gestorben ist, aber abends, auf dem Heimweg, hat Maya mich vor dem Pflegeheim abgepasst.

»Ich habe auf Sie gewartet, Caroline«, sagte sie.

»Ach ja?«, erwiderte ich. »Wieso?«

»Nancy ist gestorben.«

Ich glaube, meine Bestürzung wirkte echt. Wir umarmten uns. Maya ist so klein, dass ich das Gefühl hatte, den zwölfjährigen Hannes im Arm zu halten. Maya meinte, dass sie eigentlich vorgehabt hätte, mich anzurufen. Aber weil ich keine Angehörige bin, steht meine Nummer nicht in Nancys Akte. Deshalb hat sie auf mich gewartet. Nancy ist am Dienstag verstorben, also noch am selben Tag. Als Maya sie mittags wie üblich füttern wollte, hatte sie zunächst geglaubt, Nancy würde schlafen.

»Manchmal spürt man sofort, dass jemand tot ist, aber Nancy sah aus, als würde sie schlafen. So friedlich. Doch dann konnte ich sie nicht wecken. Ich habe Gott gedankt, dass er sie zu sich genommen hat, und er hat mir geantwortet und mir versprochen, sich gut um Nancy zu kümmern. Ich habe gesagt: ›Das will ich dir auch geraten haben, sonst hole ich sie zurück!‹«, sagte Maya mit ihrem warmen, perlenden Lachen. Aber ich konnte spüren, dass ihr Nancys Tod nahe-ging.

Ich denke, ich habe genau richtig reagiert. Betroffen und traurig, ohne dass es aufgesetzt wirkte. Ich meinte, dass es für Nancy bestimmt eine Erlösung gewesen sei, friedlich einzuschlafen. Maya stimmte mir zu. Sie erzählte, dass Nancys Tochter den Wunsch geäußert hätte, ihre Mutter noch ein letztes Mal zu sehen. Also hat Maya Nancy besonders schön hergerichtet und Orchideen für mehrere Hundert Kronen gekauft. Aber Yvonne ist nicht aufgetaucht.

Mayas Schilderung nach zu urteilen, schien niemand Nancys Tod ungewöhnlich oder verdächtig zu finden, und ich hakte nicht weiter nach, um sie nicht doch noch misstrauisch zu machen. In meinem nächsten Leben sollte ich Schauspielerin werden, wenn ich es nicht schon in einem früheren gewesen bin. Eigentlich ist es gar nicht schlecht, an Seelenwanderung zu glauben. Wie Petrus wohl zum Thema aktive Sterbehilfe steht? Ob er mich an der Himmelspforte geradewegs in die Hölle schicken wird, oder komme ich in den Genuss einer Eins-a-VIP-Behandlung? Ich habe tatsächlich kein schlechtes Gewissen. Am ersten Abend bei meinem Vater war ich total durcheinander und mit den Nerven am Ende, aber seitdem bin ich ruhiger als vorher. Niemand wird auf die Idee kommen, Nancy zu obduzieren. Und ihre Tochter, die sie nicht einmal besucht hat, wird nur froh sein, sich deswegen keine Vorwürfe mehr machen zu müssen.

Als Bente zur Arbeit kommt, überfalle ich sie quasi noch auf der Türschwelle mit der Nachricht, dass Nancy gestorben ist.

»Wie geht es dir?«, fragt sie.

Ich gebe ein paar klischeehafte Phrasen von mir, dass es für Nancy so am besten gewesen sei, ich aber noch nicht recht begreifen könne, dass sie nicht mehr da ist.

Mir ist es schon immer schwergefallen, über den Tod zu sprechen. Egal, was man sagt, es sind eben immer nur ... Worte. Ich habe noch nie jemanden die Gefühle ausdrücken hören, die ich empfunden habe, als mein kleiner Bruder Sebastian gestorben ist. Am wenigsten mich selbst. Aber vielleicht soll man den Tod auch gar nicht mit Gefühlen oder Empfindungen beschreiben können. Und damit die Menschen bei dem Gedanken, dass Angehörige einfach verschwinden und aufhören zu existieren, nicht den Verstand verlieren, erfinden sie einen Gott und ein Paradies in verschiedenen Ausführungen.

Bente schnappt sich den Wischeimer und geht in die Küche. Ich folge ihr, und zusammen spülen wir den Eimer und die Scheuerbürste aus. Anschließend räumen wir frische Gläser in die Bar, und ich informiere sie, was heute Abend auf der Karte steht. Bente öffnet die Kasse und zählt das Wechselgeld.

»Glaubst du an Seelenwanderung?«, frage ich unvermittelt.

Sie hält mitten in der Bewegung inne. »Nein. Nein, das tue ich nicht. Leider«, antwortet sie nach einem kurzen Zögern und zählt dann weiter die Zwanzig-Kronen-Scheine. »Und du?«

»Ich auch nicht«, erwidere ich. »In einem früheren Leben habe ich daran geglaubt, aber nicht in diesem.« Es dauert ein paar Sekunden, bis der Groschen fällt und Bente den Witz kapiert. Dann lacht sie. Ich muss auch lachen, und Bente flucht, weil sie alle Zwanziger noch einmal zählen kann.

21

Ich höre schon am Klopfen, dass uns wieder irgendetwas Unangenehmes bevorsteht. Bente poliert gerade Gläser, und ich sehe, dass sie dasselbe denkt. Mein Blick schreit: »Bitte, mach du auf!«, doch ihre Miene gibt mir deutlich zu verstehen, dass ich die Restaurantbesitzerin bin und selbst zur Tür gehen muss. Es klopft erneut. Drei energische Klopfzeichen. Die Abstände sind genau so bemessen, dass das Klopfen irgendwie amtlich klingt.

Ist mir die Polizei auf die Schliche gekommen und will mich wegen Mordes verhaften?

Ich gehe zur Tür, ziehe den Vorhang zur Seite und öffne die Tür einen Spaltbreit. Draußen steht ein junger Mann mit schütterem Haar in Anzug, Krawatte und Mantel.

Ich mache die Tür weit auf.

»Guten Abend, was kann ich für Sie tun?«, sage ich so neutral wie möglich.

Er fragt, ob ich Caroline Södergren sei, und das kann ich nicht abstreiten.

Er stellt sich vor und hält mir irgendeinen Ausweis unter die Nase. Aber ich bekomme seinen Namen gar nicht mit, das Einzige, was ich höre, ist das Wort *Gerichtsvollzieher.*

Der Mann überreicht mir einen weißen DIN-A5-Umschlag. In dem Sichtfenster steht mein Name. Er bittet mich, das Kuvert zu öffnen, damit er Zustellung und Erhalt bezeugen könne. Ich reiße den Umschlag auf und merke, dass Bente hinter mir steht.

Der Betreff ist in Großbuchstaben gesetzt und lautet:

MITTEILUNG DER RÄUMUNGSKLAGE

Ich muss das Schreiben nur kurz überfliegen, um zu wissen, worum es geht.

Begründung: Der mietrechtliche Anspruch ist aufgrund eines wesentlichen Vertragsbruchs verwirkt. Bla, bla, bla. *Diese Räumungsklage ist im Wege der einstweiligen Verfügung durchzusetzen.* Bla, bla, bla.

Der Mann bittet mich, mit meiner Unterschrift zu bestätigen, dass ich das Schreiben gelesen habe. Er reicht mir einen goldfarbenen Kugelschreiber. Ich unterschreibe, wir verabschieden uns und wünschen uns gegenseitig noch einen schönen Abend.

Ich schaue Bente an. Sie sagt kein Wort, aber das muss sie auch nicht, ihre gesamte Körperhaltung spricht Bände.

Ich nehme mein Handy vom Bartresen.

»Rufst du Bjurström an?«, fragt Bente.

»Offensichtlich können wir die Sache nicht mehr wie vernünftige Erwachsene klären. Stattdessen schickt er seine Bürokratenaffen«, erwidere ich.

»Hör auf, Caroline. Das ist kein Spiel. Wenn wir nicht umziehen, sitzen wir in ein paar Monaten auf der Straße, und *Carolines Tapas* ist Vergangenheit.«

»Tut mir leid, aber es ist zu spät.«

»Das ist es nicht. Ihr könnt euch auf einen Vergleich einigen!«

»Vielleicht, aber jetzt noch nicht. Ich habe einen Plan.«

»Brillant, Sickan«, erwidert Bente spöttisch.

»Ich habe einen Rechtsanwalt mit Superkräften, der mir hilft.«

»Ich habe einen zwölfjährigen Sohn mit besonderen Bedürfnissen, den ich ganz alleine großziehen muss.«

Ich suche Oscars Nummer in der Telefonliste meines Handys und drücke auf das grüne Hörer-Symbol.

»Liebe, süße Bente, ich weiß. Bitte entschuldige. Aber Bjurström ist ein Gangster, und zwar einer von der übelsten Sorte. Er ist ein Psychopath. Ein Soziopath. Worin besteht eigentlich der Unterschied?«

»Er ist ein Vermieter, der versucht, seine Mieter zufriedenzustellen.«

»Weißt du, was er neulich zu mir gesagt hat?«

»Dass er ein größerer Arsch als du sein kann. Klar kann er das.«

»Ich lasse mir nicht drohen, und ich lasse mich nicht erpressen.«

»So hat er sich nicht von Anfang an verhalten.«

»Die Freundlichkeit war nur gespielt. Psychpoathen-Bling-Bling.«

Oscar geht endlich ans Telefon. Ich ignoriere Bente und erzähle ihm, dass Bjurström einen Gerichtsvollzieher geschickt hat. Bente seufzt demonstrativ und verschwindet in der Küche.

»Was bedeutet ›Diese Räumungsklage ist im Wege der einstweiligen Verfügung durchzusetzen‹?«, frage ich Oscar.

»Dass der Antrag einstweilig gilt, bis ein rechtskräftiges Urteil oder ein letztendlicher Gerichtsbeschluss vorliegt.«

»Und das bedeutet genau?«

»Dass Bjurström Sie so schnell wie möglich loswerden will.«

Ich seufze und gieße mir ein Glas Wasser ein. Mein Mund ist staubtrocken.

»Wurde schon ein Datum für den Gerichtstermin festgesetzt?«

»Der 23. November.«

»Bis zum Ende der Verhandlung haben wir die Möglichkeit, uns auf einen Vergleich zu einigen.«

»Und wenn ich mich nicht mit Finn Bjurström vergleichen will?«

Oscar lacht. Ich ahne, dass meine Formulierung nicht ganz dem korrekten Juristenjargon entspricht.

»Kommen Sie morgen früh um sieben Uhr in die Kanzlei. Bringen Sie sämtliche Unterlagen mit und schreiben Sie mir eine Zusammenfassung aller Ereignisse. Eine DIN-A4-Seite genügt. Dann sehen wir weiter. Um zehn fliege ich nach Tallinn.«

Ich bedanke mich und lege auf.

Haben wir tatsächlich eine Chance? Oder will Oscar mich vielleicht einfach nur sehen?

22

»Als Erstes versetze ich mich immer in die Situation des Gegners, versuche, seine Psyche zu verstehen«, sagt Oscar, nachdem er sich alle Unterlagen und meine zweiundzwanzig Zeilen lange Zusammenfassung durchgelesen hat.

»Okay …«, erwidere ich zögernd. Mir ist es immer noch nicht ganz geheuer, in einer Anwaltskanzlei im achtzehnten Stock einen Widerspruch gegen eine einstweilige Verfügung einzulegen und meine Verteidigung mit einem Mann zu planen, mit dem ich viel lieber ins Bett steigen würde, als mich von ihm vor dem Stockholmer Amtsgericht vertreten zu lassen.

»Tun wir also so, als wären wir Bjurström«, fährt Oscar fort. »In diesem Fall müssen wir uns drei Fragen stellen: Welche Vorfälle, die auf sein Konto gehen, können wir *beweisen*? Welche *vermuten* wir? *Warum* hat er diese Dinge getan? Und warum *glauben* wir, hat er sie getan?«

»Das waren vier Fragen.«

»Erwischt«. Oscar schenkt mir ein hinreißendes Lächeln, bevor er weiterredet: »Wir sind Bjurström, wir besitzen ein Vermögen – oder lassen wir das. ›Vermögen‹ ist so ein behaftetes Wort, und reiche Leute reden nie über ihr Vermögen. Wir haben … einen Job. Und der besteht darin, Immobilien zu renovieren, damit wir die Wohnungen und Räumlichkeiten so teuer wie möglich vermieten können, unsere Renovierungskosten aber so gering wie möglich bleiben. Tradition und kulturelle Werte interessieren uns einen feuchten Dreck. Wir sind modern.«

»Und was in den Fünfzigerjahren praktisch und funktional war, ist heutzutage längst nicht mehr funktional«, ergänze ich.

»Ganz genau.«

»Und den Leuten, die unbedingt auf Skansen wohnen wollen, soll man ihren Willen lassen.«

»Hat er das gesagt?«

»Wortwörtlich.«

»Was für ein blasierter Typ«, sagt Oscar und blickt einen Moment gedankenverloren vor sich hin.

Er ist wirklich attraktiv, fast ein wenig androgyn. Eine Million für seine Meinung über mich. Er scheint sich zu freuen, mich zu sehen. Wir haben uns zur Begrüßung umarmt, und er hat mich auf die Wange geküsst. Aber vielleicht macht er das bei allen Mandantinnen. Und dass er sich bereit erklärt hat, meine Verteidigung zu übernehmen, muss überhaupt nichts mit mir zu tun haben. Vielleicht will er Stockholm einfach vor weiteren seelenlosen Bauprojekten bewahren. Am Anfang hatte ich gehofft, dass er diesen Fall wegen mir angenommen hat, dass er mich selbst dann verteidigen würde, wenn ich einen Wurf Labradorwelpen zu Tode gequält hätte. Doch jetzt ist mir klar, dass er solchen Leuten wie Bjurström das Handwerk legen will. Ganz egal, wer sein Mandant ist. Mir fällt auf, dass selbst seine Ohrläppchen schön sind. Sie sind ein bisschen spitz. Sie sehen niedlich aus. Leider hat er keine Zahnlücke, aber man kann eben nicht alles haben. Warum muss ich mich immer in ältere verheiratete Männer verknallen? Ich kann die ewige Leier vom Vaterersatz nicht mehr hören. Das ist zu banal. Wie Oscar wohl reagieren würde, wenn ich einfach zu ihm gehen, seinen Bürostuhl ein Stück vom Tisch wegziehen und mich rittlings auf seinen Schoß setzen würde? Seinen Kopf in meine Hände nehmen und ihn achtzehn Stockwerke hoch oben in der Luft küssen? Ich weiß nicht mehr, wann ich das letzte Mal jemanden so sehr küssen wollte. Ich spüre, wie sich das Kribbeln in meinem Bauch allmählich in die untere Körperregion verlagert.

»Oder was denken Sie?«, fragt Oscar plötzlich.

»Ich bin ganz Ihrer Meinung. Ich glaube, das ist eine gute Idee«, pflichte ich ihm bei, obwohl ich nicht die leiseste Ahnung habe, wozu ich meine Zustimmung erteile.

»Wie ich bei unserem letzten Gespräch vermutet habe, beruft Bjurström sich auf folgende Vertragsklausel: ›Die Mietpartei ist verpflichtet, die für einen Gastronomiebetrieb geltenden Gesundheits- und Hygienevorschriften jederzeit und in vollem Umfang zu befolgen und einzuhalten‹ und so weiter. Außerdem führt er Alkoholkonsum in der Öffentlichkeit an, die Beanstandungen des Gesundheitsamts sowie die Lebensmittelvergiftung.«

»Bei der er ganz bestimmt seine Finger im Spiel hat.«

»Welche Vorfälle können wir *beweisen*, welche können wir nur *vermuten*?«

Ich setze mich aufrechter hin und reiße mich zusammen. Ich muss versuchen, meine Zukunft zu retten. Feuchten Tagträumen kann ich mich in meinem nächsten Leben widmen. In meinem jetzigen bin ich seit meiner frühesten Kindheit eine Einzelkämpferin. Ich sollte Oscar für seine Hilfe extrem dankbar sein.

»Wir wissen, dass er versucht, mich aus dem Restaurant zu kriegen, und weil ich mich weigere, hat er mich bedroht.«

»Können wir das beweisen?«

»Nein, und er wird es abstreiten.« Meine peinliche Undercover-Aktion in Bjurströms Büro erwähne ich mit keiner Silbe.

»Also haben wir lediglich Vermutungen. Welche genau?«

»Dass er das Gesundheitsamt auf mich angesetzt und den Mitarbeitern dort Informationen zugespielt hat, von denen nur er wissen konnte. Dass er mir im Restaurant regelmäßig den Strom abschaltet. Dass er Leute bei der Polizei kennt, die am laufenden Band Gaststättenkontrollen bei mir durchführen. Und dann hat er irgendwelche anderen Mieter, die mit ihm unter einer Decke stecken und behaupten, bei mir eine Lebensmittelvergiftung bekommen zu haben. Ich bin mir sicher, dass Bjurström hinter dieser Lebensmittelvergiftung steckt.«

»Ja, das könnte sein Ass im Ärmel sein, falls das Gericht entscheidet, dass Verstöße gegen die Auflagen des Gesundheitsamts und Alkoholkonsum in der Öffentlichkeit als Klagegrund nicht ausreichen. Wir können nur hoffen, dass er irgendwo einen Fehler gemacht hat. Die Wahrscheinlichkeit ist nicht besonders groß, aber da müssen wir ansetzen. Was seine vermeintlichen Kontakte beim Gesundheitsamt und der Polizei angeht, ist es leider nicht so simpel, dass er irgendeinen Behördenleiter mit einer Aktentasche voller Diamanten bestochen hat, sondern sich in Kreisen bewegt, die ich als Establishment-Mafia bezeichne.«

»Establishment-Mafia«, wiederhole ich, weil das Wort lustig klingt und weil ich Oscar zeigen will, dass ich voll bei der Sache bin und mich keinen erotischen Fantasien hingebe.

»Ja, lauter vermeintlich unbescholtene, gesetzestreue Bürger in hohen Ämtern und Funktionen, die sich gegenseitig in die Taschen wirtschaften. Nehmen wir an, Bjurström hat Probleme mit einer Mieterin, zum Beispiel einer extrem starrköpfigen Restaurantbetreiberin, die seinen Plänen einer Kernsanierung mit anschließender Mieterhöhung in einem seiner Häuser im Weg steht. Leider läuft ihr Mietvertrag noch fast vier Jahre, und sie will partout nicht ausziehen. Was macht Bjurström? Er lädt seinen Kumpel, der rein zufällig Dezernent der Stadtverwaltung ist, zum Mittagessen ein. Und warum auch nicht? Es ist immer so nett, wenn man sich trifft, und außerdem hat man sich gegenseitig schon so manche Gefälligkeiten erwiesen. Der eine schafft haufenweise Arbeitsplätze und sorgt für mehr Steuereinnahmen, der andere erteilt wichtige Genehmigungen. Alles ganz normal. Man weiß voneinander, wie Frauen, Kinder und Boote heißen, und man erzählt fröhlich vom letzten Toskana-Urlaub oder den diesjährigen Weihnachtsplänen. Es ist schließlich nur ein ungezwungenes Mittagessen. Natürlich kommen das neueste Bauprojekt und weitere städtebauliche Maßnahmen zur Sprache, die alle wie gewünscht voranschreiten. Doch dann, zum richtigen Zeitpunkt – vielleicht bei einem abschließenden Tässchen Kaffee –, erwähnt Bjurström beiläufig ein kleines Problem, mit dem er sich herumschlagen muss. Er gibt seinem Dezernenten-Freund zu verstehen, dass in einer seiner Immobilien eine Mieterin sitzt, über die sich die Nachbarn in einer Tour wegen Ruhestörung und Lärmbelästigung beschweren. Er stellt sie im denkbar schlechtesten Licht dar, ohne direkt die Unwahrheit zu sagen. In diesem konkreten Beispiel verschweigt er möglicherweise, dass die besagte Mieterin eine geniale und beliebte Köchin und eine ehrgeizige Unternehmerin ist, noch dazu eigensinnig und charmant. Sein Dezernenten-Freund findet auch, dass es eine Schande ist, wie sich Mieter heutzutage aufführen dürfen, und bedankt sich für das nette Essen, indem er verspricht, zu sehen, was er tun könne. Kurz darauf ruft er seinen alten Kumpel beim Gesundheitsamt an und informiert ihn, dass ihm in einem Restaurantbetrieb Verstöße gegen die Hygienevorschriften zu Ohren gekommen seien. Danach greift er erneut zum Hörer. Diesmal ist sein Freund der Oberkommissar am anderen Ende der Leitung. Dieser erhält einen ähnlichen Hinweis. Eine eindeutige Win-win-Situation kann ich da nur sagen. Viel Glück bei der Beweisführung, Herr Anwalt. Man vergrault Sie, ohne dass es überhaupt auffällt. Niemand wird auch nur eine Augenbraue hochziehen. Niemand hat gegen das Gesetz verstoßen. Ich bin mir nicht einmal sicher, ob diese Leute überhaupt wissen, dass sie einer Art Mafia angehören.«

»Also ist es aus?«

»Das würde ich nicht sagen. Aber unsere Chancen stehen nicht gerade gut. Allerdings würde ich diese Sache gern vor einem Gericht zur Sprache bringen, schon allein, damit die Gegenpartei erfährt, dass wir ihr Spiel durchschauen. Nicht weil wir ihnen auf diesem Weg das Handwerk legen können. Aber ein deutliches Signal, dass wir keine kleinen, dummen Schäfchen sind, mit denen man nach Belieben umspringen kann, wäre mir eine Genugtuung. So, wie ich die Sache sehe, ist der einzige Punkt, an dem wir ansetzen können, die angebliche Lebensmittelvergiftung. Wir werden diesen Herrn Wolff auftreiben und ihn in die Mangel nehmen. Es ist ein Schuss ins Blaue, aber etwas anderes haben wir nicht. Vor ein paar Jahren haben wir bei einem Fall die Hilfe von Schwedens erfolgreichstem Polizeiermittler in Anspruch genommen. Inzwischen ist er vermutlich Schwedens glücklichster Rentner. ›Halb so viel Arbeit, doppelte Bezahlung‹, sagt er immer. Ich werde ihm Ihre Situation schildern, vielleicht kann er etwas herausfinden, das uns weiterhilft. Er hat schon des Öfteren in scheinbar aussichtslosen Fällen das Blatt gewendet.«

Oscar packt seine Sachen zusammen und steht auf.

Er verspricht, sich so schnell wie möglich zu melden, ich bedanke mich für seine Hilfe. Wir umarmen uns, doch diesmal küsst er mich nicht auf die Wange.

23

Inzwischen ist eine Woche vergangen, ohne dass Oscar sich gemeldet hat. Ich weiß nicht, wonach ich mich mehr sehne: nach ihm als Mensch oder ihm als Anwalt. Ich gebe mir alle Mühe, mein erotisches Kopfkino abzustellen. So etwas ist kontraproduktiv, wie Bjurström sagen würde. Seit der Gerichtsvollzieher vor der Tür stand, ist übrigens kein einziges Mal der Strom ausgefallen, und eine Gaststättenkontrolle haben wir auch nicht mehr gehabt. Merkwürdig, oder? Bjurström hat sogar einen Teil des Baugerüsts entfernen lassen, sodass mein Schild von der anderen Straßenseite aus wieder zu sehen ist.

Außerdem ist unser Bartresen zum reinsten Blumenmeer mutiert, weil James jeden Tag mit einem neuen Entschuldigungsstrauß auftaucht. Ich nehme seine Entschuldigung an, aber trotzdem setzt er vorläufig keinen Fuß in mein Restaurant. Es schadet ihm nicht, noch ein bisschen länger in der Hölle zu schmoren. Er hat hoch und heilig geschworen, jetzt und für alle Zeiten die Finger vom Alkohol zu lassen, aber die Leier kenne ich zur Genüge, und ich habe keine Lust mehr auf leere Versprechungen.

Ich hoffe, dass Oscars Hauptkommissar a. D. diesen Wolff aufstöbert und beweisen kann, dass die Lebensmittelvergiftung auf Bjurströms Konto geht.

Es ist Sonntagmorgen. Ich sitze im Bus 53 und bin auf dem Weg zu meinem Vater. Seit Tagen habe ich vergeblich versucht, ihn zu erreichen. Langsam mache ich mir Sorgen. Als er noch getrunken hat, kam es häufiger vor, dass er tagelang von der Bildfläche verschwand, aber jetzt sieht ihm das nicht mehr ähnlich. Ich glaube nicht, dass er zu Hause ist, doch ich will sichergehen, dass er keinen Herzinfarkt hatte und tot in der Wohnung liegt. Ich weiß, dass er haufenweise Freunde und Nachbarn hat, die sich Sorgen machen und nachsehen würden, wenn er sich zu lange nicht blicken ließe, aber trotzdem.

Nancys Tod ist eine Erleichterung. Ich habe sie erlöst, und ich hatte deswegen immer noch keine Albträume. Ich bin froh, dass ich es getan habe. Gestern stand ihre Todesanzeige in der Zeitung. Sie war doppelt so groß wie alle anderen. In einer Ecke war ein bunter Vogel abgebildet, und das Gedicht vermittelte den Anschein, als hätten die Hinterbliebenen tatsächlich sehr an ihrer *innig geliebten Mutter und Großmutter Frau Nancy Urdin* gehangen. Ich kann es auswendig:

Wenn deine Schritte verstummt sind
klingt ihr Echo nach.
Wenn deine Augen erloschen sind,
bleiben die Erinnerungen an dich.
Wir tragen sie in unseren Herzen,
holen sie ab und zu hervor,
und so wirst du für immer
in unserer Mitte sein.

Ich habe ein eigenes kleines Gedicht geschrieben: *Liebe Nancy, du warst ein funkelnder Rubin, ich habe dich von deinem Leid erlöst mit ein bisschen Insulin.*

Die Beerdigung findet am 10. November in der Kungsholms-Kirche statt, zwei Wochen vor dem Gerichtstermin. Obwohl ich Nancy getötet habe, werde ich hingehen. Das hätte ich getan, wenn die Dinge anders gelaufen wären, und ich werde es jetzt tun. Ich werde mich ganz hinten in die letzte Reihe setzen, ein paar Tränen vergießen und bei *Herrlich ist die Erde* mitsingen.

Auf den Gerichtstermin würde ich dagegen liebend gern verzichten. Ich traue mich gar nicht, daran zu denken, was passiert, wenn ich verliere. Vor ein paar Tagen habe ich zufällig mitbekommen, wie Bente mit ihrer Freundin telefoniert hat, die einen Eisenwarenladen in Skärmarbrink betreibt. Ich kann verstehen, dass sie sich einen Plan B zurechtlegt.

Je näher die Haltestelle rückt, desto nervöser werde ich. Im Laufschritt jogge ich zu Papas Wohnung. Ich versuche, mich nicht verrückt zu machen, aber vor meinem inneren Auge sehe ich meinen Vater tot auf dem Fußboden liegen. Auf seiner Beerdigung werde ich mir die Seele aus dem Leib weinen. Kein Gedicht auf der Welt kann ausdrücken, wie sehr ich ihn liebe. Verflucht! So schnell ich kann, haste ich die Treppe hoch. Ich klingele an der Tür und versuche gleichzeitig, den Schlüssel ins Schloss zu stecken. Nach einer gefühlten Ewigkeit bekomme ich die Tür auf.

»Papa!«, rufe ich. Irgendwie habe ich das Gefühl, dass er zu Hause ist. In der Wohnung riecht es wie immer. Als Erstes werfe ich einen Blick in die Küche. Auf dem Herd steht kein einziger Topf. Dann schaue ich im Wohnzimmer nach. Kein Papa, allerdings sieht es aus, als hätte er eine kleine Party veranstaltet. Und jetzt? Ich will nicht ins Schlafzimmer gehen. Ich bin mir sicher, dass er dort liegt – tot. Die Tür ist nur angelehnt. Zögernd schiebe ich sie auf.

»Papa?«, frage ich leise.

Keine Antwort. Es dauert einen Moment, bis sich meine Augen an die Dunkelheit gewöhnt haben. Ich kann seine

Umrisse auf dem Bett erkennen. Ich stürze ins Zimmer und schalte die Nachttischlampe an. Ich rüttele ihn und schreie. Er reagiert nicht, er stinkt nach Alkohol. Hat er sich totgesoffen? Ich boxe ihn, so fest ich kann, auf die Schulter. Er grunzt irgendetwas Unverständliches. Ich schlage weiter auf ihn ein und schreie, dass ich es bin und dass er aufwachen soll. Ein paar Minuten später ist er so weit bei Bewusstsein, dass er mich erkennt. Er versucht, sich aufzurichten, fällt aber stöhnend aufs Bett zurück und lallt, dass es ihm hundsmiserabel geht und er sterben will. Die Mitleidstour kann er sich sparen. Er hat wieder angefangen zu trinken, schlimmer als vorher. Ich versetze ihm einen weiteren Schlag, aber nicht, damit er aufwacht, sondern weil ich ihn hasse. Neben ihm liegt eine fast leere Wodkaflasche, ich nehme sie und schütte ihm den letzten Rest ins Gesicht. Er scheint es nicht einmal zu merken. Ich knipse die Nachttischlampe aus und verlasse die Wohnung. Elender Säufer.

24

Ich habe das Gefühl, als sei die Alströmergatan schmaler geworden. Die Sonne scheint, und zur Abwechslung ist es warm. Ein Mann läuft auf mich zu. Ich kann ihn nicht genau erkennen, aber irgendetwas sagt mir, dass ich ihn sehr gern kennenlernen will. Der Mann kommt näher. Es ist Oscar! Er sagt irgendetwas, aber ich verstehe es nicht. Es ist auch völlig egal. Wir umarmen uns. Seine Hand wandert über meinen Hintern. Ein Stromstoß fährt durch meinen Körper, ich will, dass er zupackt. Als hätte er meinen Gedanken gehört, erfüllt er mir den Wunsch. Ich stöhne. Jetzt weiß er, dass mir gefällt, was er tut. Sein Gesicht ist ganz dicht an meinem. Wir küssen uns. Unsere Zungen erforschen sich behutsam. Und ohne dass ich weiß, wie wir dorthin gekommen sind, liegen wir in einem Hotelbett. Wir sind nackt. Ich bin feucht, erregt und verschwitzt, und wir sind zwei Menschen, die genau wissen, was sie wollen. Ich will die Initiative ergreifen, aber er ist stärker als ich und dreht mich auf den Bauch. Er zieht mir den Slip herunter und küsst meine Pobacken. Küsst und leckt. Erst sanft, dann immer fordernder, je mehr sich meine Lust steigert. Es ist himmlisch, endlich mal wieder Sex zu haben. Ich stütze mich auf alle viere. »Komm schon«, sage ich, aber aus meinem Mund kommt kein Ton. Ich drehe mich um. Er ist nicht da. Ich drehe mich zur anderen Seite, doch Oscar ist weg. Wir sind nicht in einem Hotel. Es war ein Traum. Verdammt. Allerdings ein sehr realistischer. Mein Slip ist nach unten gerutscht, das Laken hat sich um meine Beine gewickelt. Ich taste mit den Fingern, ich bin immer noch feucht.

Ich stopfe mir ein Kissen in den Mund, schließe die Augen und mache dort weiter, wo mein Traum aufgehört hat.

Es ist halb vier Uhr morgens, eigentlich sollte ich versuchen, noch ein paar Stunden zu schlafen, aber es ist zwecklos. Ich fühle mich … leer. Es war schön, von Oscar zu träumen, aber ich will, dass der Traum Wirklichkeit wird. Und er darf nicht verschwinden, weder vor, während oder nach dem Sex. Ich will gemütlich mit ihm zusammen frühstücken, ehe wir zur Arbeit gehen, und ich will, dass wir uns abends wiedersehen, weil wir Sehnsucht nach einander haben. Ich will für ihn eine italienische Muschelsuppe kochen, die er probiert, während ich am Herd stehe. Er soll mich von hinten umarmen, meinen Nacken küssen und sich an mich schmiegen. Und ich will seine Erektion spüren. Scheiße. Jetzt denke ich schon wieder an Sex.

Ich gehe in die Küche und gieße mir ein halbes Glas Brandy ein. Solange es bei einem Glas bleibt, ist es okay. Fluchend laufe ich in meiner winzigen Wohnung auf und ab. Ich habe das Gefühl, dass mir alles über den Kopf wächst, und in ein paar Stunden muss ich im Restaurant sein. Ich kann doch nicht betrunken bei der Arbeit auftauchen. Oder eigentlich kann ich es schon. Es ist sowieso schon alles egal. Ich gieße mir ein zweites Glas ein und wünschte, ich würde zu den Menschen gehören, die mit ihrem Leben rundum zufrieden sind. Oh, ich hatte einen erotischen Traum, perfekt, dann bringe ich mich selbst zum Orgasmus und schlafe wieder ein. Ach ja, einen kleinen Cognac habe ich mir auch noch gegönnt, schön, dann kann ich ja jetzt ins Bett gehen. Morgen ist auch noch ein Tag. Aber ich ticke nicht so. Ich bin auf den Geschmack gekommen, und ich will mehr. Mehr Sex, mehr Alkohol. Ich kippe ein drittes Glas Brandy hinunter und lege mich aufs Sofa. In meiner Fantasie spule ich zu den besten Stellen meines Erotiktraums vor. Aber diesmal nehme ich keine Rücksicht auf irgendwelche Nachbarn. Als ich zum Höhepunkt komme, stöhne ich so laut, dass kein Zweifel daran besteht, was ich gerade tue.

25

Ich habe keine Ahnung, wie lange mein Handy schon klingelt, aber ich gehe so schnell dran, wie ich kann. Eine fremde Männerstimme meldet sich, die sich als irgendetwas vorstellt, das ich nicht verstehe. Mein Kopf dreht sich, und mir ist schlecht. Auf dem Tisch steht eine leere Brandyflasche. Ich beende das Gespräch so schnell wie möglich, ohne allzu unhöflich zu sein, werfe das Telefon aufs Sofa und stürze ins Badezimmer. Ein Schwall aus Brandy und Erdnussflips landet in der Toilette. Ich spucke und würge, und mein Magen krampft sich zusammen. Aus dem Spiegel starrt mir ein schmales blasses Gesicht mit blutunterlaufenen Augen und einem Vogelnest auf dem Kopf entgegen. Warum musste ich mir heute Nacht so dermaßen die Kante geben? Wie ein Alkoholiker. Wie James. Wie Papa. Ich kann mich nicht einmal mehr daran erinnern, wann ich eingeschlafen bin. Ich muss vorsichtig sein und sollte mal eine ganze Zeit lang die Finger vom Alkohol lassen. Er löst meine Probleme nicht. Und ich Idiotin habe geglaubt, dass mein Vater seine Trinkerei im Griff hat. Wie naiv kann man sein? Er hat sie so weit im Griff wie Leute, die sich ins Koma saufen. Wie ich heute Nacht. Ganz der Papa. Scheiße. Vielleicht sollte ich Bo anrufen.

Ich stehe in der Küche und hacke Zwiebeln, dass mir die Tränen übers Gesicht laufen. Bente und Hannes sind mit dem Auto zum Lebensmittelgroßhändler gefahren. Obwohl ich heute Morgen verschlafen habe, liegen wir gut in der Zeit. Meine Augen brennen, und ich wünschte, ich könnte aus tiefster Seele heulen. Als es an der Tür klopft, mache ich vor Schreck einen Satz nach vorn. Seit dieser Gerichtsvollzieher hier war, schließen wir ab, wenn wir noch nicht geöffnet haben. Außerdem habe ich ein Guckloch in die Tür machen lassen, damit man nachschauen kann, wer draußen steht, ohne selbst gesehen zu werden.

Verfluchter Mist. Noch ein Mann um die dreißig mit schütterem Haar, der in seinem Anzug wie ein Hanswurst aussieht.

Zögernd mache ich auf.

»Ja, bitte?«, sage ich und signalisiere ihm deutlich, dass ich nicht die Absicht habe, etwas zu kaufen, und seine Anwesenheit nicht erwünscht ist.

»Sind Sie Caroline?«, fragt er und schenkt mir ein strahlendes Lächeln.

»Mhm«, erwidere ich.

»Hallo, Marcus Steen. Wir haben heute Morgen telefoniert.«

»Haben wir?«

»Sie sind doch Caroline Södergren, oder?«

»Ja, schon …«

»Ich bin Testamentsvollstrecker, und wir haben vereinbart, dass ich um elf hier zu Ihnen ins Restaurant kommen soll.«

»Ach ja, wie dumm von mir. Bitte kommen Sie rein!«

Ich biete ihm eine Tasse Kaffee an, und er macht es sich auf einem der Barhocker bequem.

»Testamentsvollstrecker«, sage ich. »Ein lustiges Wort, was macht ein Testamentsvollstrecker denn genau?«

»Ich habe eine Vorladung des Nachlassgerichts für Sie«, sagt er und reicht mir ein Dokument. Außer Nancys und meinem Namen verstehe ich kein Wort von dem, was da steht.

Marcus gibt mir ein weiteres Schriftstück, ganz oben steht MEIN LETZTER WILLE UND TESTAMENT.

Allmählich wird mir klar, was dieser ganze Spuk zu bedeuten hat.

»… laut diesem Testament hat die Verstorbene Nancy Olivia Urdin Sie, Caroline Johanna Södergren, zur Erbin ihres halben Vermögens bestimmt, das sich auf 284 383 Kronen beläuft. Sie erhalten beide Schriftstücke in Kopie. Lesen Sie sie in Ruhe durch. Allerdings würde ich Sie bitten, hier zu unterschreiben.«

Er hält mir einen silbernen Kugelschreiber hin, und ich setze mit zitternder Hand meinen Namen unter das Dokument. Nachdem Marcus gegangen ist, lese ich Nancys Testament viermal hintereinander durch. Nancy hat es vor einem Jahr aufgesetzt, ein paar Monate vor ihrem Schlaganfall. Sie versichert, zum Zeitpunkt der Niederschrift gesund und bei klarem Verstand zu sein, und ein Notar hat das Testament beglaubigt, also ist es rechtskräftig.

Ich fange an zu lachen. »Danke, Nancy, vielen Dank!«, jubele ich laut. Vielleicht hat sie mich gerade auf unglaubliche Art und Weise gerettet. Uns. Wenn wir in der Sankt Göransgatan bleiben können, haben wir genug Geld, um den Lagerraum umzubauen, das könnte vor Gericht sogar zu unseren Gunsten gewertet werden. Und wenn ich verliere, habe ich einen Grundstock, um mir eine neue Existenz aufzubauen. Ich muss sofort Oscar anrufen und ihm von der Erbschaft erzählen. Nein, als Erstes muss ich Bente anrufen. Oder noch besser: Wenn sie zurückkommt, werde ich sie mit einer Champagnerflasche in der Hand begrüßen. Man muss die Feste feiern, wie sie fallen, das predige ich ihr schließlich immer. Endlich! Glück muss man haben. Manchmal landet der

Toast eben doch mit der Butterseite nach oben! Und die Erbschaftssteuer gibt es doch auch nicht mehr, oder? Meine liebe, süße Nancy, sie wollte mir ein Abschiedsgeschenk machen und hat mir keinen Ton gesagt. Das ist das Schönste, was jemals jemand für mich getan hat. Ihre Opernsängerin-Tochter ist bestimmt sowieso steinreich und erbt garantiert die andere Hälfte. Ich beuge mich nach unten, um eine Flasche Champagner aus dem Kühlschrank zu nehmen, aber mitten in der Bewegung halte ich abrupt inne. Bin ich total bescheuert? Habe ich noch einen letzten Funken Verstand in meinem verkaterten Schädel? Diese Erbschaft ist eine Katastrophe! Wie ein Häufchen Elend sacke ich auf dem Fußboden zusammen und bemühe mich, einen klaren Gedanken zu fassen. Dieses Erbe kann nicht nur meine berufliche Existenz, sondern mein ganzes Leben ruinieren.

Mit dieser Erbschaft sind der Restaurantbesitzerin Caroline nicht aus heiterem Himmel urplötzlich knapp dreihunderttausend Kronen Renovierungsbudget in den Schoß gefallen.

Diese Erbschaft bedeutet, dass die Mörderin Caroline ein Motiv hatte.

26

Als ich in der U-Bahn sitze, schlägt meine Bullenparanoia wieder mit voller Wucht zu. Der einzige Mensch, den ich nicht für einen Polizisten in Zivil halte, ist ein Mädchen mit Downsyndrom, das ein Kaninchen-Tattoo auf dem Arm hat und immer wieder »Anhalten!« ruft.

Seit ich geholfen habe, diesen Fleischtransporter zu stehlen, weiß ich, wie die Polizei arbeitet. Sie beschatten einen, damit man im Verhör einen Fehler macht und sich selbst ans Messer liefert. Deswegen sind sie überall.

Am Hötorget steige ich aus und gehe auf die Hochhäuser zu.

Ich habe kaum ein Auge zugetan, seit ich von dieser Erbschaft weiß. Wenn überhaupt, bin ich vor Erschöpfung in eine komaähnliche Bewusstlosigkeit gefallen und nach höchstens einer Stunde schweißgebadet und voller Selbsthass wieder hochgeschreckt. So euphorisch ich die ersten zehn Sekunden über dieses Erbe war, genauso niedergeschlagen bin ich die letzten zwei Tage gewesen. Bente, der ich notgedrungen von Nancys Testament erzählen musste, geriet völlig aus dem Häuschen, tanzte jubelnd durch die Bar und zwang mich, ein Glas Champagner zu trinken, das ich heimlich wieder erbrach.

Natürlich kann sie nicht verstehen, warum niemand erfahren darf, dass ich einen Haufen Geld geerbt habe. Sie findet mein Verhalten merkwürdig und beharrt darauf, dass wir noch einmal mit Bjurström reden und versuchen sollten, eine außergerichtliche Einigung zu erzielen. In der letzten Woche haben wir uns häufiger gestritten als in der ganzen Zeit unserer Freundschaft zusammen.

In jedem Restaurantgast, den ich nicht kenne, wittere ich gleich den nächsten Zivilfahnder. Hält er oder sie sich noch dazu an alkoholfreie Getränke, bin ich hundertprozentig sicher. Ich gehe auf dem Zahnfleisch und vergesse ständig, was ich gerade tun wollte. Gestern war ich fast nur in der Küche und habe wie ein Roboter 8,3 Kilo Rinderfilet in meine selbst kreierte marokkanische Kräutermarinade eingelegt.

Jedes Mal wenn ich am Pflegeheim vorbeikomme, merke ich, wie sich mein Gang verändert. Meine Bewegungen werden hölzern und verkrampft. Und obwohl ich mir vorgenommen habe, nicht hinüberzusehen, tue ich es jedes Mal. Dann schiebe ich Panik, weil ich es getan habe, tue schnell so, als würde ich ganz woanders hinschauen, und führe mich dadurch noch merkwürdiger auf. Eigentlich will ich reingehen und mich vergewissern, dass sich alle ganz normal verhalten. Aber was, wenn sie es nicht tun? Was, wenn ich ihnen ansehe, dass die Polizei im Pflegeheim war und Fragen gestellt hat? Dann drehe ich durch. Wie lautet diese alte Krimi-Weisheit noch gleich: »Der Täter kehrt immer an den Tatort zurück.« Niemand wird mir glauben. Ich brauchte dreihunderttausend Kronen und wusste, dass Nancy mich in ihrem Testament bedacht hat, also habe ich sie umgebracht. Kaltblütig und brutal.

Wie soll ich beweisen, dass ich keine Ahnung von der Erbschaft hatte? Und wie soll ich jemanden davon überzeugen, dass Nancy aus freiem Willen sterben wollte? Sobald Nancys Tochter erfährt, dass ihre Mutter mich im Testament bedacht hat, wird sie mich für eine Erbschleicherin halten und Anzeige gegen mich erstatten. Daraufhin wird man Nancy obduzieren und eine extrem hohe Menge Insulin in ihrem Körper entdecken oder feststellen, dass ihr Blutzucker im Keller war, oder weiß der Teufel was. Ich habe keine Ahnung, aber eins ist sicher: Man wird garantiert eine Mordermittlung in die Wege leiten. Und ich bin die einzige Verdächtige. Mein ganzer Plan baute darauf, dass Nancy NICHT obduziert wird. Und weil ich nie im Leben beweisen kann, dass ich keine Ahnung von der Erbschaft hatte, werde ich für den Rest meines Lebens wegen Mordes hinter Gitter wandern. Bestenfalls komme ich mit zwölf Jahren Gefängnis davon.

Ich habe schon mit dem Gedanken gespielt, mich selbst anzuzeigen. Das wird vom Gericht bestimmt als strafmildernd gewertet, und ich werde das Erbe freiwillig ablehnen und sagen, ich hätte nichts davon gewusst. Das ist vermutlich meine einzige Chance, die Leute davon zu überzeugen, dass ich keine habgierige Meuchelmörderin bin.

Als ich den Fahrstuhl betrete, wird mir schwindelig. Widerwillig werfe ich einen Blick in die verspiegelte Wand. Glücklicherweise sehe ich nicht so erschöpft aus, wie ich mich fühle, allerdings habe ich mich auch besonders sorgfältig geschminkt. Ich bin so müde, dass ich mich auf der Stelle auf dem Boden zusammenrollen könnte. Nicht einmal die Aussicht, Oscar zu sehen, heitert mich auf. Für eine neue Liebe ist in meinem Leben gerade einfach kein Platz.

In Kopenhagen scheint die Sonne so stark, dass ich die Augen zukneifen muss. Am Himmel ist keine einzige Wolke zu sehen, und Stockholm liegt mir in all seiner Schönheit zu Füßen, aber ich habe absolut keinen Blick für die phänomenale Aussicht. Mein Kopf fühlt sich an, als würde er jeden Moment explodieren, und ich würde am liebsten eine Tablette nehmen. Aber das muss warten. Ich will keinen schlechten Eindruck machen. Oscar betritt den Konferenzraum, dicht gefolgt von einem etwa siebzigjährigen Mann. Das muss der pensionierte Oberkommissar sein.

»Olle, das ist Caroline Södergren. Caroline, das ist Olle Jansson, Schwedens Starermittler, den wir für die gute Seite gewinnen konnten.«

Wir geben uns die Hand. Olle hat einen Dreitagebart und warme Augen. Ohne Expertin auf diesem Gebiet zu sein, sehe ich, dass sein Anzug in einer anderen Preisliga spielt als Oscars. Vermutlich trägt er ihn auch öfter. Oscar erscheint jedes Mal in einem anderen teuren Zwirn. Sein heutiger ist grau und dezent gemustert.

Oscar kommt ohne Umschweife zur Sache und erklärt, dass die Lebensmittelvergiftung tatsächlich der einzige Punkt sei, an dem wir ansetzen könnten. Alles andere könnten wir nicht beweisen. »In meinem Plädoyer werde ich sämtliche Vorfälle natürlich als erschwerende Umstände gegen Bjurström anführen, aber er wird nur den Kopf schütteln und mit den Schultern zucken. Was hast du für uns, Olle?«, sagt er.

»Ich bin immer noch an dieser angeblichen Lebensmittelvergiftung dran. Es gibt tatsächlich eine Verbindung. Wolff und Bjurström haben denselben Hausarzt. Er heißt Holger Welinder und hat Svante Wolff starke Magenkrämpfe attestiert, die vermutlich durch eine Lebensmittelvergiftung am fraglichen Datum verursacht wurden. Das erhärtet zwar unsere Vermutung, hilft uns in der Praxis aber wenig, denn wir können es nicht beweisen. Bjurström und Wolff haben nie dieselbe Schule besucht, sind keine Vereinsbrüder, und weder Wolff noch seine Ehefrau haben jemals in Bjurströms Firma gearbeitet. Leider hat der Arzt auch keinen einzigen Fleck auf seiner blütenweißen Weste. Er ist sechzig, hat jahrelange Berufserfahrung und ist ein extrem glaubwürdiger Zeuge.«

»Lassen Sie uns die Sache trotzdem weiterverfolgen. Sie reicht, um die Kriegsflamme am Lodern zu halten. Aber ich hätte gern mehr«, sagt Oscar.

»Ich grabe weiter«, verspricht Olle und erhebt sich. Wir verabschieden uns. Nachdem Olle gegangen ist, erkundigt sich Oscar, ob ich irgendwelche Fragen habe.

Ich schweige und schlucke den Kloß in meinem Hals herunter.

»Was ist los?«

Vielleicht sollte ich ihm doch von Nancy und der Erbschaft erzählen. Er ist Anwalt und an die Schweigepflicht gebunden. Und falls ich im Gefängnis landen sollte und will, dass er mich verteidigt, erfährt er es sowieso.

Oscar steht auf, geht um den Tisch, setzt sich auf den Stuhl neben mich und greift nach meiner Hand. Seine Hände sind groß und warm, und noch vor einer Woche hätte seine Berührung tausend Blitze durch meinen Körper gejagt, doch jetzt fühle ich gar nichts, nicht den kleinsten Funken Erregung. Oscar sieht mir tief in die Augen. Ich habe keine Ahnung, was er gerade denkt und fühlt, und ich kann auch nicht behaupten, dass es mich sonderlich interessiert. Er soll ruhig weiter glücklich sein mit seiner Frau und seinen Kindern. Ich werde mich nicht in sein Leben drängen. Oscar fragt, wie es mir geht, und weil es so offensichtlich ist, dass es mir hundsmiserabel geht, muss ich ihm wohl oder übel eine plausible Erklärung liefern.

»Der Gedanke, dass ich höchstwahrscheinlich meine Tapas-Bar schließen muss und Bente ihren Job verliert, macht mir ziemlich zu schaffen.«

»Und was ist mit Ihnen? Sind Sie dann nicht ebenfalls arbeitslos?«

»Ich kratze noch nicht an der Vierzig und bin keine alleinerziehende Mutter eines Sohnes mit besonderen Bedürfnissen.«

»Ich verstehe«, erwidert Oscar. »Aber ist das alles?«

»Ja«, sage ich. »Das ist alles.« Meine Hände werden feucht, was Oscar wohl merkt, denn er lässt sie los.

»Na dann«, meint er und steht auf. »Dann werden wir alles dafür tun, damit weder Sie noch Bente Ihren Job verlieren.«

»Das tun wir«, stimme ich zu und versuche, seine Zuversicht zu teilen, als gäbe es tatsächlich eine Kriegsflamme, die ich am Lodern halten könnte.

Oscar läuft im Zimmer auf und ab, schildert mir mit weit ausholenden Gesten seine Strategie vor Gericht und erklärt mir, was ich beachten soll, wenn ich in den Zeugenstand gerufen werde.

»Uns bleiben nur noch ein paar Wochen bis zur Verhandlung«, bemerkt er, und ich frage mich, ob er wohl überrascht wäre, wenn ich ein Fenster öffnen und mich aus dem achtzehnten Stock in die Tiefe stürzen würde.

27

Es ist mitten in der Nacht, aber ich kann nicht schlafen. Ich habe Angst, fühle mich ausgelaugt und einsam. Ich habe mehrere Tabletten geschluckt und bin kurz davor, den Verstand zu verlieren. Ich bin diejenige, die nicht normal ist, alle anderen sind völlig normal. Ich weiß, dass ich nach achtzehn Uhr keine Schmerztabletten mehr nehmen sollte, weil sie so viel Koffein enthalten, dass ich danach erst recht nicht einschlafen kann. Aber mein gesunder Menschenverstand reicht momentan gerade weit genug, um einen großen Bogen um Alkohol zu machen.

Ich weiß, dass ich mit Bo sprechen sollte. Aber ich habe keine Zeit, und ich will mit niemandem über das reden, was ich getan habe. Ihm zu erzählen, dass ich auch nur mit dem Gedanken gespielt habe, Nancy von ihrem Leid zu erlösen, war eine Riesendummheit.

Aber ich gehe schon so lange zu ihm, dass ich mich inzwischen selbst therapieren kann. Ich tue so, als wäre ich er, und überlege, was er sagen würde, um meine Bullenparanoia zu stoppen.

Ich entscheide mich für diese Übung, die Bo »Zentrierungsübung« nennt. Die macht er ab und zu mit mir, um meine Konzentration zu steigern, und es funktioniert fast jedes Mal. Ich kann seine warme Stimme hören: »Setzen Sie sich bequem hin. Schließen Sie die Augen. Atmen Sie tief ein. Spüren Sie in Ihren Köper hinein. Wir gehen von unten nach oben. Spüren Sie Ihre Füße?« Ich nicke. »Spüren Sie, wie Ihre Füße fest auf dem Boden stehen und Wurzeln haben, die in die Erde wachsen? Sie sind tief in der Erde verankert, Caroline. Jetzt bewegen wir uns langsam im Körper aufwärts. Oberschenkel und Po sind dabei fest in den Stuhl gedrückt. Sie sitzen fest und sicher, oder, Caroline?«

»Ja«, sage ich laut und komme mir überhaupt nicht komisch dabei vor, mit der Luft zu sprechen.

»Jetzt erreichen wir den Brustkorb. Atmen Sie ein paarmal bewusst ein. Spüren Sie, wie sich Ihre Lungen mit Luft füllen? Frische, klare, lebensnotwendige Luft, okay?«

»Okay«, sage ich.

»Jetzt gehen wir weiter zum Kopf. Spüren Sie, dass er dort sitzt, wo er sitzen soll? Und nun schicken wir ein paar Strahlen ins Universum. Nennen Sie es Gedanken, nennen Sie es Energie. Nennen Sie es, wie Sie wollen, aber spüren Sie, wie wir das Weltall berühren, die Ewigkeit. Spüren Sie die spirituelle Kraft des Kosmos'.«

Ich bleibe noch eine Weile ruhig sitzen und konzentriere mich auf meine Atmung. Ich fühle mich gut. Bo fragt, ob ich mich präsent, weniger präsent oder genauso präsent wie vorher fühle. Und ich sage, dass ich mich präsenter fühle. Was ich tatsächlich tue. Er fragt mich, wo ich beginnen will.

»Ich muss mich beruhigen«, sage ich laut. Wie aus der Pistole geschossen hakt Bo nach: »Müssen Sie oder wollen Sie?«

»Ich will«, sage ich. »Ich will mich beruhigen.«

Bo betont immer wieder, dass *müssen* ein zu negatives Wort ist. *Wollen* ist besser.

»Gut, warum wollen Sie sich beruhigen?«

»Weil ich nicht mehr schlafe, nicht mehr esse, überall Polizisten sehe und unhöflich zu meinen Gästen bin. Ich schiebe totale Panik.«

»Warum, glauben Sie, ist es so weit gekommen?«

»Weil ich Nancy zum Tode verholfen habe und sie mich in ihrem Testament bedacht hat, wovon ich keine Ahnung hatte. Hätte ich das gewusst, hätte ich es niemals getan.«

»Glückwunsch!«

»Danke. Aber seit ich von der Erbschaft weiß, bilde ich mir ein, dass die Polizei hinter mir her ist, dass sie mein Telefon abhören, in meinem Computer rumgeschnüffelt haben und mich aus der gegenüberliegenden Wohnung auf der anderen Straßenseite Tag und Nacht beobachten.«

»Sind Sie sich sicher?«

»Nein, ich habe doch gesagt, dass ich es mir einbilde.«

Wir schweigen eine Weile. Irgendwo im Haus rauscht eine Toilettenspülung. Ich will nicht hier sein. Ich will wirklich bei Bo sein. Ich hole tief Luft. Ich will ihm alles ganz genau schildern, damit er nicht denkt, ich hätte nicht mehr alle Tassen im Schrank.

»Vor ein paar Tagen war ein Pärchen in meinem Restaurant, ein Mann und eine Frau, ungefähr Mitte dreißig. Ich habe sie noch nie zuvor gesehen. Sie saßen fast vier Stunden an der Bar, haben so gut wie nichts gegessen, nur Limettenwasser getrunken und kaum ein Wort miteinander geredet. Die beiden hätten sich genauso gut einen Zettel mit dem Wort ›Zivilfahnder‹ auf die Stirn kleben können. Vor lauter Panik habe ich kaum einen Fuß aus der Küche gesetzt, solange sie da waren.«

Aber Bo scheint gar nicht zu hören, was ich sage.

»Beginnt diese Paranoia mit einem Gedanken oder einem Gefühl?«

»Ich weiß nicht.«

Ich überlege einen Moment. Mein Gedankenkarussell beginnt sich wieder zu drehen. Ich atme tief ein und versuche, mich zusammenzunehmen.

»Können Sie sagen, was genau diese Paranoia auslöst?«

»Nein«, erwidere ich. »Sie kommt ganz plötzlich, von einer Sekunde auf die nächste.«

»Wann spüren Sie keine Panik?«, dreht der imaginäre Bo den Spieß um.

»Wenn ich daran denke, dass das, was ich getan habe, richtig war, weil Nancy nicht mehr leiden muss. Und wie großzügig es von ihr ist, mich in ihrem Testament zu bedenken.«

»Gut. Das klingt nach klaren Fakten.«

»Doch dann fällt mir wieder ein, dass diese Erbschaft das Schlimmste ist, was mir passieren konnte.«

»Warum?«

»Weil ich dadurch ein Motiv habe.«

»Aber die Erbschaft war nicht Ihr Motiv.«

»Das weiß die Polizei aber nicht!«

»Und wenn wir uns an die Fakten halten, Caroline?«

Das ist typisch Bo. Als ich ihm in einer Sitzung sagte, dass ich Angst davor hätte, wie mein Vater zu werden, hat er gefragt: »Wodurch *unterscheiden* Sie sich von Ihrem Vater?« Damit war diese Angst für eine Weile verschwunden.

Tatsächlich gelingt es mir, mich an das zu halten, was Bo und ich »Faktenfeld« nennen. Darin existieren nur Dinge, die ich mit Sicherheit weiß. Tatsachen. Dass ich einen Menschen von seinen Qualen erlöst habe, in einem Testament bedacht wurde und ein freier Mensch bin. Meine Bullenparanoia befindet sich dagegen in dem Bereich, den wir als »Spekulationstrommel« bezeichnen, dort schleudern meine Gedanken in einer Zentrifuge wild durcheinander, und ich kann sie nicht kontrollieren.

Bo erklärt, dass die Zentrifuge in der Spekulationstrommel durch einen Gedanken in Bewegung gesetzt wird. »Es sind Ihre Gedanken, die Ihre panische Angst vor der Polizei auslösen. Nicht die Fakten. Ein Gedanke, der direkt in einem Gefühl mündet. Und das Gefühl weiß nicht, ob der Gedanke ein Papiertiger oder ein echter Tiger ist, also ergreift es die Flucht und nimmt Sie als Geisel. Versuchen Sie, im Faktenfeld eine Lücke – oder noch besser einen Fluss zwischen dem Feld und der Spekulationstrommel – zu schaffen, damit Sie nicht in die Trommel hineingezogen werden, denn dort existieren nur negative Spekulationen über Ihre Zukunft. Und niemand kann in die Zukunft sehen, nicht einmal Sie, Caroline. Versuchen Sie, so lange wie möglich im Faktenfeld zu bleiben. Laufen Sie dort herum. Richten Sie es ein, möblieren Sie es, bauen Sie es aus, tun Sie, was Sie wollen, Hauptsache, Sie bleiben da. Dort raubt Ihnen niemand die Kontrolle über Ihre Gefühle, okay?«

»Okay«, antworte ich und fühle mich tatsächlich besser.

Ich atme ein paarmal tief ein. Öffne die Augen. Die Sitzung ist vorbei.

Vielleicht habe ich die Grenze zum Verrücktsein gerade überschritten. Aber das ist mir total egal. Ich habe neunhundert Kronen gespart, und ich fühle mich zumindest nicht schlechter als vorher.

28

Ich habe fünf Stunden geschlafen, ausgiebig gefrühstückt und bin auf dem Weg zur Arbeit. Als ich den schwarzen Volvo entdecke, der direkt vor meinem Restaurant parkt, denke ich ganz rational: Da ich nicht mit Sicherheit weiß, dass in dem Auto zwei Zivilfahnder sitzen, die mich beobachten, muss es mich nicht weiter stören. Immer schön im Faktenfeld bleiben, Caroline. Und im Faktenfeld kann ich mit Gewohnheiten brechen und einen Umweg zur Arbeit machen, ohne gleich paranoid zu werden.

Als ich ins Restaurant komme, sitzt Hannes am Bartresen. Ich umarme ihn so lange wie möglich, bevor es ihm peinlich wird und er sich ins Büro verkrümelt.

»Wir gehen schwimmen!«, ruft er mir über die Schulter zu.

»Toll, viel Spaß«, antworte ich.

»Und wir fahren mit dem Auto!«, informiert er mich.

»Wer wir?«, frage ich.

»Wir drei.« Bentes niedliches Gesicht taucht hinter dem Tresen auf.

»Was?«

»Zurück zum Ursprung!«, ruft Bente.

»Wann?«, frage ich.

»Jetzt«, erwidert Bente.

»Schaffen wir das zeitlich?«, frage ich skeptisch.

»Wir fahren mit dem Auto. Ich habe beschlossen, dass wir Zeit genug haben.«

Auf dem Tresen steht ein Blumenstrauß. Weiße Pfingstrosen. Auf einer kleinen Karte steht: *Es tut mir leid, James.*

Ich kann nicht anders und fange an zu lachen.

Wir sitzen in Bentes altem Renault. Obwohl sie der Stadtverkehr immer noch stresst, kann sie sich inzwischen beim Fahren unterhalten. Hannes sitzt auf der Rückbank und sieht aus dem Fenster. Bente glaubt, dass er so gern Auto fährt, weil er sich im Auto sicher fühlt, aber gleichzeitig tausend Dinge beobachten kann. »Du meinst, für ihn ist es so, wie wenn wir Normalos uns einen Film angucken?«, frage ich. Bente nickt, und wir müssen beide lachen.

Bente sagt, dass sie nicht streiten will, und entschuldigt sich für die schlechte Stimmung in den vergangenen Tagen. Ich bin ganz ihrer Meinung und entschuldige mich, dass ich in der letzten Zeit so empfindlich war. Wir schwören uns ewige Liebe und geloben, bis zum bitteren Ende Seite an Seite zu kämpfen.

Wir fahren über die Västerbron. Die Eichen unter uns haben ihr gelbes Herbstlaub mittlerweile endgültig verloren. Hannes gibt einen undefinierbaren Laut von sich, weil wir so hoch über der Erde sind. Er hält sich die Hand vor die Augen, aber er lacht dabei.

»Dein Superanwalt sieht übrigens ziemlich sexy aus«, sagt Bente plötzlich. Ich frage mich, wie ihre Assoziationskette wohl ausgesehen hat. Gerade eben haben wir uns ewige Liebe geschworen, und keine dreißig Sekunden später redet sie von meinem Anwalt.

»Findest du?«, sage ich.

»Ist er verheiratet?«, will sie wissen.

»Ja, leider.«

»Ich wusste es!«

»Was wusstest du?«

»Du hast dich in ihn verknallt.«

»Ja, aber solange er verheiratet ist, bleibt er tabu.«

»Eine weise Entscheidung.«

Mein Handy klingelt.

»Mein Vater«, informiere ich Bente.

»Geh ruhig ran. Ich muss mich sowieso auf den Verkehr konzentrieren.«

»Hallo, Papa«, melde ich mich.

»Hallo, Kleines. Wie geht's dir?«

»Gut«, antworte ich. Seiner Stimme nach zu urteilen, ist er nüchtern.

»Ich habe gesehen, dass du ein paarmal versucht hast, mich anzurufen. Ich war eine Woche in Trosa. Unsere Koch-Nationalmannschaft hat da ein Trainingslager abgehalten, und ich habe sie ein bisschen mit meinem Fachwissen unterstützt. Leider hatte ich Hornochse mein Handy zu Hause vergessen.«

»Ach so, schön für dich, dass du Arbeit hattest«, sage ich und tue so, als würde ich ihm glauben. Er kann sich offensichtlich nicht daran erinnern, dass ich bei ihm in der Wohnung war, erzählt weiter vom Koch-Trainingslager und erkundigt sich, ob ich die drei Tüten Pfifferlinge haben möchte, die er gesammelt hat. Ich sage: »Ja, klar« und frage mich, ob ich es wohl jemals schaffen werde, ihm das Messer auf die Brust zu setzen.

Ich beende das Gespräch, und Bente hupt wütend, weil das Auto vor uns zwei Spuren gleichzeitig belegt, was Hannes megalustig findet. Er findet es komisch, seine Mutter so aufgebracht zu sehen. Das gehört zum Film. Er weiß, dass sie nicht böse auf ihn ist, und hat keine Angst. Ich drehe mich um und schaue ihn an, und weil er mitten in einem Abenteuer ist, darf ich ihn ungestört betrachten. Ich liebe es, diese beiden Menschen in meinem Leben zu haben. Was auch immer geschieht, ich darf sie nicht verlieren.

29

Obwohl die Farbe von vornherein feststeht, weiß ich nie, was ich auf Beerdigungen anziehen soll.

Als Ralf gestorben ist, hatte ich mir vorgenommen, ein für den Anlass angemessenes Outfit zu tragen. Man darf nicht sexy wirken, will aber gleichzeitig auch nicht wie eine Nonne aussehen. Vermutlich ist der Trick, auf sexy Nonne zu machen. Ich betrachte mich im Spiegel. Leider blickt mir keine Ordensschwester dieses Kalibers entgegen.

Eigentlich will ich nicht mit Make-up zugekleistert sein, wenn ich von Nancy Abschied nehme, aber momentan ertrage ich es nicht, ungeschminkt aus dem Haus zu gehen.

Ich versuche herauszufinden, warum ich so hypernervös bin. Habe ich Angst, dass die Polizei mich festnimmt? Nein. Habe ich Angst, dass der Anblick all der trauernden Menschen Schuldgefühle bei mir auslösen wird? Nein. Habe ich Angst, dass ich meine Tat bereuen und einsehen werde, dass ich Gott gespielt habe und in der Hölle für meinen Hochmut bestraft werde? Nein. Ich habe Angst vor Yvonne Urdin. Der Operndiva, für die ich das Hassobjekt Nummer eins sein muss, weil ich sie um die Hälfte ihres Erbes gebracht habe, und die allen Grund hätte, eine Obduktion zu beantragen und Strafanzeige gegen mich zu erstatten. Sie fand es gleich verdächtig, dass ich ihre Mutter regelmäßig im Pflegeheim besucht habe, und jetzt hat sie ordentlich Wasser auf die Mühle bekommen.

Wird Yvonne mich überhaupt eines Blickes würdigen? Ich für meinen Teil werde ihr jedenfalls aus dem Weg gehen.

Wer weiß, vielleicht wirft sie mich aus der Kirche, wenn sie mich sieht? Mein Plan ist, so kurz wie möglich vor Beginn des Trauergottesdiensts in die Kirche zu schlüpfen, ohne zu spät zu kommen. Mich so unauffällig wie möglich zu verhalten, ohne dass es auffällig wirkt. Mich genau so zu verhalten, wie ich mich verhalten hätte, wenn ich Nancy nicht über die Schwelle geholfen hätte.

Natürlich habe ich tausendmal hin und her überlegt, ob ich überhaupt zu ihrer Beerdigung gehen soll. Aber zum einen will ich Abschied von ihr nehmen, und zum anderen will ich mich ganz normal verhalten. Und im Normalfall wäre ich zu ihrer Beerdigung gegangen. Es wäre viel merkwürdiger, wenn ich nicht hingehen würde, gerade *weil* Nancy mich in ihrem Testament bedacht hat.

Ich muss mich früh genug auf den Weg machen, damit ich vorher noch bei Maya im Pflegeheim vorbeischauen kann. Wenn sie sich mir gegenüber ganz normal verhält, muss ich mir keine Sorgen machen. Dass ich ausgerechnet heute im Pflegeheim vorbeigehe, ist auch nicht verdächtig, denn so kann ich sie fragen, ob sie mit zur Beerdigung kommen will.

Während ich im Fahrstuhl stehe, murmele ich immer wieder »Faktenfeld, Faktenfeld, Faktenfeld«. Es klingt wie ein Mantra. Ich sehe gut aus. Ich trage meine schwarzen Stiefel, eine schwarze Strumpfhose, einen schwarzen unanständig kurzen Rock, ein schwarzes Polo-Shirt und einen dunkelgrauen Sommermantel, der von allen Oberbekleidungsstücken, die ich besitze, noch am ehesten dem Dresscode auf einer Beerdigung entspricht. Außerdem verdeckt er meinen unsittlichen Rock. Aber angesichts der Tatsache, dass draußen klassisches Novemberwetter herrscht mit Schneeregen und Temperaturen kurz über dem Gefrierpunkt, ist er nicht ganz optimal. Um meinen Hals liegt die Kette mit Sebastians Tauflöffel. Meine Mutter hat sie nach Sebastians Tod jahrelang nicht abgelegt, aber vor einiger Zeit hat sie sie mir geschenkt. Ich trage sie nur bei besonderen Anlässen. Beerdigungen sind ein solcher Anlass.

Ich trete auf die Straße. Aus dem Augenwinkel sehe ich einen Mann, der sich genau in dem Moment in Bewegung setzt, als ich aus dem Haus komme. Warum tut er das? Reiner Zufall, Caroline. Faktenfeld, Faktenfeld, Faktenfeld.

Als ich die Fridhemsgatan überquere, verrenke ich mir beinahe den Hals, um einen Blick auf ihn zu erhaschen, aber das Einzige, was ich sehe, ist irgendein blaues Allerweltsoberteil.

Im Empfangsbereich des Pflegeheims bleibe ich stehen und betrachte das Schwarze Brett links vom Eingang. Unauffällig schaue ich aus der Tür. Mein Verfolger hat einen Dreitagebart und trägt eine blaue Kapuzenjacke und eine weite schwarze Hose. Er läuft am Pflegeheim vorbei und geht weiter die Alströmergatan hinunter. Aber direkt vor der Eingangstür hat er sein Tempo gedrosselt und einen Blick ins Foyer geworfen. Verflucht.

Madeleine, die heute an der Rezeption sitzt, zuckt zusammen, als sie mich entdeckt. Warum? Schlagartig ist der Kloß in meinem Hals wieder da.

»Hallo, lange nicht gesehen«, sage ich.

»Hallo«, antwortet sie steif.

»Ich bin auf dem Weg zu Nancys Beerdigung und wollte Maya fragen, ob sie mitkommen möchte. Arbeitet sie heute?«

»Ja«, antwortet Madeleine immer noch in demselben merkwürdigen Tonfall. Mein Mund wird trocken, und ich will nichts lieber als sterben. Hallo, Panik.

Madeleine lächelt künstlich und sagt, dass sie Maya holt und ich mich nicht von der Stelle rühren soll. Warum benutzt sie ausgerechnet diese Formulierung?

Bo hat keine Chance. Ich werde in die Spekulationstrommel hineingesogen und im Schleudergang durch die Zentrifuge gewirbelt. Ganz klar, die Polizei war hier und hat die Pflegekräfte verhört, die natürlich durchschaut haben, wie Nancy gestorben ist. Und jetzt fragen sie sich, wer als Nächstes auf meiner Liste steht. Ich trage die Farbe des Todes, und wer sagt, dass ich nicht plötzlich eine Kalaschnikow unter meinem Mantel hervorziehe und mit den Angestellten kurzen Prozess mache?

Ich kann verstehen, dass Madeleine Angst hat, mir würde es an ihrer Stelle genauso gehen. Am liebsten würde ich mich auf dem Absatz umdrehen und fliehen, aber das würde einem Schuldgeständnis gleichkommen.

Wo Maya nur bleibt? Rufen sie gerade die Polizei, die jetzt, wo ich an den Tatort zurückgekehrt bin, zu meiner Festnahme anrücken wird? Nein, warum sollten sie? Schließlich haben sie die ganze Zeit gewusst, wo ich mich aufhalte. Wenn sie mich festnehmen wollten, hätten sie es Tag und Nacht und überall tun können. Ein Plan B muss her. Ich werde Maya erzählen, dass ich zu Nancys Beerdigung gehe, dann werde ich mich in die U-Bahn setzen – da habe ich meine Beschatter schon einmal abgeschüttelt. Am Hauptbahnhof werde ich aussteigen und den erstbesten Zug nach Berlin oder sonst wohin nehmen. Hauptsache weg. Ich schaffe das nicht mehr.

Unauffällig werfe ich einen Blick in den Rollatorpark. Die übliche Stammbesetzung. Glücklicherweise bemerken sie mich nicht. Wenn ich doch nur die Zeit zurückdrehen könnte.

Ich würde Nancy die Spritze kein zweites Mal geben. Sie hat doch sowieso fast nur geschlafen, warum um alles in der Welt musste ich Gott spielen? Ich bin nicht Gott, ich bin eine Idiotin.

Endlich kommt Maya um die Ecke.

Sie lächelt, Halleluja.

»Hallo, Maya«, bringe ich heraus, obwohl mein Mund sich anfühlt, als hätte ich einen Topf Kleister gegessen.

»Hallo, Caroline«, antwortet sie mit ihrem ganz besonderen Akzent.

Ich hatte gehofft, dass sie mich umarmt, doch sie bleibt ein Stück entfernt von mir stehen. Aber sie lächelt weiter und wirkt unbeschwert.

»Um vierzehn Uhr findet Nancys Beerdigung statt, und ich wollte Sie fragen, ob Sie mitkommen möchten?«, sage ich. Meine Stimme klingt unnatürlich hoch.

»Um vierzehn Uhr?«

»Ja.«

Warum steht sie einfach nur da und lächelt? Ihr Verhalten macht mich extrem nervös.

»Tut mir leid, ich muss arbeiten.«

»Ja, klar, ich verstehe ... Wenn Sie auf jede Beerdigung gehen würden ... ich meine ... Entschuldigung«, stammele ich.

»Sie sollten sich beeilen, es ist zehn vor«, sagt Maya.

»Oh, so spät schon! Dann muss ich jetzt los.«

Ich weiche ein paar Schritte zurück und stolpere über die Vorderräder eines Rollators. Ich kann mich gerade noch mit dem rechten Ellenbogen abfangen, bevor ich unsanft auf dem Boden lande. Ein zahnloser Greis beschimpft mich wütend. Mein Ellenbogen tut höllisch weh. Ob er gebrochen ist?

Maya lacht und sagt irgendetwas, das ich nicht verstehe. Ich versichere ihr, dass nichts passiert sei, entschuldige mich wortreich bei dem alten Mann, verabschiede mich und hinke auf die Straße hinaus.

Es stürmt und schneit stärker als vorher.

30

Keuchend und außer Atem hetze ich die endlos lange Hantverkargatan entlang. Mein Mantel flattert im Gegenwind. Mein Ellenbogen pocht, und Schmerzstrahlen jagen durch meinen Körper. An der Kreuzung Fridhemsplan werde ich um ein Haar von einem Auto überfahren, die Frau hinterm Steuer hupt wütend. Schade, dass sie gebremst hat.

Mir sind so viele Männer aufgefallen, die allein unterwegs sind und zügig gehen, dass ich den Überblick verloren habe, aber ich bin mir hundertprozentig sicher, dass mich einige von ihnen beschatten.

Damit ich es überhaupt bis zur Kungsholms-Kirche schaffe und nicht vorher an Atemnot eingehe, drossele ich mein Tempo. Als ich den Blick vom Boden löse, sehe ich am Ende der Straße das Rathaus. Eigentlich hatte ich noch Blumen kaufen wollen, aber es muss ohne gehen.

Die Kirchenglocken läuten schon. Ich beschleunige meine Schritte, schwitze, keuche nicht mehr so stark, bin aber immer noch außer Atem. Ich verdränge die Schmerzen in meinem Ellenbogen, drehe mich um und entdecke einen Mann mit einer blauen oder grünen Jacke, der hinter mir herhastet und sich anstrengt, um mich nicht aus den Augen zu verlieren.

Fünfzig Meter vor mir biegt ein Streifenwagen aus einer Seitenstraße auf die Hantverkargatan und fährt langsam auf mich zu. Ich weiß genau, was sie vorhaben. Wenn ich versuche zu fliehen, laufe ich dem Kerl hinter mir geradewegs in die Arme. Der Streifenwagen hält an. Jetzt nehmen sie mich fest. Ich gehe weiter, der Streifenwagen bleibt stehen. Er wartet vor einem Zebrastreifen, um eine Frau und ihre Tochter über die Straße zu lassen.

Ich bin fast da. Soll ich versuchen, mich zum Hauptbahnhof durchzuschlagen? Nein, Flucht ist auch keine Lösung. Außerdem fehlt mir die Kraft. Ich erreiche die Kirche, gehe hinein und schaue über die Schulter zurück. Der Mann in der blauen oder grünen Jacke geht vorbei, ohne auch nur einen Blick in meine Richtung zu werfen.

Als ich das Kirchenschiff betrete, ist Yvonne die Erste, die ich sehe. Sie steht links von mir und unterhält sich mit einer alten Frau zwischen neunzig und scheintot. Automatisch drehe ich den Kopf nach rechts, und irgendein Kirchenbediensteter drückt mir ein Gesangbuch und ein kleines Heft mit Nancys Bild auf der Vorderseite in die Hand. Ich bedanke mich und setze mich auf der rechten Seite in die hinterste Reihe.

Yvonne unterhält sich im Flüsterton mit der alten Dame und nickt dabei ständig mit dem Kopf. Ich studiere das Programmheft.

»Caroline!« Yvonnes Stimme.

Ich blicke auf und schaue in ihre Richtung. Yvonne steuert auf mich zu.

Wird sie mich rauswerfen? Mir eine Ohrfeige verpassen? Wäre ich bloß nicht hergekommen.

»Wie schön, dass Sie hier sind!«

Verblüfft schaue ich sie an.

»Seit unserer Begegnung neulich musste ich immer wieder an Sie denken. Ich hatte so ein schlechtes Gewissen.«

Ich sage keinen Ton. Yvonne geht vor mir in die Hocke und redet leise weiter.

»Ich stand damals unter enormem Druck, mein Tourneeplan, Sie verstehen … Und dann kamen Sie und haben Salz in die Wunde gestreut … Ich mache mir solche Vorwürfe, dass ich meine Mutter nicht häufiger besucht habe. Ich hätte öfter kommen sollen, aber es tat so weh … Lassen Sie sich drücken!«

Sie umarmt mich und presst mein Gesicht zwischen ihre Brüste.

»Können Sie mir meine Unfreundlichkeit verzeihen, Caroline? Ich weiß, Sie haben es gut gemeint und wollten nur das Beste für meine Mutter, das ist mir jetzt klar geworden. Aber in dem Moment … Es tut mir leid.«

Am liebsten würde ich mich zwischen ihren Brüsten häuslich einrichten und niemals wieder hervorkommen, aber Yvonne nimmt mein Gesicht in ihre Hände und sieht mir tief in die Augen.

»Können Sie mir verzeihen, Caroline? Das würde mir viel bedeuten!«

»Ja … natürlich«, sage ich und blicke mich besorgt um. Der Trauergottesdienst muss jeden Moment beginnen. »Kein Problem.« Ich nicke.

»Danke!« Yvonne hat Tränen in den Augen und drückt mich ein zweites Mal an ihren Busen.

»Entschuldigung, aber ich glaube, der Pfarrer möchte anfangen …«

»Keine Vorstellung beginnt ohne mich«, erwidert Yvonne und klimpert theatralisch mit den Augen. »Einmal Operndiva, immer Operndiva«, fügt sie hinzu und plustert sich auf wie eine wahre Primadonna. Sie lächelt verschwörerisch, und ich erwidere ihr Lächeln.

»Kommen Sie, ich möchte, dass Sie vorne rechts hinter der

Familie sitzen. In den letzten Jahren haben Sie meiner Mutter nähergestanden als die meisten von uns.«

»Okay«, willige ich ein.

Yvonne nimmt mich am Arm, und gemeinsam schreiten wir den Mittelgang entlang, als wollten wir vor den Traualtar treten. Einige Beerdigungsgäste drehen sich erstaunt um. Wahrscheinlich fragen sie sich, wer ich bin.

Yvonne lehnt sich zu mir herüber und flüstert mir vertraulich ins Ohr: »Ich habe erfahren, dass meine Mutter Sie in ihrem Testament bedacht hat, wie schön für Sie!«

»Ja, das war eine ziemliche Überraschung. Ich bin keine Verwandte, also wenn Sie und Ihre Familie wollen, dass …«

»Glauben Sie mir, ich bin versorgt. Ich nage nicht am Hungertuch. Weltberühmte Sopranistinnen treten nicht umsonst auf. Aber Ihnen kommt der Geldsegen vielleicht gerade ganz gelegen?«

»Sehr sogar«, flüstere ich und setze mich hin.

»Wie schön, das freut mich!«, zwitschert Yvonne. Sie betrachtet Nancys Bild auf meinem Programmheft und sagt: »Liebe Mama, jetzt denken wir an dich, so wie du immer an alle und jeden gedacht hast.« Sie tätschelt mir die Wange und nimmt in der Reihe vor mir Platz.

Kaum hat sie sich hingesetzt, ergreift der Pfarrer auch schon das Wort.

Ich habe Schwierigkeiten, der Predigt zu folgen, aber der Pfarrer spricht über Nancy, als wären er und sie die besten Freunde gewesen, obwohl man seinen Worten entnimmt, dass sie sich nie begegnet sind. Mir ist das egal. Ich weiß nicht, ob ich in meinem Leben jemals so erleichtert gewesen bin.

Beim Vaterunser muss ich mich beherrschen, um nicht vor Lachen loszuprusten. Ich muss an meine Miss-Bean-

Sketcheinlage denken, als ich vor einer Stunde mit einem Rollator kollidiert bin und mir den Ellenbogen geprellt habe. Und an die ganzen blauen und grünen Kapuzenpullover, hinter denen ich sofort einen Zivilfahnder gewittert habe. Ich muss wirklich versuchen, nicht überall weiße Mäuse zu sehen. Und ja, womöglich war Madeleine tatsächlich auf irgendeine Art unangenehm berührt, mich zu sehen, aber vielleicht hat sie sich nur gefragt, was ich im Pflegeheim wollte. Und Maya hat gelächelt und sich ganz normal verhalten. Alles andere habe ich mir nur eingebildet.

Als die Trauergemeinde *Herrlich ist die Erde* anstimmt, betrachte ich das schöne Foto von Nancy. Ich weiß nicht, ob es Trauer, Freude oder die höllischen Schmerzen in meinem Ellenbogen sind, aber die Tränen laufen mir in Strömen über das Gesicht.

Obwohl ich keinen einzigen Ton treffe, singe ich voller Inbrunst mit. Die einzige Stimme, die lauter ist als meine, ist Yvonnes. Das ist vermutlich das erste und einzige Mal, dass ich gemeinsam mit einer Opernsängerin singe.

Herrlich ist die Erde,
herrlich Gottes Himmelreich,
schön der Seelen Pilgerweg.
Durch die schönen Länder dieser Erde
gehen wir mit Gesang ins Paradies.

31

Ich sitze im Bus und fahre zu meiner Mutter. Gedankenverloren betrachte ich die Lärmschutzwand am Straßenrand. Seit der Beerdigung fühle ich mich, als hätte ich neuen Sauerstoff im Blut. Als wäre ich wochenlang ohne GPS durch einen nebligen Wald geirrt und hätte einen Weltmeistertitel im Geocaching errungen.

Ich freue mich ehrlich darauf, meine Mutter zu sehen. Und August. Jacob ist auf Geschäftsreise, und meine Mutter hat mich gefragt, ob ich mit ihr zum Friedhof gehe. Sie will frische Blumen auf Sebastians Grab legen. Diesmal habe ich Ja gesagt, weil ich es wirklich will, und nicht, damit sie aufhört, mir damit in den Ohren zu liegen. Außerdem habe ich ein schlechtes Gewissen wegen August. Ich denke häufiger an Sebastian und unternehme mehr mit Hannes als mit ihm. Es gibt keinen Grund, einen Halbbruder wortwörtlich wie einen halben Bruder zu behandeln. Es ist nie zu spät, Familienbande zu stärken. Dafür sind meine Mutter und ich der lebende Beweis. Auch wenn wir nach wie vor nicht viel gemeinsam haben, ist unsere Beziehung nicht mehr so angespannt wie früher.

Carolines Tapas hat heute Ruhetag. Bente meinte, dass man das ruhig mal machen kann. Den Laden abschließen und nach Hause gehen. Im ersten Moment fand ich es feige und dumm, doch je länger ich darüber nachdenke, desto schöner ist es. Natürlich kann man das machen.

Oscar hat sich gemeldet und erzählt, dass Olle möglicherweise eine Verbindung zwischen Bjurström und diesem

Wolff gefunden hat. Er wollte wissen, ob ich Zeit hätte. Ich habe ihm gesagt, dass ich den ganzen Tag arbeiten muss, er aber gern im Restaurant vorbeikommen kann, was er jetzt auch tut. Ich frage mich, ob alle Anwälte ihre Mandanten am Arbeitsplatz aufsuchen oder ob ich eine Vorzugsbehandlung bekomme. Ich habe mir vorgenommen, ihm morgen genau auf den Zahn zu fühlen und herauszufinden, ob sein Interesse an mir rein beruflicher Natur ist oder nicht.

Allmählich habe ich den Schock verdaut, dass mir aus heiterem Himmel fast dreihunderttausend Kronen in den Schoß gefallen sind, noch dazu steuerfrei, das habe ich mehrfach nachgeprüft. Für die Summe hätte ich normalerweise einen Umsatz von mehr als einer halben Million machen müssen. Das Erbe ist noch nicht ausbezahlt worden. Irgendeine kleine technische Hürde, wie mir der Testamentsvollstrecker am Telefon mitteilte. Ich würde das Geld gern mit eigenen Augen sehen, aber ich mache mir keine Sorgen. Bente sitzt an einer Kalkulation für die Bank. Außerdem sieht sie sich für den Fall, dass wir gegen Bjurström vor Gericht den Kürzeren ziehen, nach alternativen Lokalen um.

Bis zum Ende der Verhandlungen habe ich immer noch die Möglichkeit, mich auf einen Vergleich einzulassen, aber weil ich jetzt meine dreihunderttausend Nancy-Kronen habe, glaube ich, dass ich es darauf ankommen lasse. Ich weiß, dass Bjurström ein falsches Spiel spielt. Aber er weiß nicht, dass ich den weltbesten Anwalt in der Hinterhand habe. Und falls ich verliere, verfügen wir über das nötige Kapital, um woanders einen Neuanfang zu starten, und zwar so weit weg von Finn Bjurström wie möglich.

Ich steige in Orminge-Zentrum aus dem Bus und werde von einem wolkenlosen blauen Himmel und ein paar Plusgraden empfangen. Dieser lästige Schnee, der vor einigen Tagen gefallen ist, ist verschwunden, und ich gehe in Richtung Möjavägen und in Richtung Mama.

32

»Hey, was machst du?«, frage ich und stecke den Kopf ins Augusts Zimmer.

»Hausaufgaben.«

Er sitzt am Schreibtisch und dreht mir den Rücken zu. Ich blicke mich im Zimmer meines Bruders um. Er ist genau so ein Ordnungsfanatiker wie sein Vater. Welcher Zwölfjährige macht sein Bett so perfekt wie ein Zimmermädchen?

»Was für Hausaufgaben?«

»Geschichte.« Ich höre ihm an, dass er sich wundert, warum sich seine dämliche Schwester nicht wie sonst immer sofort wieder verzieht. »Wir schreiben morgen einen Test über die Wasa-Dynastie.«

»Soll ich dich abfragen?«, biete ich ihm an und fühle mich wie ein unbeholfener Erwachsener, der versucht, sich mit einem Kind anzufreunden. Genau das bin ich ja auch.

August dreht sich um und sieht mich verblüfft an. Der letzte Friseurbesuch muss schon eine ganze Weile her sein. Seine dichte Lockenmähne hängt ihm in die Augen.

»*Du* willst *mich* abfragen?«

»Ja!«, sage ich mit Nachdruck, als wäre es die natürlichste Sache der Welt und angele mir sein Geschichtsbuch vom Schreibtisch. Ich überfliege ein Kapitel über Erik XIV. Ich kann mich nur noch an den Namen dieses Wasa-Sprosses erinnern, alles andere ist mehr oder weniger Neuland für mich. Offenbar war der Mann ein Partylöwe und ein guter Fechter. Nur leider glaubte er an die Macht der Sterne, die ihm prophezeiten, dass der Adel ihn vom Thron stürzen würde. Woraufhin er kurzerhand ein paar seiner Höflinge ermorden ließ, was er später allerdings bereute und vor lauter Gewissensbissen den Verstand verlor. Nebenbei führte er so viele Kriege, dass in der Staatskasse bald gähnende Leere herrschte. Aber da ihm nicht der Sinn danach stand, seine Kriegslust zu zügeln, beschloss er, sich mit irgendeiner reichen europäischen Prinzessin zu vermählen, um das nötige Kleingeld zu bekommen. Leider war er so hässlich, dass er von jeder Dame einen Korb kassierte. Letzten Endes führte er eine Dienstmagd zum Altar und machte sich dadurch zum Gespött des Hofes. Sein Geisteszustand verschlimmerte sich zusehends, sodass der Adel die Gunst der Stunde nutzte und ihn entmachtete. Nach zehn Jahren Kerkerhaft beförderte ihn sein Bruder schließlich mit einer vergifteten Erbsensuppe in die ewigen Jagdgründe.

»Der reinste Loserkönig«, sage ich, als ich das Kapitel zu Ende gelesen habe.

»Das hängt davon ab«, erwidert August.

»Wovon?«

»Der Sieger schreibt die Geschichte.«

Ich schaue meinen Bruder an, der so todernst aussieht, dass ich mir ein Lächeln nicht verkneifen kann.

»Das Schulbuch vermittelt nicht das ganze Bild. Deswegen lese ich gerade das hier.«

August hält einen Wälzer hoch, der *Erik XIV. Pracht, Träume, Dunkelheit* heißt und genauso dick ist wie das Schulbuch.

»Eriks Bruder Johan III. hat die offizielle Geschichtsschreibung kontrolliert. Während Erik in verschiedenen Gefängnissen vor sich hin siechte, hat Johan verbreiten lassen, sein Bruder sei ein geisteskranker, grausamer Tyrann. Papa sagt, dass man immer das ganze Bild sehen muss, und hat mir dieses Buch gekauft. Darin steht, dass Erik XIV. alles andere als ein *Loserkönig* war.«

Ich nicke grinsend. Das, was ich gerade höre, kommt mir irgendwie unwirklich vor.

»Ich lese für jeden Test ein zusätzliches Buch.«

»Wenn das so ist, dann brauche ich dich wohl nicht abzufragen«, sage ich.

»Doch! Nimm irgendwas aus dem Buch, einfach irgendwas.«

»Als ich in deinem Alter war, habe ich einen großen Bogen um Bücher gemacht. Ich habe nicht mal in meine Schulbücher geschaut, und für dich sind sie zu leicht. Du liest extra ein Erwachsenenbuch, um noch mehr zu lernen.«

»Die Lehrer wollen, dass man hundert Jahre in zehn Sätzen zusammenfasst. Das finde ich schwierig, da fehlt mir meistens der Zusammenhang.«

Ich schlage die nächstbeste Seite auf. Dieser Schinken ist viel komplizierter geschrieben als das Schulbuch. Ich würde wahrscheinlich ein halbes Jahr brauchen, um ihn durchzulesen. Mein Bruder schafft das in einer Woche. Er ist ein Genie.

Schließlich entdecke ich einen Satz, den ich verstehe.

»Wie alt war Karin Månsdotter, als sie Eriks erstes Kind zur Welt brachte?«

»Das war 1566, also muss sie sechzehn gewesen sein.«

»Richtig.«

»Ich glaube, es war ein Mädchen, Sigrid.«

»Stimmt genau. Wie machst du das?«

»Es fällt mir leicht, mir Sachen zu merken.«

»Sebastians größte intellektuelle Leistung war, auf seine Hände zu zeigen, wenn er *Love me tender* hören wollte.«

»Er konnte bestimmt auch noch andere Dinge. Liest du viel?«

»Ich lese keine Bücher, ich lese Menschen«, erwidere ich und grinse dämlich, damit wir bloß nicht bei meinem Bildungskomplex hängen bleiben.

Meine Mutter steckt den Kopf zur Tür herein. »Ich fahre jetzt zum Friedhof, kommst du mit?«, fragt sie.

»Ja. Ich wusste gar nicht, dass August ein Genie ist.«

»Ich brauche ihm nicht mehr bei den Hausaufgaben zu helfen, er weiß mehr als ich. Er ist auf einem anderen Planeten. Aber Jacob und er können ewig miteinander diskutieren. Es macht richtig Spaß, ihnen zuzuhören«, antwortet sie.

»Unglaublich«, sage ich beeindruckt und schaue meinen Bruder an, der die Unterhaltung zufrieden verfolgt.

»Unsereiner kann froh sein, das kleine Einmaleins zu beherrschen«, murmelt meine Mutter und verschwindet.

»Wie viel ist sieben mal acht?«, ruft August ihr hinterher.

»Vierundfünfzig«, antwortet sie, ohne zu überlegen. August und ich sehen uns an und kichern.

33

»Ich parke immer hier, damit ich nicht so weit laufen muss«, erklärt meine Mutter und passiert ungerührt das runde gelbe Verkehrsschild mit rotem Rand. Ich habe keinen Führerschein, aber ich habe ein paar Fahrstunden absolviert, und ich weiß, dass dieses Zeichen »Durchfahrt verboten« bedeutet. Wir rollen noch ein paar Meter bis zu dem schmalen Kiesweg hinter der Nacka-Kirche. Dort hält meine Mutter an. »Es hat sich noch nie jemand beschwert. Und es sollte auch besser niemand auf die Idee kommen«, sagt sie und steigt aus.

Meine Mutter holt einen Korb aus dem Kofferraum, der dort steht, so lange ich denken kann. Er ist geflochten und sieht wie ein Relikt aus den Fünfzigerjahren aus. Darin befinden sich immer ein paar Grablichter, zwei Stabfeuerzeuge, eine halbe Tüte Erde, eine Blumenkelle, ein Paar zerschlissene hellgrüne Gartenhandschuhe, eine kleine Wasserflasche, eine Plastiktüte, eine Thermoskanne und zwei Campingbecher. Eine Art Erste-Hilfe-Kasten für Friedhofsbesucher. Meine Mutter nimmt den Korb in die eine und einen Sack Pflanzenerde in die andere Hand.

Wir gehen den kleinen Trampelpfad bis zu Sebastians Grab entlang. Dahinter ist der Weg stellenweise so zugewuchert, dass einige der Gräber gar nicht mehr zu erreichen sind.

Sebastians Grab ist gepflegt und liebevoll bepflanzt, in einer grünen Kunststoffvase steckt ein Strauß gelber Rosen, der schon deutlich bessere Tage gesehen hat. Meine Mutter tauscht ihn gegen einen frischen aus, diesmal sind es orangerote Rosen. Acht Stück. Sebastian war acht, als er gestorben ist.

Meine Mutter geht vor dem herzförmigen Grabstein in die Hocke und zündet ein Grablicht an.

»In den ersten Jahren habe ich darauf geachtet, dass es nicht ausgeht. Ich wollte, dass es immer brennt, aber irgendwann kommt es einem übertrieben vor. Wenn man mitten in der Nacht aufwacht und …« Resigniert zuckt sie mit den Schultern.

Sie betrachtet Sebastians Grabstein und murmelt: »So, mein Goldschatz, jetzt bekommst du ein paar schöne neue Pflanzen … Lass uns mal nachsehen, was Mama dir mitgebracht hat …«

Ihre Handgriffe sind exakt und sicher, sie weiß genau, was sie tut. Energisch fegt sie ein paar Tannennadeln vom Grabstein, stellt ein neues rotes Friedhofslicht auf und prophezeit, dass es das ganze Wochenende über brennen wird.

Ich beobachte gern Menschen, die wissen, was sie tun. Wenn ich ihr meine Hilfe anbieten würde, würde ich ihren Rhythmus stören. Wie neulich, als ich den frischen Lachs in eine Cognac-Beize eingelegt habe. Die Handgriffe beherrsche ich normalerweise im Schlaf, aber weil Agnes mir unbedingt helfen wollte, hat das Ganze beinahe doppelt so lange gedauert.

In diesem Moment mag ich meine Mutter sehr, sehr gern. Ich möchte mit ihr über etwas Wichtiges reden. Das Bedürfnis habe ich nicht oft. Sie rupft irgendein verwelktes Gestrüpp aus und pflanzt stattdessen Heidekraut, das ihrer Meinung nach »um diese Jahreszeit sehr schön aussehen wird«.

Ich hole tief Luft und lasse meinen Blick über die umliegenden Gräber schweifen. Ob ich wohl auch irgendwann hier liegen werde? Wird jemand mein Grab ebenso liebevoll pflegen wie Sebastians? Wer sollte dieser Jemand sein?

Ich nestele an Sebastians Tauflöffel herum. Diese Angewohnheit hat mich bei meiner Mutter früher zur Weißglut getrieben. Aber heute kann ich verstehen, warum sie es getan hat. Es gibt einem das Gefühl, seine Seele zu streicheln.

»Papa trinkt wieder. Schlimmer als früher«, sage ich.

»Das tut mir leid«, antwortet meine Mutter und hält mitten in der Bewegung inne. Es klingt aufrichtig.

»Es ist eine verfluchte Krankheit«, fährt sie fort. »Das weiß ich. Mein Vater war genauso.«

»War er?«

»Ja, Caroline, wir sind beide Alkoholiker-Kinder.«

»Darüber haben wir nie gesprochen.«

»Es gibt viele Dinge, über die wir nie gesprochen haben.«

Wir verfallen wieder in unser übliches Schweigen. Ich weiß nicht, wie ich weitermachen soll.

»Gründe nie eine Familie mit einem Alkoholiker, Caroline. Ich habe diesen Fehler einmal gemacht, und ich werde ihn kein zweites Mal machen. Als Kind bin ich nachts davon wach geworden, dass mein Vater die Wodkaflasche aufgeschraubt hat. Ich habe mich nie getraut, Freunde mit nach Hause zu bringen. Ich habe weggeschaut und so getan, als würde ich es nicht merken. Ich habe ihn zugedeckt, wenn er auf dem Sofa seinen Rausch ausschlief. Und als ich endlich erwachsen war und dem ganzen Elend entfliehen konnte, verliebte ich mich in einen Mann, der keinen Deut besser war als er!«

Meine Mutter schlägt sich mit der Blumenkelle so heftig vor die Stirn, dass die Erdklumpen durch die Luft fliegen.

»Wie dumm kann man sein. Aber es ist eine Krankheit, das muss man sich immer wieder vor Augen halten. Alkoholsucht ist eine Krankheit. Das vergisst man schnell, und ich war viele Jahre lang wütend auf meinen Vater. Und weißt du, was das Schlimmste war, was ich getan habe? Da lag er schon auf dem Totenbett und hatte nur noch wenige Tage zu leben. Der Leberkrebs hatte bereits gestreut, zuletzt waren die Metastasen sogar bis ins Gehirn gewuchert. Kurz vor seinem Tod also bittet er mich um ein Glas Whiskey. Ein lächerliches, winziges Glas Whiskey, und ich sage Nein. Das war einfach nur gemein, aber ich war so wütend. Jetzt bin ich es nicht mehr. Bitte sei du nicht ebenfalls wütend auf deinen Vater. Bist du es?«

Meine Mutter sieht mich an, und ich zucke mit den Schultern.

»Was antwortet er, wenn du ihm sagst, dass du dir Sorgen um ihn machst?«, will sie wissen.

»Das habe ich ihm nicht gesagt!«

»Nein, natürlich nicht«, erwidert sie und steht auf.

Lange stehen wir schweigend nebeneinander und bewundern das dunkelrote und gelbe Heidekraut, das jetzt Sebastians Grab schmückt.

Ich weiß nicht, ob es daran liegt, dass sie uns beide als Alkoholiker-Kinder bezeichnet hat, aber zum ersten Mal in meinem Leben habe ich das Gefühl, eine Mutter und eine Schwester zu haben.

34

»Sie können die Gurken raspeln, wenn Sie wollen«, sage ich, als mir auffällt, dass er den Knoblauch zu langsam, zu ungleichmäßig und zu grob hackt.

Oscar lacht und bedankt sich für den Wink mit dem Zaunpfahl.

»Suchen Sie Ihre Mandanten immer um halb sieben Uhr morgens an ihrem Arbeitsplatz auf?«, frage ich und hoffe, dass seine Antwort »Nein, das mache ich heute zum ersten Mal« lauten wird.

»Das kommt schon mal vor. Wir arbeiten zu den ungewöhnlichsten Zeiten und an den außergewöhnlichsten Orten. Das gehört sozusagen zum Service.«

»Aber Sie raspeln dabei nicht jedes Mal Gurken, oder?«

»Nein«, erwidert er lachend.

Heute Abend stehen kleine, mild geräucherte Wildschweinmedaillons mit Zaziki auf unserer Speisekarte, und auch wenn es zehnmal mehr Arbeit macht, den Knoblauch in millimetergroße Würfel zu hacken, als ihn einfach durch die Presse zu quetschen, ist es den Aufwand wert. Außerdem nehme ich für mein Zaziki dicken griechischen Joghurt und achte penibel darauf, die Gurken gründlich zu schälen und sämtliche Kerne zu entfernen. Anschließend wringe ich sie regelrecht aus, damit sie ihr Wasser verlieren. Und wenn ich nicht mit Olivenöl geize, wird das Zaziki der absolute Renner.

Oscar hat sich eine Schürze umgebunden und die Ärmel seines sauteuren hellgrünen Designerhemds hochgekrempelt.

Ich stehe schräg hinter ihm und mustere heimlich seine Unterarme, während er die Gurken raspelt. Am liebsten würde ich sie zuerst zärtlich streicheln und dann leicht mit den Nägeln kratzen, woraufhin uns nichts in der Welt mehr daran hindern könnte, so schnell wie ein japanischer Hightech-Superzug auf einen gemeinsamen Orgasmus zuzurasen. Allerdings scheint Oscar sich nicht mit ähnlichen Fantasien zu beschäftigen. Er widmet sich der Gurke und erzählt, dass der alte Polizei-Spürhund Olle herausgefunden hat, dass Bjurström und dieser Svante Wolff Mitglieder in derselben Burschenschaft sind.

»Was ist eine Burschenschaft eigentlich genau?«, will ich wissen.

»Das ist eine gute Frage. Verkürzt kann man sagen: männliches Chauvinismusgehabe in seiner peinlichsten Form.«

Ich lache. »Darüber will ich alles wissen.«

»Nein, also ... Ich bin auch Mitglied in einer ... Jetzt werde ich wahrscheinlich rot, aber es ist so unglaublich peinlich. Außerdem gibt es Hunderte von Burschenschaften und Studentenverbindungen, und man kann sie nicht alle über einen Kamm scheren, aber ... Es ist eine alte Tradition. Heimliche Zeremonien und so'n Zeug. Wollen Sie das wirklich wissen?«

»Ja, will ich.«

»Ich warne Sie: *Don't get me started.*«

»*Too late.* Raus mit der Sprache.«

»Ich habe einen Kollegen, er ist ein paar Jahre älter als ich, sieht aber trotzdem irgendwie zu mir auf. Ich habe keine Ahnung, warum, aber es fühlt sich so an. Wir haben zusammen studiert und ... ach, lassen wir das. Er hat mich jedenfalls dazu überredet, in diese Verbindung einzutreten, sie heißt – halten Sie sich fest – *Gefängniswärter-Loge.*«

Oscar lacht und wir sehen uns an. Ich liebe seinen Silberblick!

»Zuerst habe ich mich geweigert, aber er hat nicht lockergelassen und von sympathischen Bundesbrüdern, interessanten Abendgesellschaften und einem abwechslungsreichen Verbindungsleben erzählt und dass es unglaublich schwer sei, da reinzukommen, aber mit seiner Fürsprache wäre die Aufnahme ein Klacks. Dumm wie ich war, habe ich schließlich zugestimmt. Also bin ich eines Abends als sogenannter Recipient zu einer Adresse auf Östermalm gefahren.«

»Als was?«

»Als Recipient, als Anwärter. Es gibt unendlich viele Bezeichnungen und Zeremonien. Und Schärpen. Und Orden. Wie dem auch sei, an dem besagten Abend waren wir insgesamt vier Recipienten. Wir wurden in einen dunklen Raum geführt, wo man uns die Augen verband und Handschellen anlegte. Die Verbindungsmitglieder zogen uns Schuhe und Strümpfe aus und krempelten uns die Hosenbeine hoch. Und als wir schon glaubten, es könnte nicht mehr schlimmer werden, ketteten sie uns auch noch an den Füßen aneinander. Ich wurde stinksauer und wollte mich befreien, aber es ging nicht mehr. Mir blieb nichts anderes übrig, als mich zu beruhigen. Irgendwann mussten wir uns zu den Klängen von Wagners *Walkürenritt* in Bewegung setzen. Kennen Sie das Stück?«

Ich schüttele den Kopf, und Oscar summt ein paar Takte, die ich tatsächlich schon mal gehört habe.

»Unheimlich schicksalsschwer.«

»Und dann musste ich – damals war ich immerhin schon fast vierzig Jahre alt – mit diesen drei anderen aneinandergekettet herumlaufen. Unter dem Hohngelächter der Burschenschaftler sind wir Leitern hoch und wieder runtergeklettert und in einen Eimer mit Eiswasser gestiegen. Zum Schluss haben sie uns mit einem Feuerzeug den Handrücken verbrannt, es tat höllisch weh. Anschließend wurden uns die Augenbinden und Ketten wieder abgenommen, und alle haben gejubelt. Danach gab es ein Bankett, und der Alkohol floss in Strömen. Mein Freund kam stolz wie ein Gockel zu mir und wollte wissen, was ich von der Aufnahmezeremonie hielt. Obwohl ich damals ein kleines Wutbeherrschungsproblem hatte, gelang es mir, meine Emotionen im Zaum zu halten und ihm nicht im wahrsten Sinne des Wortes den Kopf abzureißen. Stattdessen habe ich es wie die anderen gemacht und mich hemmungslos betrunken. Seitdem bin ich nie wieder zu einer Versammlung gegangen.«

»Sind alle Burschenschaften so?«

»Mehr oder weniger, glaube ich. Wolff und Bjurström sind in einem Verein, der sich *Lavendelorden* nennt, und der ist noch viel exklusiver und geheimer. Er existiert schon seit dem 18. Jahrhundert. Leider weiß Olle bislang nur, dass beide auf der Mitgliederliste stehen, aber er bleibt dran.«

»Ich mag Olle.«

»Er ist der Beste«, bestätigt Oscar und lästert weiter über seine dämliche Verbindung.

»Man kann nicht austreten, und die Mitgliedschaft kostet 1500 Kronen im Jahr. Ich Hornochse berappe brav. Aber jedes Mal wenn ich meinen Obolus nach zwei Mahnungen entrichtet habe, spende ich dieselbe Summe an eine Frauenorganisation.«

»Wirklich?«

»Eigentlich würde ich am liebsten duschen und mich mit einem dieser Edelstahl-Topfreiniger-Schwämme geißeln, aber eine Spende erscheint mir dann doch sinnvoller. Übrigens haben alle Gefängniswärter in unserer Vereinigung unterschiedliche Namen, Ränge und Orden. Als wären wir Ritter im Mittelalter. Ich heiße Lazarus und trage eine grüne Schärpe, als Zeichen, dass ich ganz unten in der Hierarchie stehe, weil ich nie zu den Treffen gehe. Außerdem haben wir einen Gruß, den nur die Mitglieder unserer Verbindung kennen. Damit auch wirklich alles so ist wie damals im Geheimclub in der Unterstufe. Wollen Sie ihn sehen?«

»Na klar.«

»Aber Sie dürfen ihn unter keinen Umständen irgendjemandem verraten. Wenn Sie es tun, werden wir beide für immer und ewig in der Hölle schmoren. Schwören Sie bei allem, was Ihnen heilig ist.«

»Ich schwöre bei allem, was mir heilig ist.«

Oscar kneift ein Auge zu und fährt sich mit dem linken kleinen Finger darüber. Dann macht er das Auge wieder auf.

»Das bedeutet: Wir Gefängniswärter haben den Durchblick.«

Ich mache die Bewegung nach, er wiederholt sie ebenfalls, dann schauen wir uns ein paar Sekunden an und prusten los. Durch seinen leicht verschleierten Silberblick sieht er aus, als sei er in Stimmung für Sex. Oder projiziere ich nur von mir auf ihn? Soll ich es wagen, ihn zu küssen?

Stattdessen widmen wir uns wieder unserer Gurkenraspelei und Knoblauchhackerei. Ich scherze, dass er in meinem Zazikiorden das Amt des Ersten Gurkenrasplers bekleiden könnte, woraufhin Oscar nur noch mehr lacht.

35

Es ist schon fast neun, und Oscar ist immer noch da. Auch wenn er heute Morgen keine Termine hat, weiß ich, dass er haufenweise Unterlagen durcharbeiten muss. Es ist ein schönes Gefühl, dass ich ihm wichtiger bin als eine zweihundert Seiten dicke Voruntersuchung über ein Steuerdelikt an der Westküste. Er hat mir ein paar Dokumente und Bilder gezeigt, die er vor Gericht bei seiner Verteidigung verwenden will. Ich vertraue ihm. Und ich liebe es, mich mit ihm zu unterhalten. Er ist so locker und entspannt, und wir liegen genau auf derselben Wellenlänge. Ich hätte mich auch in ihn verknallt, wenn er potthässlich wäre.

Oscar stemmt sich hoch und setzt sich auf die einzige Arbeitsfläche in der Küche, die ich gerade nicht benutze.

»Meine Gäste bekommen eine Salmonellenvergiftung, wenn Sie da sitzen«, sage ich.

Er lacht und verspricht, mit einer Flasche Hygienereiniger zur Stelle zu sein, sobald das Gesundheitsamt an die Tür klopft.

Ich habe ihm den Rücken zugedreht und stelle mir vor, wie er mir auf den Hintern schaut und keine meiner Bewegungen unbeobachtet lässt. Da mein Smoker auf dem Boden steht, gehe ich ständig in die Knie und richte mich wieder auf. Ich bin dabei, die Wildschweinmedaillons zu räuchern, die ich günstig von meinem Bekannten Jonas bezogen habe. Er ist nämlich nicht nur der Tischler meines Vertrauens, sondern auch aktiver Freizeitjäger. Da das Fleisch an sich schon Topqualität hat, nehme ich Apfelspäne, damit es einen mild-fruchtigen Rauchgeschmack bekommt. Oscar sagt keinen Ton.

Ich schaue ihn an, doch er weicht meinem Blick aus. Hat er auf meinen Hintern gestarrt?

Ich genieße seine Anwesenheit. Er soll für immer hierbleiben. Ich möchte ihn auf einer noch viel persönlicheren Ebene kennenlernen. Die Lüftung macht einen Heidenlärm, und wir müssen fast schreien, um uns zu verständigen.

»Als ich bei Ihrem Konzert in der Skeppsholms-Kirche war ...«

»Ja?«

»Da haben Sie gesagt, dass Brahms' *Requiem* den Zurückgelassenen Trost spenden soll.«

»Ja ...« Mit diesem Thema scheint er nicht gerechnet zu haben. »Sehen Sie das anders?«, fragt er.

»Wer hat Sie zurückgelassen?«

»Meine jüngere Schwester. Sie ist mit neunzehn gestorben.«

»Wie ist sie gestorben?«

»Sie hat sich das Leben genommen.«

»Wissen Sie, warum sie es getan hat?«

»Ich habe meine Vermutungen. Aber sie zu erzählen, würde Stunden dauern, sie enthalten eine ganze Menge Familienballast.«

»Verstehe. Wie hat sie es gemacht?«

»Das ist eine ziemlich direkte Frage, Caroline.«

»Ich kann Ihnen mein Beileid aussprechen, aber ich für meinen Teil ziehe direkte Fragen leeren Floskeln vor.«

»Da stimme ich Ihnen zu. Mit Alkohol und Tabletten.«

»Hat sie einen Abschiedsbrief hinterlassen?«

»Nein.«

»Sind Sie sicher, dass es wirklich Selbstmord war?«

Ich stelle mir vor, wie es wäre, wenn ich meinen Vater tot auffinden würde, *leblos* tot, nicht *lebendig* tot, vermutlich ließe sich kaum feststellen, ob es ein Unfall oder Selbstmord war.

»Ich weiß, dass sie sich umgebracht hat. Tabletten in Verbindung mit Alkohol ist in Schweden die mit Abstand häufigste Suizidmethode unter Frauen.«

»Was machen die Männer?«

»Wollen Sie einen Tipp abgeben?«

Ich überlege einen Moment.

»Erhängen.«

»Genau. Das sind die beiden gängigsten Selbsttötungsarten. So passieren circa sechzig Prozent aller Suizide. Zehn Prozent erfolgen durch Erschießen oder Ertrinken. Sturz aus der Höhe oder vor einen Zug schlagen mit fünf Prozent zu Buche. Das Schlusslicht bilden Vergiften und Aufschneiden der Pulsadern. Diese Methoden sind offensichtlich eher ungewöhnlich.«

»Sie kennen sich gut aus.«

»*I got my reasons*«, erwidert Oscar, aber er lächelt, und ich nehme das als Zeichen, dass wir das Thema auf einen anderen Tag verschieben, an dem wir mehr Zeit haben.

»Machen Sie sich Vorwürfe?«

Er lacht auf. »Was denken Sie?«

»Ich denke schon, dass Sie sich Vorwürfe machen.«

»Richtig. Und was ist mit Ihnen? Wer hat Sie zurückgelassen?«

Ich erzähle Oscar von meinem kleinen Bruder Sebastian, der hochgradig behindert war und an meinem dreizehnten Geburtstag in der Badewanne ertrunken ist. Es ist ein gutes

Gefühl, jemandem davon zu erzählen, der weiß, was es bedeutet, mit Trauer und Schuldgefühlen zu kämpfen.

»Aber wir wissen, dass es kein Selbstmord war, dazu wäre er gar nicht in der Lage gewesen, wenn Sie verstehen, was ich meine.«

»Ich verstehe.« Oscar springt von der Arbeitsfläche, und ich ahne, dass er jetzt gehen wird.

»Wie würden Sie sich das Leben nehmen, wenn Sie keinen anderen Ausweg mehr sähen?«, frage ich.

»Ich hätte wahrscheinlich gar nicht den Mut dazu. Mir sind die Methoden alle nicht ganz geheuer. Eine Kombination vielleicht. Ein Alkohol-Tabletten-Cocktail und eine Rasierklinge in der Badewanne. Ach, keine Ahnung, und Sie?«

»Erhängen, ganz klar. Man will schließlich keine Memme sein!«, antworte ich, und da ist es wieder: sein Lachen, das ich so liebe. Oscar sagt, dass er jetzt leider einen Termin habe, aber bevor ich ihn gehen lasse, muss er noch unser heutiges Tagesspecial kosten und konstatiert fachmännisch, dass die Gurke perfekt geraspelt sei.

Freitagmorgen um neun Uhr ist der Gerichtstermin, und wir vereinbaren, uns eine halbe Stunde vor Verhandlungsbeginn im Café des Gerichtsgebäudes zu treffen. Dann umarmen wir uns, und Oscar küsst mich auf die Wange.

Wenn diese ganze Gerichtssache vorbei ist, muss ich ihm unbedingt sagen, was ich für ihn empfinde, sonst gehe ich kaputt.

36

Ich habe keine Ahnung, was schwieriger ist: einem Mann zu sagen, dass man ihn liebt, oder seinem Vater, dass man ihn verachtet.

Während der Busfahrt habe ich mir ganz genau zurechtgelegt, was ich sagen würde. Dass ich weiß, dass er säuft, dass ich weiß, dass das Koch-Trainingslager in Trosa erstunken und erlogen war, ich ihm deswegen aber nicht böse bin, sondern im Gegenteil eine Heidenangst um ihn habe und er einen Entzug machen muss. Auf meine kategorische Ankündigung, dass keiner von uns heute Abend auch nur einen Tropfen Alkohol trinken würde, hat er lediglich mit einem gleichgültigen »Ja, klar, gar kein Problem« reagiert.

Aber jetzt, wo wir am Tisch sitzen und essen, kommt er mir völlig lethargisch vor. Er gibt nicht einmal seine Siebzigerjahre-Anekdoten zum Besten, die ich schon in- und auswendig kenne. Auch das Essen kommentiert er kaum. Es gibt eine aufgewärmte Bouillabaisse, die Papa noch im Gefrierfach hatte, und natürlich schmeckt sie gut, aber es ist nichts Besonderes. Und bei der Aioli scheint er den Knoblauch vergessen zu haben. Aber ich sage nichts, ich sage ohnehin nicht viel.

Mittlerweile bereue ich mein Abstinenzgelübde. Mit ein bisschen Alkohol im Blut würde es mir leichter fallen, das heikle Thema anzuschneiden. Allerdings wäre es mehr als heuchlerisch, jemanden mit seinem Alkoholproblem zu konfrontieren, während man sich selbst ein Gläschen gönnt.

Ich verschwinde im Badezimmer. Früher kam es durchaus vor, dass man hier von einem an der Decke baumelnden Reh oder einem zerteilten Wildschwein in der Badewanne begrüßt wurde, doch seit mein Vater aus dem Gefängnis entlassen wurde, ist Schluss damit. Mir fehlt es irgendwie. Im Badezimmerschrank entdecke ich mehrere Tablettenschachteln, aber das Medikament sagt mir nichts. Xanor. Ich merke mir den Namen und gehe wieder zurück ins Wohnzimmer.

Ich muss versuchen, einen Anfang zu finden.

»Wie bist du im Gefängnis zurechtgekommen? Ganz ernsthaft, ohne Mist?«

»Gut. Es war okay. Ein bisschen langweilig, aber ich habe ein paar nette Typen kennengelernt, und einen Briefkasten zimmere ich dir zusammen wie kein Zweiter.«

Als ich ihn frage, was es für ein Gefühl sei, eingeschlossen in einer Zelle zu sitzen, weicht er aus und wechselt das Thema.

Er gähnt übertrieben laut und verkündet, es wäre Zeit für den Zapfenstreich. Er müsse morgen früh raus, um zu arbeiten.

Unauffällig lege ich meinen Schlüsselbund auf den Stuhl, stehe auf und schiebe den Stuhl unter den Tisch.

Ich umarme meinen Vater zum Abschied, gehe die Treppe hinunter und hinaus in den Hof, wo ich mich auf eine Schaukel setze. Das Schaukelbrett ist nass, und mein Hintern wird feucht, aber das ist mir gerade total egal. Ich angele mein Handy aus der Tasche und googele Xanor. Voilà: *Xanor ist ein kurz wirksames Präparat zur Behandlung von Angstzuständen wie starke innere Unruhe, Nervosität und Anspannung. Das Mittel kommt vor allem bei akuten Panikattacken sowie Angstzuständen, die mit Depressionen verbunden sind, zur*

Anwendung. Xanor enthält Benzodiazepine und ist hochgradig suchterzeugend.

In einem Forum wird Xanor als Trockenalkohol und Pulverschnaps der Abhängigen bezeichnet, und die Puzzleteile lassen sich leichter zusammenfügen als bei einem 9-Teile-Puzzle für Kindergartenkinder: Mein Vater säuft wie ein Loch, wandert in den Knast, ist von heute auf morgen auf kaltem Entzug, fühlt sich hundsmiserabel, nimmt Tabletten gegen seine Angstzustände, wird medikamentenabhängig, kommt wieder auf freien Fuß, versucht, seinen Alkoholkonsum einzuschränken, versagt, wendet sich verstärkt beiden Suchtmitteln zu und entwickelt eine Kreuzabhängigkeit. Tadaa!

Ich lasse meinen Blick über den Spielplatz schweifen. Ein Klettergerüst, das wie ein Boot aussieht. An einer Seite befindet sich eine Rutsche. Meine Kindheit kommt mir unendlich weit weg vor. Der Wind dringt mir förmlich unter die Haut. Ich fühle mich wie ein Eisklotz. Meine Augen tränen, aber es sind keine echten Tränen. Glaube ich zumindest. Die Minuten verstreichen.

Übermorgen ist die Gerichtsverhandlung. Hat sie eigentlich irgendeine Bedeutung? Es geht um ein Lokal. Um einen Mietvertrag. Das stört keinen großen Geist, wie eine von Astrid Lindgrens Figuren zu sagen pflegt. Ronja? Oder Pippi? Egal. Die beiden sind jedenfalls ziemlich coole Mädels. Als ich klein war, habe ich immer so getan, als wäre ich sie. Ich weiß noch, dass ich einmal extra den ganzen Weg bis in das Waldgebiet um Hellasgården gefahren bin, um den Frühling wie Ronja mit einem Frühlingsschrei zu begrüßen. Aber er klang irgendwie falsch, und ich habe angefangen zu husten. Danach habe ich es nie wieder versucht.

Ich gehe ins Haus zurück, laufe die Treppe hoch und klingele an Papas Wohnungstür. Es dauert eine ganze Weile, bis er öffnet. Mit fällt sofort auf, dass sein Blick anders, lebhafter ist.

»Ich habe meine Schlüssel vergessen«, sage ich und drängele mich an ihm vorbei ins Wohnzimmer. Als ich ihn zum zweiten Mal an diesem Abend umarme, kann ich seine Alkoholfahne riechen.

Ich verabschiede mich und verschwinde die Treppe hinunter. Vermutlich wäre es das Beste, wenn er sich so schnell wie möglich totsäuft.

37

Das Thunfischbaguette im Café des Stockholmer Amtsgerichts schmeckt besser als gedacht. Zwei Tische hinter mir sitzt ein Mann, der mir bekannt vorkommt, den ich aber nicht einordnen kann. Ich glaube, es ist ein Promi-Anwalt. Er hat schütteres Haar, eine überdimensional große Nase und spricht einen südschwedischen Dialekt. Sein Name will mir aber um nichts in der Welt einfallen.

Ich bin nicht so nervös, wie ich erwartet hatte. Beinahe habe ich das Gefühl, mich mit ein bisschen Stolz von außen betrachten zu können. Die meisten Menschen, die ich kenne, hätten die gönnerhaften Brosamen genommen, die Bjurström mir zugeworfen hat, oder wären vor seinen Drohungen eingeknickt. Aber ich lasse mich nicht weichkochen und riskiere alles.

Nicht einmal die Sicherheitskontrolle hat mich aus der Ruhe gebracht. Die Beamten waren supernett, und ich habe keinen einzigen Witz über Cuttermesser oder Luftpistolen gemacht. Als die Beamtin mich bei der Leibesvisitation am Ellenbogen berührte, bin ich zusammengezuckt, habe es aber anstandslos über mich ergehen lassen.

Das Gerichtsgebäude ist beeindruckend. Obwohl es uralt sein muss, ist die Einrichtung total modern. Superhohe Decken und überall Mauerwerk. Wenn man genau hinsieht, entdeckt man in jeder Ecke und Nische kleine Skulpturen. An einem normalen Tag würde ich hierherkommen, um gemütlich einen Kaffee zu trinken.

Ich beobachte die Bedienung. Sie ist klein, schlank, und ihr Make-up verleiht ihr etwas Vogelartiges. Ihre Frisur muss sie sich bei Kleopatra abgeguckt haben. Mein Fall ist sie nicht, aber mir gefällt, dass sie ihrem Stil treu bleibt.

Oscar steuert auf meinen Tisch zu. Man sieht ihm an, dass er sich hier auf vertrautem Terrain bewegt. Er entschuldigt sich, dass er zu spät kommt, aber das ist mir nicht mal aufgefallen. Heute trägt er einen hellblauen, etwas dünneren Anzug, und als ich ihn umarme, spüre ich, wie unglaublich weich der Stoff ist. Er muss ein Vermögen gekostet haben.

»Haben Sie gut geschlafen?«, erkundigt er sich.

»Wie ein Baby, und Sie?«

»Ich schlafe nie gut.«

»Das Gebäude ist der Hammer.«

»Finde ich auch. Eine Bau-Perle der schwedischen Nationalromantik, von Carl Westman entworfen, glaube ich. Jedenfalls wurde es 1915 eingeweiht. Haben Sie gesehen, in welchem Raum die Verhandlung stattfindet?«

»Nein, steht das auf diesen Tafeln?«

»Ja.«

»Ich habe versucht, die Anzeige zu lesen, aber sie ist ständig umgesprungen, ich hab's nicht kapiert.«

Wir gehen zu der Anzeigetafel direkt neben dem Café und stellen uns neben eine Frau in einem sündhaft teuren Kostüm.

»Spring endlich um, verdammt noch mal …«, murmelt sie genervt. »Ich hab nicht den ganzen Tag Zeit.«

Oscar studiert die Anzeige, die in regelmäßigen Abständen weiterblättert und nach und nach alle für heute angesetzten Verhandlungen auflistet.

»Haben Sie gesehen, wo wir hinmüssen?«, frage ich, nachdem ich den Versuch aufgegeben habe, den Zahlen und Wörtern irgendeinen Sinn abzugewinnen.

»Sicherheitssaal 37. Bewaffnete Polizeibeamte und Zuschauer hinter schusssicherem Glas.«

»Machen Sie Witze?«

»Ja. Wir sind in Raum 27, kaum größer als ein Wohnzimmer. Da steht es«, sagt Oscar und zeigt auf eine Zeile.

09:00 Uhr. Gerichtssaal 27 Bjurström Immobilien GmbH / Caroline Södergren. Räumungsklage.

Ich schaffe es, die Anzeige dreimal zu lesen, bevor sie auf die nächste Verhandlung umspringt. Jetzt wird es ernst. Gleich sitze ich in einem Gerichtssaal und setze meinen Lebenstraum aufs Spiel. Und mein Gegner könnte dieses Gerichtsgebäude kaufen, wenn er wollte. Wenn es ihm nicht sowieso schon längst gehört. Er könnte das gesamte schwedische Rechtswesen kaufen, wenn ihm danach wäre.

09:00 Uhr. Gerichtssaal 27 Bjurström Immobilien GmbH / Caroline Södergren. Räumungsklage.

Wir gehen zurück an unseren Tisch. Obwohl ich erst die Hälfte meines Baguettes gegessen habe, bekomme ich keinen Bissen mehr runter. Ich hasse es, Essen wegzuwerfen, aber ich möchte auch nicht nach einer Doggybag fragen und sie in meine ohnehin schon vollgestopfte Handtasche stecken.

Oscar übernimmt die Führung, und wir machen uns auf den Weg zu unserem Gerichtssaal.

»Ist irgendwas?«, fragt er, als würde er meine Nervosität spüren.

»Nein.« Ich will ihn nicht mit meinen Sorgen belasten, und außerdem kann er sich denken, wie ich mich fühle, da kann ich genauso gut lügen.

Wir gehen breite Steintreppen empor, und ich spüre, wie saurer, nach Thunfisch schmeckender Magensaft meine

Kehle hochsteigt. Ich schlucke krampfhaft. Wir laufen lange Korridore mit imposanter Deckenhöhe hinunter. Unsere Schritte hallen auf den blank polierten Böden. Schließlich stehen wir vor einer Tür mit der Nummer 27.

Auf dem Gang befinden sich zwei einander gegenüber platzierte Holzbänke, auf der einen Seite ist ein Fenster. Ich schaue hinaus. Draußen ist es neblig, und ich kann nicht erkennen, wo wir sind. Aber ich glaube, es ist eine Art Innenhof mit einem kahlen Baum.

Ich drehe mich zu Oscar um. »Wo sind die anderen?«

»Die Richterin und der Protokollführer sind wahrscheinlich schon im Saal und bereiten sich vor. Bjurström und sein Anwalt müssten gleich hier sein.«

»Wie spät ist es?«

»Zwei Minuten vor neun.«

»Was passiert, wenn Bjurström nicht auftaucht?«

»Er kommt.«

Ich seufze leise.

»Haben Sie nervöse Schmetterlinge im Bauch, Caroline?«

Ich zucke mit den Schultern. »Ich musste gerade einen ganzen Schwall Magensäure runterschlucken. Ist das ein Zeichen von Nervosität?«

»Unter diesen Umständen ist es jedenfalls nicht ungewöhnlich.«

»Vielleicht habe ich Zitronenfalter im Bauch«, scherze ich.

Oscar lächelt. Wir schauen uns an. Er macht ein paar Schritte auf mich zu und sieht ernst aus. Hat er vor, mich zu umarmen? Mich zu küssen? Ich will ihm zurufen, dass er es tun soll, aber kein einziger Laut kommt über meine Lippen. Oscar bewegt sich nicht. Ich *kann* mich nicht bewegen. Wir stehen da wie zwei Salzsäulen.

Auf der Treppe erklingen Schritte, und ich meine, Bjurströms Stimme zu erkennen. Die Schritte kommen näher, und jetzt kann ich sein dröhnendes Lachen und seinen Dalarna-Dialekt, der mir mittlerweile kalte Schauer über den Rücken jagt, deutlich hören. Oscar weicht ein Stück zurück, damit wir nicht zu dicht voreinander stehen.

»Ja, ganz recht, die einzige Bewegung, die ich zurzeit kriege, ist das Treppensteigen im Stockholmer Amtsgericht!« Dröhnendes Gelächter.

Bjurström scheint sich regelrecht zu freuen, mich zu sehen. »Hallo, Caroline, hallöchen!«

Ich murmele »Hallo«, und wir geben uns die Hand. Bjurström hat eine Anwältin an seiner Seite, die sich als Ann Ljungberg vorstellt. Ich sage ebenfalls meinen Namen, der allerdings im allgemeinen Begrüßungsgeplänkel untergeht, denn zuerst begrüßt Bjurström Oscar, der daraufhin Bjurströms Anwältin begrüßt, die ihn zu kennen scheint, denn sie erkundigt sich, ob Sofie wieder gesund sei.

»Ja, ein scheußlicher Grippevirus, aber jetzt ist sie wieder auf den Beinen. Gestern war sie schwimmen und ist ganz selig nach Hause gekommen.«

Woher weiß sie, wie Oscars Frau heißt? Und warum weiß ich es nicht? Ich weiß nicht einmal, wie alt seine Kinder sind. Warum habe ich ihn nicht danach gefragt?

Eine Klingel ertönt, und aus einem Lautsprecher kommt eine junge männliche Stimme. Ein rotes Lämpchen springt auf Grün. Bjurström öffnet die Tür des Gerichtssaals und hält sie für uns auf. Er lächelt mich an, und ich würde ihm am liebsten vergammelten Thunfisch in seine grinsende Visage spucken. Der Verhandlungsraum ist ziemlich klein, von der Decke strahlen grelle Neonröhren. Die vorsitzende Richterin hat in der Mitte der Richterbank Platz genommen, der Mann neben ihr muss der Protokollführer sein, der uns über den Lautsprecher aufgerufen hat. Oscar lotst mich zu einer Bank, auf der wir mit dem Rücken zum Fenster sitzen.

Bjurström begrüßt die Richterin, als wären er und sie alte Schulfreunde, und augenblicklich spüre ich unglaublich schlechte Schwingungen. Ich habe das Gefühl, dass alle Beteiligten unter einer Decke stecken und sie diese Verhandlung nur inszeniert haben, damit ich ein für alle Mal in der Versenkung verschwinde.

Wir setzen uns, und ich flüstere Oscar ins Ohr: »Sind Sie und Bjurströms Anwältin näher miteinander bekannt?«

»Wir sind Kollegen.«

»Wollen Sie vielleicht lieber die Seite wechseln?«

»Ja, darf ich?«, fragt er und macht Anstalten, sich zu erheben. »Unsinn, Caroline. Jetzt geht's los! Holen Sie uns bitte ein bisschen Wasser?«

»Na klar«, erwidere ich und nehme zwei Plastikbecher vom Tisch.

Jetzt geht's los, wie albern ist das denn, wir sind doch nicht im Fußballstadion.

38

Alle Anwesenden scheinen völlig tiefenentspannt zu sein, und ich werde das Gefühl nicht los, dass sie ein abgekartetes Spiel spielen, dessen Regeln ich nicht kenne. Lauter Wörter und Phrasen schwirren durch die Luft. *Antragstellung*, *Darlegung des Sachverhalts*, und was zum Teufel hieß jetzt noch mal *Gefahr im Verzug*?

»Frau Ljungberg, wenn Sie bitte den Antrag der Klägerseite vorbringen würden«, fordert die Richterin Bjurströms Anwältin auf.

»Natürlich«, erwidert diese. »Gemäß Kapitel 12, Paragraf 42a des Mietgesetzes wurde das Mietrecht durch die Mietpartei verwirkt, und dem Vermieter obliegt das Recht, den Mietvertrag vor Ablauf der vereinbarten Laufzeit zu kündigen. Ich zitiere eine Klausel des Mietvertrags: ›Die Mietpartei ist verpflichtet, die für einen Gastronomiebetrieb geltenden Gesundheits- und Hygienevorschriften jederzeit und in vollem Umfang zu befolgen und einzuhalten und eventuelle Vorschriften und Anordnungen von zuständigen Aufsichtsbehörden zu erfüllen.‹ Grund für die Klage ist die schuldhafte Vernachlässigung der Mietsache durch die Mietpartei.«

Bjurströms Anwältin verweist auf irgendwelche Unterlagen und Protokolle, die alle Anwesenden in Kopie vorliegen haben.

Als Oscar endlich an der Reihe ist, sagt er nichts weiter als: »Die Beklagte bestreitet den Sachverhalt.«

Ich kann so viel Wasser aus diesem Plastikbecher trinken, wie ich will, mein Mund ist und bleibt staubtrocken.

Bjurström legt die eidesstattliche Versicherung ab, als hätte er sein Leben lang nichts anderes getan, und seine Anwältin bittet ihn, dem Gericht in seinen eigenen Worten zu schildern, warum wir heute hier sind.

»Als Erstes möchte ich mein Bedauern darüber ausdrücken, dass wir diese Sache vor Gericht austragen müssen«, schwafelt er. »Ich mag Sie wirklich sehr, Caroline, aber damit das Gericht den Grund für meine Klage versteht, muss ich etwas weiter ausholen.«

Bjurström sieht abwechselnd mir, der Richterin, seiner Anwältin und Oscar in die Augen und klingt so unglaublich überzeugend, dass selbst ich ihm jedes Wort abnehme. Mit geschickten Fragen lenkt Ljungberg die Aussage ihres Mandanten, und Bjurström erzählt mit dem größten Vergnügen, wie großzügig er sich mir gegenüber verhalten und welche Alternativen er mir unterbreitet hat.

»Und wie ich bereits sagte … Als Mensch mag ich Caroline sehr gern, aber – und jetzt würde ich das Gericht bitten, ganz genau zuzuhören – in meiner Kindheit gab es diese Fernsehserie, nach der ich total verrückt war. Sie hieß *Die Torte.* Ich weiß nicht, ob Sie sich noch daran erinnern, es ging um diese drei charmanten Brüder Frasse, Janos und Hilding, die eigentlich Matrosen waren. Aber eines Tages gehen sie während eines Landgangs durch Zufall in diese Bäckerei, *Ellens Bäckerei.* Sie kommen mit der Inhaberin ins Gespräch, und es stellt sich heraus, dass Ellen ihren Bäckerberuf an den Nagel hängen will, und kurzerhand schenkt sie dem Trio, das seinerseits vom Seemannleben die Nase voll hat, ihre Bäckerei. Die drei haben nicht die leiseste Ahnung vom Backen, aber glücklicherweise lässt Ellen ihnen das Rezept ihrer Erfolgstorte da … Können Sie sich noch an die Serie erinnern?«

Bjurström fängt an, die berühmte Titelmelodie zu singen, und sogar ich kann hören, dass er keinen Ton trifft.

»Zucker, Sahne, Nüsse und Mandelsplitter …«

Oscar räuspert sich, woraufhin Bjurström augenblicklich verstummt. »Entschuldigen Sie, aber ich hatte den Eindruck, zu Hause unter meiner Dusche zu sein«, bemerkt Oscar lakonisch. Die Richterin und Ljungberg lachen. Ich schaue Oscar an, der keine Miene verzieht.

Bjurström schwadroniert weiter über diese alberne Kinderserie und meint, egal wie charmant und lustig die drei Brüder auch waren, ihr Konzept sei zum Scheitern verurteilt gewesen. »Sie backen ihre Torten auf dem schmutzigen Fußboden, popeln währenddessen in der Nase und backen weiter. Es gibt nicht eine einzige Szene, in der sie sich die Hände waschen, und es kommt, wie es kommen muss: Die Serie endet damit, dass das Gesundheitsamt die Bäckerei in der letzten Folge dichtmacht und die drei Brüder wieder zur See fahren müssen. Schade, aber völlig logisch. Die drei sollten keine Bäckerei betreiben. Und Caroline Södergren sollte kein Restaurant betreiben. Jedenfalls nicht in meinem Eigentum. Ich bin selbst dort gewesen. Ihre Tapas schmecken vorzüglich, aber die hygienischen Zustände in dem Restaurant sind katastrophal, das hat auch das Gesundheitsamt mehrfach festgestellt.«

Ljungberg wirft ein, dass wir sämtliche Beanstandungen des Gesundheitsamts in einem uns ausgeteilten Dokument nachlesen können. Ein Exemplar liegt vor Oscar und mir und ein weiteres vor der Richterin, die, nachdem sie einen Blick hineingeworfen hat, ein paar Fragen an Bjurström richtet. Die beiden sind ein dermaßen eingespieltes Team, dass ich als reinstes Psychowrack dastehe, das man schleunigst in die nächste Klapse einliefern sollte.

Bjurström erzählt, dass meine Gäste vor dem Restaurant auf der Straße Bier trinken würden, dass sich die anderen Mieter im Haus über den Lärm beschwert hätten und dass für ihn das Maß voll gewesen wäre, als er erfahren habe, dass ein Gast nach dem Besuch in meinem Restaurant eine Lebensmittelvergiftung erlitten hätte. Es täte ihm außerordentlich leid, aber so sei es nun mal, und auf wundersame Weise gelingt es ihm, als der Gute dazustehen.

»Vielen Dank«, sagt die Richterin, nachdem Bjurström seine Aussage beendet hat. »Möchte die Verteidigung ein paar Fragen an Herrn Bjurström richten?«

»Ja, gerne«, erwidert Oscar mit fester Stimme.

Wie können sie alle nur so verdammt cool bleiben?

»Wie heißt Ihr Hausarzt?«, beginnt Oscar seine Befragung.

Bjurström lacht auf.

»Holger Welinder, wieso?«

»Dann würde ich die Richterin bitten, einen Blick auf das vorliegende ärztliche Attest über diese angebliche Lebensmittelvergiftung zu werfen. Der Name des ausstellenden Arztes lautet Holger Welinder.«

Bjurström schüttelt den Kopf. »Ich glaube, dass Holger annähernd zweitausend Patienten im Jahr behandelt, so groß ist diese Stadt nicht.«

»In diesem Zusammenhang stellt sich mir eine weitere Frage«, übergeht Oscar Bjurströms Einwand. »In welcher Beziehung stehen Sie zu dem an der vermeintlichen Lebensmittelvergiftung erkrankten Patienten Svante Wolff?«

»Wer?«

»Wie gut kennen Sie Svante Wolff?«

»Ich kenne keinen Svante Wolff.«

»Sind Sie sicher?«

»Der Name sagt mir jedenfalls nichts. Und an einen so ungewöhnlichen Nachnamen wie Wolff würde ich mich erinnern.«

»Dann bedanke ich mich vorläufig für diese Auskunft. Herr Wolff ist um zehn Uhr als Zeuge vorgeladen, ich werde auf diesen Punkt zurückkommen.«

Oscar verlagert den Schwerpunkt seiner Ausführungen auf meinen Restaurantbetrieb, zeigt Bilder, auf denen zu sehen ist, wie sauber und ordentlich Küche und Gastraum sind, und beschreibt wortreich, wie hart meine Angestellten und ich arbeiten, um die Hygienevorschriften des Gesundheitsamts einzuhalten.

Aber es spielt keine Rolle. Ich weiß, dass ich verlieren werde. Im Gegensatz zu uns hat Bjurström Beweise. Wenn die Gerichtsverhandlung ein Wettbewerb im Armdrücken wäre, würde die Milchsäure inzwischen förmlich aus meinem Bizeps spritzen, und mein rechter Ellenbogen befände sich einen halben Zentimeter über der Tischplatte.

39

Vor meiner Aussage werde ich ebenfalls vereidigt. Ich fühle mich unbehaglich, mein Mund ist nach wie vor staubtrocken, und bei der Beantwortung von Oscars Fragen verliere ich den Faden und verhaspele mich in einer Tour. Ich bin mir schon lange nicht mehr so dumm vorgekommen.

Gott sei Dank hat Bjurströms Anwältin keine Fragen an mich, sondern begnügt sich mit der Feststellung, dass »die Anklageschrift für sich selbst spricht«.

Ich will nur, dass dieser Tag endlich vorbei ist, damit ich meine kleine Tapas-Bar an einem anderen Ort neu eröffnen kann. Vielleicht sollte ich auch mein kulinarisches Konzept noch einmal überdenken und etwas Lukrativeres auf die Beine stellen. Oder mich ausschließlich auf das Catering beschränken. Und Bente hat recht, dann spielt es keine Rolle, ob ich am Stureplan oder in Axelsberg zu finden bin. Hauptsache, ich habe eine Küche, in der ich anständig kochen kann.

Aber Oscar tut, was er kann, und ich bin beeindruckt, wie überzeugend er klingt. Klar, das ist sein Job, aber trotzdem. Es gehört schon einiges dazu, mit dem Weltmeister im Schwergewichtsboxen in den Ring zu steigen und so zu tun, als hätte man bereits gewonnen, obwohl man selbst in der Fliegengewichtsklasse rangiert.

Nachdem Oscar seine Ausführungen beendet hat, ordnet die Richterin eine kurze Pause an: »In ungefähr zehn Minuten machen wir weiter.«

»Sehr gut, Zeit genug, um ein paar Anrufe zu erledigen«, verkündet Bjurström.

Ich suche Oscars Blick, doch er weicht mir aus.

Wir gehen nach draußen auf den Korridor, stellen uns an das Fenster und schauen in den Innenhof hinunter. Inzwischen hat sich der Nebel etwas gelichtet, und ich kann erkennen, dass der kahle Baum ein Ahorn ist.

Bjurström steht ein Stück von uns entfernt und telefoniert. Es scheint um irgendwelche Sanierungsmaßnahmen in einer seiner Immobilien zu gehen. Er klingt freundlich und gut gelaunt.

Meine linke Schulter berührt Oscars rechten Oberarm, aber ich rücke nicht von ihm ab. Oscar macht ebenfalls keinen Schritt zur Seite. Allerdings frage ich mich, ob er es überhaupt bemerkt. Vermutlich nicht. Ich erzähle ihm meine Armwrestling-Assoziation.

»Und wenn diese Gerichtsverhandlung der Zweite Weltkrieg wäre, wären wir Deutschland im April 1945«, meint Oscar.

»Also ist es aus?«

»So dürfen wir nicht denken. Wir geben nicht auf. Wir tun, was wir können, und sagen, was wir zu sagen haben, dann muss die Richterin entscheiden. Wir wissen nicht, was passiert, wenn wir diesem Wolff gleich im Zeugenstand auf den Zahn fühlen.«

Ich wünschte, ich könnte seine Zuversicht teilen, aber ich will nur noch die Segel streichen, damit wir alle nach Hause gehen können. Es klingelt, und die Stimme des Protokollführers kündigt durch den Lautsprecher an, dass die Verhandlung fortgesetzt wird.

Wir gehen in den Saal zurück und nehmen unsere Plätze ein. Die Richterin bittet den Protokollführer, den Zeugen Svante Wolff aufzurufen. Er kommt ihrer Aufforderung nach, und einen Augenblick später betritt ein Mann in Bjurströms Alter den Gerichtssaal. Er ist korpulent und trägt einen Cordanzug. Er kommt mir vage bekannt vor, aber angesichts der Tatsache, dass er offenbar in meinem Restaurant gegessen hat, ist das nicht weiter verwunderlich. Bjurström und er wechseln keinen Blick miteinander. Wolff schaut nur auf die Richterin.

»Schön, dass Sie gekommen sind«, sagt sie, nachdem sie Wolffs Personalien festgestellt und geprüft hat, dass es sich tatsächlich um den richtigen Zeugen handelt.

»Selbstverständlich«, antwortet Wolff. Seine Stimme klingt gequetscht, als hätte ihm jemand die Stimmbänder mit einer Wäscheklammer eingeklemmt.

»Sie sind in der Sache Finn Bjurström gegen Caroline Södergren als Zeuge vorgeladen. Ist es korrekt, dass Sie mit keinem der hier Anwesenden verwandt oder verschwägert sind?«

»Ja.«

»Vor Ihrer Aussage werden Sie vereidigt. Bitte sprechen Sie mir nach. Ich, Svante Wolff …« Nachdem Wolff die eidesstaatliche Versicherung heruntergeleiert hat, fährt die Richterin fort: »Sie stehen jetzt unter Eid, Herr Wolff, und es ist meine Pflicht, Sie darüber zu belehren, dass Sie die Wahrheit sagen müssen und ein Meineid vor Gericht strafbar ist.«

»Verstanden«, quetscht Wolff hervor. Die Frau, die sich diese Stimme jeden Tag anhören muss, hat mein tiefstes Mitgefühl.

Es irritiert mich gewaltig, dass ich mich nicht richtig an ihn erinnere.

»Da Sie als Zeuge der Verteidigung geladen sind, erteile ich zunächst Rechtsanwalt Stenberg das Wort«, sagt die Richterin.

»Vielen Dank«, erwidert Oscar und wendet sich an Wolff. »In welcher Beziehung stehen Sie zu Finn Bjurström?«

Wolff schaut ihn an. »In gar keiner.«

»Sie sind nicht miteinander bekannt?«

»Nein.«

»Sind Sie sich jemals begegnet?«

»Nein, nicht dass ich wüsste.«

»Aber Sie könnten sich irgendwann einmal begegnet sein?«

»Ja ... genau so, wie ich Ihnen irgendwann einmal begegnet sein könnte, ohne mich daran zu erinnern.«

»Nichtsdestotrotz sind Sie Verbindungsbrüder. Sowohl Herr Bjurström als auch Sie sind Mitglied im Lavendelorden.«

Ich schaue von Wolff zu Bjurström, um zu sehen, ob sie diese Enthüllung in irgendeiner Form aus dem Konzept bringt.

Aber keiner von beiden zeigt die geringste Reaktion.

Obwohl ihm niemand die Redeerlaubnis erteilt hat, meldet Bjurström sich zu Wort und verkündet lautstark, dass er seit fünfzehn Jahren keine einzige Veranstaltung des Lavendelordens besucht habe und diese Vereinigung überhaupt ziemlich kindisch sei.

Die Richterin ruft ihn zur Ordnung und weist ihn darauf hin, dass er während der Zeugenbefragung schweigen muss.

Wolff lacht und meint, dass er ebenfalls nie zu den Zusammenkünften des Lavendelordens gehe und ihm daher auch kaum weitere Mitglieder bekannt seien.

»Obwohl: Einen Ordensbruder kenne ich, und zwar meinen eigenen. Mein Bruder ist auch Mitglied, aber das wissen Sie bestimmt schon«, sagt er und lacht erneut.

Oscar setzt sein Verhör fort, aber es ist mehr als deutlich, dass er im Trüben fischt. Bjurström und Wolff reißen weiterhin ihre Witzchen, und ich merke, dass Oscars Strategie wackelt. Die Richterin bittet ihn, zum Schluss zu kommen, damit Bjurströms Anwältin mit ihrer Zeugenbefragung beginnen kann.

Plötzlich fällt es mir wie Schuppen von den Augen, und ich erinnere mich, wo ich Wolff schon einmal gesehen habe. Oder? Doch, ich bin mir hundertprozentig sicher. Ist es schon zu spät? Verflucht! Denk nach, Caroline, denk nach!

Ich lasse es drauf ankommen und falle Oscar einfach ins Wort, was ihm natürlich gar nicht gefällt.

Ich lehne mich so dicht zu ihm, dass meine Lippen sein Ohrläppchen berühren, und flüstere, so laut ich kann, ohne dass es jemand anderes im Gerichtssaal hört: »Ich bin neulich in Bjurströms Büro gewesen, weil ich mit meinem Handy aufnehmen wollte, wie er mich bedroht. Aber er war die ganze Zeit scheißfreundlich zu mir, deshalb habe ich Ihnen nichts davon erzählt. Allerdings war Svante Wolff zu dem Zeitpunkt gerade bei ihm. Wenn wir Glück haben, ist seine Stimme auf der Aufnahme zu hören.«

Oscar wendet sich an die Richterin. »Ich würde die Verhandlung gern für eine halbe Stunde unterbrechen, um …«

»Eine halbe Stunde?«, entfährt es Bjurström.

»Das Gericht wird sich nicht um eine halbe Stunde vertagen«, entscheidet die Richterin.

»Ich benötige einige Minuten, um eine neue Faktenlage zu überprüfen, die sich während des Verhörs ergeben hat, und nach der Pause werde ich die Befragung des Zeugen fortsetzen.«

Die Richterin ordnet schließlich eine viertelstündige Unterbrechung an, was Bjurström zu der Bemerkung veranlasst, ob denn niemand der hier Anwesenden »Arbeit zu erledigen« habe.

40

Nach der schnellsten Viertelstunde der Weltgeschichte versammeln wir uns zum dritten Mal im Gerichtssaal 27.

»Case closed!«, murmelt Bjurström vernehmlich, als er zu seinem Platz geht.

Ich habe einen regelrechten Treppenmarathon hinter mir, um auf Oscars Geheiß irgendwo einen kleinen tragbaren Lautsprecher aufzutreiben, und habe jeden gefragt, der mir über den Weg gelaufen ist. Ich war am Empfang im Erdgeschoss und sogar bei den Mitarbeitern an der Sicherheitskontrolle. Aber der Mensch, der mich schließlich mit einem kleinen quadratischen Lautsprecher gerettet hat, war die Cafébedienung mit der Kleopatra-Frisur. Oscar hat sich in der Zwischenzeit in einen Raum neben unserem Verhandlungssaal zurückgezogen und sich die Aufnahme auf meinem Handy mit einem Headset angehört. Ich wollte wissen, ob er etwas hören konnte, aber er war so konzentriert und auf die Aufnahme fixiert, dass er nicht geantwortet hat. Ich habe nicht die geringste Ahnung, was gleich passieren wird.

Oscar erklärt der Richterin, dass er eine Audioaufnahme als Beweismaterial vorlegen möchte.

»Meine Mandantin hat den Kläger vor einiger Zeit in seinem Büro aufgesucht, weil sie hoffte, dass Herr Bjurström seine gegen sie vorgebrachten Drohungen wiederholen würde, und sie diese mit ihrem Handy aufzeichnen wollte.«

»Ich habe mein Lebtag niemanden bedroht«, protestiert Bjurström.

»Wir lehnen den Antrag auf Zulassung eines neuen Beweismittels so spät im Verfahren entschieden ab«, erhebt seine Anwältin Einspruch.

»Herr Stenberg, können Sie mir einen Grund nennen, warum das Gericht Ihrem Antrag auf Zulassung von neuem Beweismaterial stattgeben soll?«

»Der Zeuge Svante Wolff behauptet, Finn Bjurström nicht zu kennen, er streitet ab, ihm jemals begegnet zu sein. Wir hatten keinen Grund zu der Annahme, dass der Zeuge die Unwahrheit sagt. Deshalb haben wir diese Audioaufnahme nicht bereits zu einem früheren Zeitpunkt als Beweismaterial vorgelegt. Sie beweist, dass der Zeuge lügt.«

Ljungberg und Bjurström protestieren, doch die Richterin lässt die Aufnahme als Beweismaterial zu.

Ich schaue mich im Saal um. Sämtliche Blicke sind auf den kleinen blauen Lautsprecher gerichtet.

Die Aufnahme knistert, aber man hört, wie Bjurströms Empfangsmitarbeiter hinter mir herläuft und versucht, mich aufzuhalten. Ich sage nichts. Dann wird eine Tür geöffnet, und Stimmen erklingen. Leider kann man sie nicht auseinanderhalten.

»Hallo, Finn«, meine Stimme ist laut und deutlich, aber die beiden anderen sind zu weit weg. Kommt schon, Jungs, euer Einsatz.

Es rauscht und knistert weiter, doch dann hört man Bjurström sagen: »Du entschuldigst mich, aber wir waren doch fertig, oder?« Dann eine Stimme, die Wolffs sein muss, aber sie ist zu undeutlich, um sie genau zu erkennen.

»Wir sprechen uns morgen, Grüße an Viveka«, ist Bjurström wieder zu hören.

Ich glaube, dass Wolff links an mir vorbei aus dem Büro

gegangen ist, auf der Seite also, wo mein Handy war. Bitte, lieber Gott, mach, dass er jetzt etwas sagt.

»Richte ich aus, unglaublich, wie begehrt du heute bist …« Das ist eindeutig Wolffs Quetsch-Stimme, kein Zweifel!

Bjurström starrt vor sich hin ins Leere. Wolff starrt auf den Boden zu seinen Füßen. Oscar schaltet die Tonaufnahme aus und fragt Svante Wolff nach dem Namen seiner Ehefrau.

»Viveka«, flüstert er.

Oscar schaut mich von der Seite an, und ich kann ihm ansehen, dass er sich nur mit Mühe ein triumphierendes Lächeln verkneift. Ich blicke zur Decke, und zum ersten Mal fällt mir auf, dass über den ganzen Neonröhren Kristallkronleuchter hängen, die sich garantiert schon seit mehr als hundert Jahren dort befinden.

41

Bente und ich kichern in einer Tour und sind so kindisch und überdreht, wie ich es sonst nur mit meiner Freundin Stephanie gewesen bin. Wir stehen im noblen Empfangsbereich der Bank am Fridhemsplan und warten darauf, aufgerufen zu werden. Unser Bankberater Fadi, bei dem wir einen Termin haben, müsste gleich kommen. Wir reißen frivole Witze, verstellen unsere Stimmen und tun so, als wären wir zwei Nutten auf Kundenfang. Wir spielen »good whore and bad whore«. Ich habe mich in mein freizügigstes Outfit geworfen, und mein Ausschnitt erlaubt so tiefe Einblicke, dass ich mich für den Eurovision Song Contest qualifizieren könnte. Bente hingegen, die die gute Hure mimt, trägt ihr seriösestes Kleid und hat ihre Haare zu einem straffen Dutt hochgesteckt.

»Nein, jetzt ist Schluss, er kann jeden Moment kommen«, versuche ich uns zu beruhigen, als mir klar wird, dass unser Bankbesuch in einem Fiasko enden wird, wenn wir uns nicht zusammenreißen.

»*Let me suck your dick so deep that you will …*« Bente bricht mitten im Satz ab, als Fadi auf uns zukommt.

»Hallo, Fadi. Schön, Sie zu sehen. Toll, dass Sie so kurzfristig Zeit für uns haben!«

»Kein Problem, einer meiner Termine wurde verschoben, und wenn ich Sie richtig verstanden habe, ist es dringend?«

»Ja, das ist es wirklich«, bestätige ich und gebe ihm die Hand. Ich verwandle das letzte kichernde Glucksen, das mir noch im Hals steckt, in ein strahlendes Lächeln.

Fadis Familie stammt ursprünglich aus dem Irak, und er ist

kleiner als Bente und ich. Er hat sich bestimmt ein Kilo Pomade in sein pechschwarzes zurückgegeltes Haar geschmiert und sich mit einer Parfümwolke umnebelt. Und weil er total vernarrt in uns ist, sind wir total vernarrt in ihn.

Jetzt wird *Carolines Tapas* expandieren. Seit Bjurströms Räumungsklage vor Gericht abgeschmettert wurde, sieht das Leben wieder rosig aus. Als ich Bente direkt nach der Verhandlung angerufen habe, konnte sie vor lauter Glück nur noch brüllen. Seitdem hat sie Tag und Nacht gerechnet und megaprofessionelle Kalkulationen erstellt, wie wir sowohl die Küche ausbauen als auch mehr Personal einstellen können, um mehr Umsatz und damit auch endlich Gewinn zu machen. Mit der paradiesischen Erbschaft als Sicherheit.

Mein einziger kleiner Wermutstropfen ist, dass Oscar sofort nach dem Gerichtstermin in seine Kanzlei gefahren ist, und als ich ihn gefragt habe, ob wir nicht abends noch unseren Sieg feiern wollten, irgendetwas von einer Geschäftsreise gemurmelt hat. Als ich nachhakte, wohin er denn so dringend müsste, hat er gesagt, er wisse es nicht. Wir haben uns mit einer Umarmung verabschiedet und vereinbart, dass wir die Siegesfeier irgendwann nachholen, aber er klang weniger enthusiastisch, als ich gehofft hatte.

Bente und ich folgen Fadi in sein elegantes Büro. Er fragt, ob wir Mineralwasser oder Kaffee trinken möchten, woraufhin ich meine selbst gebackenen Ingwer-Haferkekse aus der Handtasche zaubere. Ich weiß noch von einem früheren Termin, dass es seine Lieblingsplätzchen sind.

Die Excel-Königin Bente präsentiert ihm lauter Tabellen und Statistiken, damit er sich ein Bild davon machen kann, wie wir unseren Umsatz steigern wollen. Unser Plan sieht vor, einen Kredit in Höhe der Erbschaft aufzunehmen, allerdings aufgerundet auf dreihunderttausend Kronen.

»Das ist der Kostenvoranschlag der Tischlerei, und hier sehen Sie, auf welche Summe sich unsere Personalkosten belaufen, wenn wir Vollzeitkräfte einstellen«, erklärt Bente.

»Und es wäre toll, wenn wir das nötige Geld für eine Reinigungsfirma hätten«, werfe ich in meiner Rolle als die Spontane und Impulsive von uns beiden ein.

Fadi hört uns interessiert zu, und ich spüre, dass das Erbschaftskapital die Waagschale zu unseren Gunsten neigt. Sein Blick wandert einige Male zu meinem Ausschnitt, aber ansonsten studiert und analysiert er Bentes bunte Kalkulationstabellen.

Als wir ihm alle Unterlagen erläutert haben, lehnt er sich mit einem breiten Lächeln in seinem Stuhl zurück.

»Ich werde diese Aufstellungen meinen Vorgesetzten zeigen, leider kann ich das nicht allein entscheiden, aber so, wie ich das sehe, dürfte die Bewilligung des Kredits kein Problem sein. Ich habe die Entwicklung Ihres Restaurantbetriebs von Anfang an verfolgt, und ich weiß, welche Qualität Sie anbieten. Diese Kalkulationen haben Hand und Fuß. Und manchmal kommt einem auch das Glück zu Hilfe, Caroline!«, sagt er mit einem Blick auf die Erbschaftsunterlagen.

»Ja«, bestätige ich. »Manchmal kommt einem das Glück zu Hilfe.«

Ich schaue Bente an, die mir zuzwinkert.

Wir warten mit unserem Freudengeschrei und High-five-Siegesgesten, bis wir außer Sichtweite der Bank sind, aber verdammte Scheiße, wie gut wir waren!

Ich bin richtig stolz auf mich. Zum einen weil ich Nancy von ihrem Leid erlöst habe, und zum anderen weil ich es gewagt habe, Bjurström die Stirn zu bieten.

42

Es ist der perfekte *Carolines-Tapas*-Abend. Die richtige Anzahl Gäste, keine einzige Panne in der Küche oder im Service und extrem hohe Trinkgelder. Um meinen Sieg über Bjurström zu feiern, schmeiße ich eine Lokalrunde Sekt, und viele Stammgäste, die schon befürchteten, in Kürze vor verschlossenen Türen zu stehen, wollen mit mir anstoßen. Ich breche meinen Vorsatz, bei der Arbeit nicht zu trinken, und stoße an, was das Zeug hält. Ich schwebe auf Wolke sieben.

Heute stehen ausschließlich bewährte Klassiker auf der Speisekarte. Meine Bloody-Mary-Gazpacho geht literweise über die Theke, und eine Frau, die niemals Innereien oder Austern anrührt oder alles, »was schleimig ist«, hat bereits vier Weinbergschnecken-Bruschettas verdrückt.

Meine Lieblingsmännerrunde mit Johan an der Spitze stimmt nach jedem Gericht wahre Lobesgesänge an. James, der von mir begnadigt wurde, bestellt eine Tapas-Variation nach der nächsten und hält sich getränketechnisch an Limettenwasser mit Minzblättchen. Sein Hausverbot habe ich aufgehoben, aber er darf nicht betrunken hier auftauchen, und er bekommt von mir auch keinen Alkohol mehr ausgeschenkt. Heute Abend prahlt er mit irgendwelchen Probeaufnahmen zum nächsten schwedischen Blockbuster, die nach seiner persönlichen Einschätzung »unglaublich guuut gelaufen sind«.

»Wenn sie mich nicht nehmen, sind sie selbst schuld«, erklärt er. Jeder, dem er damit in den Ohren liegt, ist ganz seiner Meinung.

Rikard und seine Freundin Camilla sind ebenfalls da. Sie ist supernett, und ich finde es toll, dass sich ein Kerl um die dreißig, der jede Frau haben kann, die er will – mich eingeschlossen –, für eine Mutter von drei Kindern entscheidet, die fünfzehn Jahre älter ist als er. Das macht ihre Liebe irgendwie echter, und die beiden haben meinen vollsten Respekt.

Im Hintergrund läuft klassische Musik. Seit dem Brahms-Konzert in der Eric-Ericson-Halle habe ich meinen musikalischen Horizont erweitert, und je mehr Bach & Co. ich höre, desto besser gefällt es mir. Heute Abend lauschen wir den Klängen von *Best of Mozart*. Für einen echten Klassik-Fan ist das bestimmt wie Fast Food, aber mit irgendetwas muss man als Neuling schließlich anfangen. Und Rikard gefällt es. Ab und zu ruft er: »Oh, *Die Zauberflöte*, Papageno!« oder »*Così fan tutte!*«, oder er schmettert: »Figaro, Figaro, Fiiigaro …«

Gerade sind wir bei *Don Giovanni* angelangt, offensichtlich seine absolute Lieblingsoper.

»Wunderbar, die Schlussarie, in der Don Giovanni vom Geist von Donna Annas Vater in die Unterwelt gezogen wird … Mach bitte lauter, das ist wahre Opernmagie.«

Ich erfülle ihm seinen Wunsch, und Bente, die ebenfalls bester Laune ist, nickt lächelnd.

Das Einzige, was mein Glück noch steigern könnte, wäre, dass Oscar zur Tür hereinkommt, mit einem Satz über den Tresen springt, mich unter dem Jubel der Gäste küsst und mich auf den Armen aus dem Restaurant trägt. Dann fahren wir in irgendein Hotel und haben hemmungslosen Sex. Ich habe allen Mut zusammengenommen und ihm heute Morgen eine SMS geschrieben, dass ich mit ihm feiern möchte. Wir haben beschlossen, dass er morgen Vormittag ins Restaurant kommt. Noch immer habe ich keinen blassen Schimmer, was er von mir hält und wie er mich findet, aber ich fühle mich stark und schön, und was geschehen soll, geschieht. Und wenn nichts passiert, ist es auch in Ordnung, denn ich will jetzt mein ganzes Herzblut in meine geliebte Tapas-Bar stecken.

Jonas war heute Vormittag hier, um den Umbau des Lagerraums zu besprechen, es kann schon in ein paar Wochen losgehen. Er war ganz begeistert, dass er jeden Tag unser Tagesspecial essen darf, solange die Arbeiten dauern. Und er meinte, dass er die Kosten vielleicht noch senken könnte. In jedem Fall wird der ganze Umbau nicht mehr kosten als dreihunderttausend Kronen.

Zur Feier des Tages haben wir uns Agnes und Julia als Vollzeit-Küchenhilfen gegönnt, und alles klappt wie am Schnürchen.

Mein Ellenbogen erholt sich langsam. Er schillert in allen erdenklichen Farbkombinationen, aber es kann auch schon mal eine Stunde vergehen, ohne dass er sich schmerzhaft in Erinnerung ruft.

Ich bin unglaublich froh und erleichtert. Fühlt es sich so an, glücklich zu sein? Ja, wenn man gerade kein größeres Problem hat, als auf die Toilette zu müssen, dann ist man wohl glücklich.

»Prost, Caroline!«, ruft James und hält grinsend sein Limettenwasser in die Höhe.

Ich weiß, dass ihm unsere Freundschaft wichtig ist, also erwidere ich »Prost, James!« und trinke einen großen Schluck Sekt.

Rikard schmettert die klangvolle Arie mit: »Don Giovaaanni …«

Seine Freundin und ich müssen lachen. Er sieht so lustig aus, als er versucht, die tiefen Basstöne zu treffen. Aber ich bin auch beeindruckt. Es gelingt ihm bravourös.

Plötzlich fliegt die Kneipentür auf, und ich zucke vor Schreck zusammen. Mehrere uniformierte Polizisten stürmen herein. Schon wieder eine Gaststättenkontrolle? Nein, jetzt ist es genug, ihr verdammten Schnüffler. Ihr Anführer brüllt so laut, dass er Mozart übertönt: »POLIZEI! ICH WILL IHRE HÄNDE SEHEN!«

»Gern«, erwidere ich und zeige ihm mit ausgestreckten Armen beide Mittelfinger.

Der Mann stößt James zur Seite und fliegt über die Theke. Mehrere Gäste schreien. Bente schreit. Aus dem Augenwinkel sehe ich, wie ein weiterer Polizist um den Tresen läuft und von der anderen Seite in den Barbereich kommt. Als der fliegende Verrückte einen Meter vor mir landet, trete ich ihm in die Eier. Er wirft sich nach vorn und boxt mir in den Bauch. Mir bleibt die Luft weg, er packt mit einer Hand meinen rechten Oberarm und dreht mir mit der anderen das Handgelenk um. Er benutzt sich selbst als Brechstange und biegt meinen Arm nach hinten. Ich habe das Gefühl, mein Ellenbogen explodiert. Ich will schreien, bekomme aber keine Luft. Er bricht mir noch den Arm. Das können keine Polizisten sein. Das sind Gangster. Das muss ein Überfall sein. Der Typ ist stark wie Godzilla und drückt mich auf den Boden. Der Geruch von Ajax-Allzweckreiniger steigt mir in die Nase, und ich spüre, wie sich zwei Knie in die Rückseiten meiner Oberschenkel bohren. Der Schmerz ist nicht von dieser Welt. In meinem Arm knackt es, aus meinem Mund kommen merkwürdige Laute. Ich mache mir in die Hose, und vor meinen Augen tanzen gelbe Sterne.

43

Ich muss einen Moment lang bewusstlos gewesen sein, denn ich kann mich nicht erinnern, wie wir nach draußen auf die Straße gekommen sind. Vor dem Restaurant steht ein Polizeibus. Jetzt weiß ich wenigstens, dass es weder ein Überfall noch eine Gaststättenkontrolle war. Meine Arme sind auf dem Rücken an den Handgelenken gefesselt, es scheuert unangenehm. Bestimmt haben sie mir Handschellen angelegt. Die Sankt Göransgatan ist in blinkendes Blaulicht getaucht. Ich starre auf meine Füße und höre nur die Stimmen der Polizeibeamten. Sie haben sich beruhigt. Irgendjemand schiebt die Hintertür des Busses auf, zwischen Vorder- und Rücksitz befindet sich ein Gitter mit einer kleinen Öffnung. Ich soll mich mit dem Rücken zum Gitter setzen. Einer der Polizisten greift von der anderen Seite nach meinen Händen und zieht mich auf die Rückbank. Ich schreie vor Schmerzen auf, es fühlt sich an, als würde er mir den Arm abreißen. Sein Kollege auf der Straße bugsiert meine Füße in den Bus und schiebt die Tür mit einem Knall zu. Die Männer unterhalten sich, aber ich kann nicht verstehen, was sie sagen. Wir fahren los. Ich glaube, der Fahrer macht einen U-Turn. Wenn sie mich zum Polizeipräsidium auf Södermalm bringen, muss ich eine Viertelstunde in dieser Haltung verharren. Mein ganzer Körper ist ein einziger Schmerz. Ich würde am liebsten schreien, beiße aber die Zähne zusammen. Sie sollen nicht merken, wie es mir geht. Meine Augen schwimmen in Tränen, dagegen bin ich machtlos. Ich blinzele, und meine rechte Wange wird feucht. Meine Handgelenke tun höllisch weh.

Dieser Polizist, der in einer Stunt-Nummer über die Theke geflogen ist, war unglaublich stark. Vielleicht hat er mir wirklich den Arm gebrochen.

Wir fahren die ganze Zeit geradeaus. Ich habe Magenschmerzen und einen unangenehmen Druck auf den Ohren. Wo sind wir? Ich schaue aus dem Seitenfenster. Draußen ist es pechschwarz.

Der Bus hält, aber der Motor läuft weiter.

Ich versuche zu verstehen, was die Polizisten sagen. Wir können unmöglich schon am Polizeipräsidium in der Torkel Knutssonsgatan sein, dafür war die Strecke zu kurz.

»Wagen 39-90-10 hier. Wir sind sechs plus eins und wollen in die Untersuchungshaft.«

Ich schätze, dass sich das »plus eins« auf mich bezieht.

Es vergehen ein paar Minuten, anscheinend müssen alle Polizeibeamten erst einmal ihre Dienstausweise vorzeigen.

Dann fahren wir wieder an, doch schon nach ein paar Metern halten wir erneut, der Motor wird ausgeschaltet, und ich höre, wie die Beamten vorne aussteigen.

Einen Augenblick später geht meine Tür auf, und ein Polizist erkundigt sich, ob ich allein aussteigen kann oder Hilfe benötige. Ich weiß nicht, was ich darauf antworten soll, rappele mich aber vom Rücksitz hoch, und der Mann hilft mir aus dem Bus. Ich kann von Glück sagen, dass er mich stützt, denn meine Beine haben die Konsistenz von zerkochten Spaghetti. Ich starre auf den Boden und würde sie am liebsten bitten, mir die Handschellen abzunehmen, aber mir ist klar, dass sie ihre Vorschriften haben und nicht mit sich reden lassen.

Wir kommen zu einer bewachten Eingangspforte, und einer der Polizisten erklärt: »Wir wollen zur Aufnahme in die U-Haft im siebten Stock. Sagen Sie den Kollegen Bescheid, dass wir ihnen auf Beschluss von Staatsanwalt Erik Lagerström einen Neuzugang bringen.«

Wir betreten einen Lift und fahren nach oben. Die Türen gehen auf, wir steuern auf zwei Vollzugsbeamte zu, die hinter einem Tresen sitzen.

Die Polizisten ziehen eine Begrüßungsshow ab, als wären wir bei einem privaten Klassentreffen.

»Die junge Dame hier neigt zu Gewaltausbrüchen«, informiert einer der Polizisten seine Kollegen, als sie ihr Macho-Gebalze beendet haben.

»Ich habe mich beruhigt«, versichere ich, und endlich nehmen sie mir die Handschellen ab.

Sie fordern mich auf, meine Taschen zu leeren, und ich tue, was sie von mir verlangen.

Anschließend führen sie mich durch einen langen Korridor zu einem Raum, aber die Männer bleiben draußen.

Dort nimmt mich eine Polizeibeamtin in Empfang, die mich bittet, meine Sachen auszuziehen. Ich bringe es nicht fertig, ihr in die Augen zu sehen, aber ich glaube, dass sie älter ist als ich und dunkle Haare hat. Es ist ziemlich schwierig, sich mit einer Hand auszuziehen, also hilft sie mir.

»Ist das gerade eben passiert?«, fragt sie mit einem Blick auf meinen lädierten Ellenbogen.

»Nein … oder ja, zum Teil.«

»Ich werde dafür sorgen, dass sich das später ein Arzt ansieht.«

»Das ist nicht nötig, aber vielleicht könnte ich eine Schmerztablette bekommen?«

»Sie können sogar ein Glas Wasser dazu kriegen, um die Tablette runterzuschlucken. Dafür reicht der Etat der Polizei noch.«

Ich kann mir kein Lächeln abringen. Kein Witz auf der Welt könnte mich jetzt zum Lachen bringen.

»Aber wie gesagt, ich werde einen Arzt zu Ihnen schicken, der sich Ihren Ellenbogen ansieht.«

Mit viel Mühe gelingt es mir schließlich, den BH überzustreifen, der zur Gefängniskleidung gehört. Es ist ein Sport-BH. Keine Büstenhalter mit Metallbügeln hinter Gittern. Ich weiß noch, wie unbequem die Slips sind, die sie einem geben, und bestehe darauf, meinen eigenen anzubehalten. Auch wenn ich mir vorhin in die Hose gemacht habe. Vielleicht kann ich morgen duschen und ihn waschen. Die Beamtin reicht mir ein grünes Sweatshirt und eine grüne Hose aus einem flanellähnlichen Stoff. Sie ist zu kurz, aber ich habe nicht die Energie, um mich zu beschweren. Als ich das Sweatshirt überziehe, stöhne ich vor Schmerzen auf. Mein Ellenbogen ist so stark angeschwollen, dass der Ärmel viel zu eng ist. Die Beamtin versichert noch einmal, dass sich ein Arzt darum kümmern wird.

Wortlos verlasse ich den Raum, und einer der Polizeibeamten, die draußen vor der Tür gewartet haben, bringt mich zu einer Zelle. Alle, die hier arbeiten, sind groß wie Gorillas.

Die Zelle misst vielleicht sieben, acht Quadratmeter und ist mit einem Handwaschbecken und einem Bett ausgestattet, auf dem eine Decke und ein Kopfkissen mit Plastikschonbezug liegen. Rechts von der Zellentür steht ein kleiner in der Wand verankerter Schreibtisch.

Ich werde eingeschlossen, und mir fällt wieder ein, wie abgrundtief ich dieses Schlüsselgeräusch bei meinem letzten Aufenthalt in Untersuchungshaft gehasst habe. Diesmal reagiere ich gar nicht darauf. Ich bin völlig apathisch. Natürlich hoffe ich, dass sich meine Verhaftung als Missverständnis herausstellen wird, aber tief in meinem Innersten weiß ich, dass kein Irrtum vorliegt. Sie wissen genau, was sie tun. Ich setze mich auf das Bett und starre vor mich hin.

Irgendwann wird wieder ein Schlüssel im Schloss gedreht, und die Tür geht auf. Hinter der Justizvollzugsbeamtin steht eine Frau in ganz normaler Alltagskleidung. Sie hat dunkle Haare, und ich erkenne sie auf Anhieb wieder. Es ist Blanca, dieselbe Polizistin wie beim letzten Mal.

»Hallo, Caroline, kommen Sie bitte mit. Ich werde Ihnen alles erklären«, sagt sie.

Ich stehe auf und folge ihr den Korridor entlang. Wir gehen nicht zum Ausgang, sondern in die entgegengesetzte Richtung.

Blanca hat ihre langen Haare zu einem Knoten hochgesteckt, ansonsten hat sich ihr Erscheinungsbild nicht verändert. Ich weiß noch, dass sie ursprünglich aus Kroatien kommt und eine unglaublich süße kleine Tochter hat. Ich frage mich, ob es Zufall ist, dass ausgerechnet sie hier ist. Ob ich Leif Andersson wohl ebenfalls wiedersehen werde?

»Wir sind in Raum eins«, informiert Blanca die Sicherheitsbeamtin.

»Ich weiß«, erwidert sie.

»Wir werden ein sogenanntes 24:8-Verhör mit Ihnen führen, Caroline. Gemäß Kapitel 24, Paragraf 8 des schwedischen Strafgesetzbuches sind wir verpflichtet, Sie über den gegen Sie vorliegenden dringenden Tatverdacht und den Haftgrund zu informieren.«

Wir betreten Raum eins, und wie erwartet sitzt Leif Andersson dort und tippt irgendwas in einen Laptop. Er nickt mir zu, und ich nehme auf dem Stuhl gegenüber von ihm Platz. Blanca schaltet ein Diktiergerät ein und legt es mit dem Mikrofon in meine Richtung auf den Tisch.

Ich weiß, was sie gleich sagen werden, und ich weiß, was ich darauf antworten werde. Nachdem er zu Protokoll gegeben hat, welche Personen bei dem Verhör anwesend sind und welchen Tag und welche Uhrzeit wir haben, schaut Andersson mich an und sagt sachlich: »Wir möchten Ihnen, Caroline Södergren, mitteilen, dass wir Sie des Mordes beziehungsweise des Totschlags an Frau Nancy Urdin verdächtigen. Begangen am Dienstag, den 24. Oktober dieses Jahres, in der Zeit zwischen 07:30 und 08:30 Uhr. Geben Sie zu, diese Straftat begangen zu haben?«

Ich trinke einen Schluck Wasser aus dem Plastikbecher, der vor mir auf dem Tisch steht.

»Ich gebe zu, Nancy Urdin getötet zu haben, aber ich bestreite, dass es sich dabei um einen Straftatbestand handelt. Mehr möchte ich ohne meinen Anwalt nicht sagen.«

Andersson schaut mich an, und ich glaube, fast eine Spur von Enttäuschung in seinem Blick zu entdecken, weil er mir das Geständnis so leicht entlocken konnte.

Blanca erkundigt sich, ob ich von einem bestimmten Anwalt vertreten werden möchte oder ob mir das Gericht einen Pflichtverteidiger stellen soll.

»Ich möchte, dass Oscar Stenberg meine Verteidigung übernimmt. Seine Kontaktdaten finden Sie in meinem Portemonnaie, das Sie beschlagnahmt haben.«

»Gut, dann machen wir jetzt eine Pause und setzen das Verhör fort, sobald Herr Stenberg hier ist«, sagt Andersson, und ich darf wieder in meine Zelle zurückkehren.

44

Ich weiß nicht, ob es daran liegt, dass ich komplett unter Schock stehe, aber ich bin die Ruhe selbst. Vielleicht erfüllt mein schmerzender Ellenbogen dieselbe Ventilfunktion wie selbst verletzendes Verhalten bei Teenagern? Ein konkreter körperlicher Schmerz, über den die emotionale Belastung, die man empfindet, abgebaut wird.

Am späten Abend tauchte irgendwann ein Arzt in meiner Zelle auf, der mich geweckt und meinen Ellenbogen untersucht hat. Er meinte, dass es sich vermutlich um eine *Bursitis* oder so ähnlich handelt. Ich kann mir medizinische Fachausdrücke nicht merken, aber er hat irgendetwas von einer Schleimbeutelentzündung und einem geplatzten Blutgefäß gefaselt. Außerdem hat er gesagt, dass die Schwellung von allein wieder abklinge und ich weder einen Gips noch eine Bandage bräuchte. Außerdem hat er mir nahegelegt, Strafanzeige zu erstatten, falls ich Opfer eines gewaltsamen Übergriffs geworden sei. Ich habe ihm jedoch versichert, dass ich die Verletzung schon länger hätte. Ein Strafverfahren mehr ist das Letzte, was ich jetzt gebrauchen kann.

Ich bin froh, dass ich Oscar habe. Was, wenn er ebenso verknallt in mich ist wie ich in ihn? Dann können wir uns abwechselnd lieben und an meiner Verteidigung arbeiten. Wenn er keine Gefühle für mich hat, muss ich mir wohl oder übel einen anderen Anwalt suchen. Eine grausame Vorstellung, ich mag nicht einmal daran denken, mich von jemand anderem verteidigen lassen zu müssen.

Wie sind sie mir überhaupt auf die Schliche gekommen?

Bestimmt hat Yvonne sie auf mich angesetzt. Wie ich es auch drehe und wende, sie will nicht aus der Gleichung verschwinden. Auf wessen Kappe sollte diese Anzeige sonst gehen? Die Dame muss mich auf der Beerdigung total hinters Licht geführt haben.

Und meine Bullenparanoia war natürlich berechtigt. Sie sind mir auf Schritt und Tritt gefolgt, seit sie durch Yvonnes Anzeige von der Erbschaft erfahren haben. Irgendwann ist die Sache auf Leif Anderssons Schreibtisch gelandet, der vor Glück ein Freudentänzchen aufgeführt und frohlockt hat: »Juhu! Jetzt sitzt sie schneller hinter schwedischen Gardinen, als sie bis drei zählen kann!« Von Oscar weiß ich, wie wütend Andersson letztes Mal war, weil ich ihm entwischt bin.

Ich drücke auf meinen Ellenbogen, damit die Schmerzen noch stärker werden. Ich stöhne auf. Es klingt nicht besonders imposant. Die Zelle hat null Akustik. Ich schreie, nur um den Nachhall zu testen. Es ist, als hätte der Architekt besonderen Wert auf komplette Schalldämpfung gelegt, damit kein Insasse das Echo seiner Angstschreie hört.

Ich frage mich, was meine Mutter wohl sagen wird. Nein, daran mag ich gar nicht denken. Typisch, ausgerechnet jetzt, wo wir endlich einen besseren Draht zueinander haben, verschwinde ich für zwölf Jahre hinter Gittern. Bitte Mama, sei eine Mutter, komm mich besuchen und sag mir, dass alles wieder gut wird. Und Bente? Was ist nach meiner Verhaftung im Restaurant passiert?

Schritte. Ich bin mittlerweile ziemlich gut darin, am Klang zu hören, ob es ein oder zwei Personen sind. Diesmal sind es zwei. Sie bleiben vor meiner Tür stehen. Bitte, lass die Beamtin Oscar und nicht den Arzt zu meiner Zelle bringen.

Zwei Schlüsselumdrehungen. Die Tür geht auf, und hinter dem Rücken der Justizvollzugsbeamtin sehe ich ... Oscar!

Er sagt etwas zu ihr, und sie lässt uns allein. Oscars Miene ist ernst, er umarmt mich flüchtig und bittet mich, ihm zu schildern, was passiert ist. Er lehnt sich an die graugrüne Zellenwand und sieht mich an. Ich erzähle ihm alles von Anfang an, wie ich vorgegangen bin und dass ich nicht die geringste Ahnung von der Erbschaft hatte. Auch wenn er mir zu glauben scheint, reagiert er anders, als ich erwartet hatte, und das beunruhigt mich. Zwischen uns herrscht eine Distanz, als würde er auf mich herabschauen. Ich versuche, einen Witz zu machen, aber er lächelt nicht mal.

Stattdessen sagt er: »Ich kann diesen Fall leider nicht übernehmen.«

»Was?!«

»Ich kann diesen Fall leider nicht übernehmen«, wiederholt er, und ich habe das Gefühl, dass der Boden unter meinen Füßen schwankt.

»Und warum nicht? Halten Sie das, was ich getan habe, für unmoralisch?«

»Wenn ich Sie in dieser Sache vor Gericht vertrete, liegt eine Interessenkollision vor.«

»Was bitte?«

»Eine Delikatessen-Kollision, wenn Sie so wollen.«

»Wovon zum Teufel reden Sie? Sie glauben doch nicht etwa, dass ich von diesem Testament wusste?«, schreie ich. »Ich hatte Mitleid mit Nancy. Ich habe das getan, was viel mehr Menschen tun sollten.« Ich bin kurz davor, in Tränen auszubrechen.

Oscar geht auf mich zu und legt mir die Hände auf die Schultern. »Beruhigen Sie sich, Caroline. Ich verstehe Ihre

Beweggründe. Ich glaube, ich weiß ganz genau, warum Sie so gehandelt haben. Setzen Sie sich, dann erkläre ich es Ihnen.«

Ich setze mich, aber ich bin alles andere als ruhig.

»Mir ist klar, wie und warum Sie es getan haben. Und wer weiß, in einer zukünftigen Welt wird es vielleicht ganz normal sein. Sie haben mein vollstes Mitgefühl, und ich leide mit Ihnen. Diesmal kommt vermutlich kein Ralf um die Ecke und rettet Sie. Ich werde Ihnen eine Top-Anwältin besorgen, aber sie muss für eine andere Kanzlei arbeiten, sonst kollidieren meine Mandate miteinander.«

»Was soll das verflucht noch mal heißen?«

»Meine Kollegin wird alles tun, was in ihrer Macht steht, um einen Freispruch zu erwirken, aber Sie sollten mit mindestens einem Jahr Gefängnis wegen Totschlags rechnen. Der Staatsanwalt wird wahrscheinlich auf zwölf Jahre wegen Mordes plädieren, aber wir sollten den Dingen nicht vorgreifen.«

Oscar verstummt und sieht plötzlich ziemlich verlegen aus. Er beginnt, in der Zelle auf und ab zu laufen. »Können Sie sich noch an unsere erste Begegnung erinnern?«, fragt er.

»Ja. Wieso?«

»Für mich begann es als ganz gewöhnlicher Arbeitstag, doch dann schließt eine Vollzugsbeamtin eine Zellentür auf, ich gehe hinein, und auf dem Bett sitzt ... ein Wesen ... in grüner Gefängniskleidung. Sie ist ganz natürlich. Kein Make-up, kein Klimbim, keine Möglichkeit, sich irgendwie herzurichten, einfach nur ganz ... Sie hat Angst, sie ist verunsichert und nervös, weil sie nicht weiß, was passieren wird. Offensichtlich sitzt sie zum ersten Mal in einer Zelle. Und sie ist ... Sie ist ... die schönste Frau, die ich in meinem ganzen Leben gesehen habe, und ich bin völlig ...«

Er verstummt und sieht mich an, als erwarte er eine Antwort von mir. Aber den Gefallen tue ich ihm nicht. Ich sitze einfach nur auf einem Bett, das eine Pritsche ist, in einem Raum, der eine Zelle ist, und verziehe keine Miene.

»Red weiter«, fordere ich ihn auf, und er geht ans Handwaschbecken und gießt sich einen Plastikbecher Wasser ein.

45

Es besteht kein Zweifel, dass hier der Mensch Oscar spricht und dass ihm sein rhetorisch versiertes Anwalts-Ich dabei keine große Hilfe ist. Er läuft hin und her, trinkt einen Schluck Wasser, bricht mitten im Satz ab, fängt wieder von vorn an und ist so wahnsinnig goldig, dass ich wünschte, er würde ewig so weitermachen. Ab und zu schaut er mich an, und sein Blick fleht um Bestätigung, aber ich will, dass er klipp und klar sagt, woran ich bei ihm bin, bevor ich sie ihm gebe. Schließlich ist er verheiratet, und das verkompliziert die Sache. Womit ich nicht sagen will, dass die Geschichte nicht sowieso schon kompliziert genug ist. Er macht mir Komplimente über mein Aussehen, sagt, »wie wahnsinnig schön« er mich findet. Aber noch mehr rühmt er meine Ausstrahlung, mein Charisma, die Art, wie ich mich gebe. Dass ich mir immer treu bleibe, egal wo, ob bei einem Heimspiel in meinem Restaurant oder »bei einem Auswärtsspiel vor dem Stockholmer Amtsgericht«. Er meint, dass ich der einzige Mensch auf der Welt sei, der mit Toilettenpapier unter dem Schuh aus einem öffentlichen WC kommen könne, ohne albern auszusehen.

Außerdem sei meine Körperhaltung einzigartig. Offenbar geht niemand auf diesem Planeten so anmutig wie ich. Er hat inzwischen jeden Witz zitiert, den ich in seiner Gegenwart gemacht habe, und mein Rezept für eine glückliche Ehe – in welchen Situationen man besser den Kopf ausschaltet und in welchen nicht und dass man abwechselnd die Spülmaschine ausräumen sollte – ist in seinem Freundeskreis schon zu einem Running Gag geworden. Offensichtlich hat ihm meine

Analyse die Augen geöffnet. Seine Frau und er führen keine glückliche Ehe, denn das einzige Kriterium, das sie erfüllen, ist das Ausräumen der Spülmaschine.

Meine berufliche Existenz ist genauso ramponiert wie mein Ellenbogen, ich sitze hinter Schloss und Riegel in einer acht Quadratmeter großen Gefängniszelle und blicke einer lebenslangen Haftstrafe wegen Mordes entgegen, aber mein Herz klopft so heftig wie das eines frisch verliebten Teenagers.

»Als ich dich damals nach der Fleischtransporter-Sache aus der U-Haft geholt habe, habe ich dir meine Visitenkarte gegeben und wie ein Idiot gehofft, dass du dich melden würdest. Ich war selbst kurz davor, dich anzurufen oder zu dir ins Restaurant zu kommen, ich weiß nicht, wie oft, aber ich habe mich nicht getraut. Weil ich wusste, dass dieser Schritt mein Leben – das Leben, mit dem ich bis dato zufrieden gewesen war – bedrohen und komplett auf den Kopf stellen würde.«

Oscar schaut mich an und sieht völlig aufrichtig aus. Wenn jemals ein Gesicht nackt und schutzlos war, dann seins in diesem Moment. Ich glaube, meine Miene spiegelt genau dieselbe Gefühlslage wider, und die Sekunden verstreichen.

»Ich könnte jetzt zu dir hingehen, Caroline, dich küssen und riskieren, mir dafür eine Ohrfeige einzuhandeln, aber ich werde es nicht tun. Ich habe beschlossen, dir reinen Wein einzuschenken, egal ob du dasselbe für mich empfindest wie ich für dich. Ich mache das für meinen Seelenfrieden, wenn du verstehst, was ich meine.«

»Ich verstehe, was du meinst«, erwidere ich.

Jedes Mal nachdem ich etwas gesagt habe, betrachtet er mich, als würde er mehr aus mir herauslesen wollen. Aber ich schenke ihm nichts, und er läuft weiter in der Zelle auf und ab.

»Manchmal war ich mir hundertprozentig sicher, dass der

Funke bei uns beiden übergesprungen ist, doch dann dachte ich wieder, dass du mich für einen geilen alten Bock halten musst, bis mir klar wurde, dass das Alter keine Rolle spielt. Ich hätte mich auch in dich verliebt, wenn du neunzehn oder zweiundfünfzig wärst. Du hast meine berufliche Professionalität ins Wanken gebracht. Das ist mir noch nie passiert, und es wird mir auch nie wieder passieren. Als wir neulich in der Verhandlungspause im Gericht so dicht nebeneinandergestanden haben und du diesen Scherz über die Zitronenfalter gemacht hast ... Da war ich kurz davor, alle Vorsicht in den Wind zu schlagen und mich auf dich zu stürzen. Ich weiß nicht, was du in dem Moment gedacht hast, und ich habe nicht die blasseste Ahnung, was du jetzt gerade denkst, aber das ist auch völlig egal, ich muss es dir einfach sagen. Ist dir bei dem Konzert in der Eric-Ericson-Halle eigentlich aufgefallen, dass ich eine Beule an der Stirn hatte?«

»Nein.«

»Ich hatte eine Beule, und weißt du, wann und wie ich sie mir geholt habe? Nach unserer Besprechung in meiner Kanzlei, als ich dieses Nils-Ferlin-Zitat zum Besten gegeben habe. Ich bin mir wie der letzte Idiot vorgekommen, weil ich eine Siebenundzwanzigjährige mit einem Nils-Ferlin-Gedicht beeindrucken wollte. ›Du verdammter Volltrottel‹ habe ich mich selbst beschimpft, als du weg warst, und meinen Kopf vor Verzweiflung gegen die Fensterscheibe gehämmert. Ich hatte drei Tage lang Kopfschmerzen.«

Jetzt kann ich mir ein Lächeln nicht mehr verkneifen.

»Danach habe ich nur noch an dich gedacht und kam mir wie der niederträchtigste Ehebrecher vor. Also habe ich es Sofie gebeichtet. Zuerst gab es natürlich einen Riesenkrach, aber als sich die Wogen ein wenig geglättet hatten, haben wir uns zusammengesetzt und über unsere Beziehung geredet und sind zu dem Entschluss gekommen, uns scheiden zu lassen. Wir haben uns geeinigt, Sofie ist zufrieden. Sie bleibt in unserem Haus wohnen, und ich kann fürs Erste eine Wohnung in der Surbrunnsgatan von einem Kollegen mieten. Und …« Oscar holt tief Luft und setzt sich neben mich. »Das mit der Geschäftsreise war gelogen. Sofie und ich wollten es an diesem Tag den Kindern sagen. Es muss noch ziemlich viel Papierkram erledigt werden, bis die Scheidung durch ist, so etwas dauert seine Zeit, aber … gestern haben wir unsere Eheringe abgenommen.«

Er hält seine Hand hoch, an dessen Ringfinger sich ein schmaler weißer Streifen abzeichnet.

»Und ich habe mir geschworen, heute diesen Monolog zu halten, auch wenn ich nicht damit gerechnet habe, es in einer Gefängniszelle zu tun.«

Oscar rückt immer näher an mich heran, bis wir auf Kussabstand nebeneinandersitzen. Er schluckt, und weil er so dicht neben mir ist, kann ich spüren, dass er zittert.

»Und jetzt möchte ich wissen …« Er macht eine lange Pause und sagt dann langsam: »Fühlst du dasselbe wie ich?«

Der Teufel muss in mich gefahren sein, denn ich schaue ihn mit meinem abgebrühtesten Pokerface an, schüttele den Kopf und sehe zu, wie jeder Funken Hoffnung aus seinen Gesichtszügen verschwindet.

Erst nach ein paar Sekunden sage ich: »Ja, ich fühle dasselbe. Ich liebe dich auch.«

Sein ganzer Körper strahlt mich an.

Mein ganzer Körper strahlt ihn an.

»Warum ich dich liebe, kann ich dir ein andermal erzählen. Für heute haben wir genug geredet, finde ich.«

Die Zeit steht still. Unsere Lippen bewegen sich wie Magneten aufeinander zu. Und es ist mir völlig egal, dass ich mir seit gestern Morgen nicht mehr die Zähne geputzt habe.

Ich hebe meinen linken Arm, um Oscar beim Küssen zu umarmen. Er tut es mir nach und stößt dabei an meinen rechten Ellenbogen. Der Schmerz durchfährt mich wie ein Blitz, ich schreie auf. Oscar zuckt vor Schreck zusammen, aber ich erkläre ihm lachend mein Ellenbogen-Problem.

»Und jetzt tun wir es endlich«, bestimme ich und küsse ihn.

46

Ich stehe auf dem Dach der JVA Kronoberg und lehne mich mit dem Rücken an den Gitterzaun. Obwohl sie mir eine Jacke und eine Mütze gegeben haben, friere ich. Eine Stunde pro Tag darf man an die frische Luft. Eigentlich hatte ich vor, mit dem Rauchen anzufangen, um die Zeit totzuschlagen, aber Oscar hat es mir verboten. Er hat von mehreren Klienten erzählt, die genauso gedacht haben, aber das Ende vom Lied war, dass sie während der dreiundzwanzig Stunden, in denen sie nicht rauchen konnten, Entzugserscheinungen bekamen oder eine Nikotinvergiftung erlitten, weil sie in der einen Stunde eine ganze Schachtel weggequalmt haben.

Ich weiß nicht, was ich tun soll, um mir die Zeit zu vertreiben, und gehe in meinem kleinen »Tortenstück«, wie der Freistundenhof im Knast-Jargon genannt wird, auf und ab. Tortenstück. Was Besseres ist ihnen wohl nicht eingefallen. Das hier ist ein Käfig, der rein zufällig wie ein Dreieck geformt ist. Nichts anderes. Wenn man dieses Namensgebungskonzept durchzieht, müssten die quadratischen Zellen Zuckerstücke heißen, und das sagt kein Mensch. Aber ich mische mich nicht ein.

Auch wenn ich mich wie ein verwundetes, eingesperrtes, erniedrigtes Tier fühle, ist das nicht die Schuld des wachhabenden Personals. Ich sage absichtlich wachhabendes Personal. Wenn ich »Schließer« sagen würde, käme ich mir wie eine Berufskriminelle vor.

Die Luft ist feucht und neblig.

Mein Ellenbogen tut höllisch weh, und zu allem Überfluss habe ich auch noch eine Blasenentzündung bekommen und das Gefühl, Stacheldraht zu pinkeln. Wahrscheinlich habe ich das dem Umstand zu verdanken, dass ich nicht den Slip gewechselt habe, nachdem ich mir bei meiner Verhaftung in die Hose gemacht habe. Mein lieber Schwan, was für eine Action-Nummer sie da abgezogen haben. Oscar meinte, dass sie mich vermutlich einschüchtern wollten, damit ich schneller gestehe. Sie wissen ganz genau, dass ich ihnen bei einem Verhör das Wort im Mund umdrehen kann, und ihr Plan ist aufgegangen, dieses Mal habe ich sofort ausgepackt. Und hätte ich dem ersten Polizeibeamten nicht den Stinkefinger gezeigt und ihm in seine Familienjuwelen getreten, wären sie bestimmt weniger rabiat gewesen.

Ich kann vierzehn Schritte an den langen Seiten des Dreiecks entlanggehen und zehn und einen halben an der kurzen. Also mache ich auf diesem Teil kleinere Schritte, damit es genau elf werden. Die Käfige sind im Kreis angeordnet. In der Mitte befindet sich ein Wachhaus mit verspiegelten Fensterscheiben, damit man nicht hineinsehen kann. Ich fühle mich beobachtet und bin bis auf die Knochen durchgefroren.

Heute ist mein zweiter Tag in U-Haft, und ich habe meine neue Anwältin immer noch nicht zu Gesicht bekommen. Oscar hat nur gesagt, dass sie mir gefallen wird und sie die Beste für meinen Fall ist. Das glaube ich erst, wenn ich mit ihr gesprochen habe. Ich hätte lieber Oscar, aber ich sehe ein, dass das unmöglich ist.

Wegen dieser Interessenkollision. Der Delikatessen-Kollision, wie mein neuer Freund so scherzhaft bemerkt hat. Gibt es einen besseren Moment für eine neue Beziehung als den Tag, an dem man wegen Mordes angeklagt wird? Typisches Caroline-Timing. Panikattacken und Schmetterlinge im Bauch, das totale Gefühlschaos. Oscar scheint den Schlüssel zu mir gefunden und mich im Sturm erobert zu haben. Ich hatte schon Angst, dass das niemand schaffen würde. Wenn wir uns küssen, habe ich das Gefühl, dass sich unsere Zungen bereits aus einem früheren Leben kennen.

Oscar hat eine Besuchserlaubnis erwirkt, aber er weigert sich, mit mir zu schlafen. »Hier sitzt die Angst in den Wänden«, lautet seine Erklärung. »Ich kann einfach nicht.« Also beschränken sich unsere Aktivitäten notgedrungen auf wildes Knutschen und ein ausgiebiges Vorspiel, das im Nichts verläuft. Wenn man mich fragt, ein völlig sinnloses Unterfangen. Ich gebe zu, dass es in dieser Umgebung schwer ist, in Stimmung zu kommen, und die Möglichkeit, dass jeden Augenblick jemand in den Raum platzen kann, auch nicht gerade förderlich ist, aber trotzdem.

Was machen wir, wenn ich bis zur Verhandlung in U-Haft bleibe und dann wegen Mordes verurteilt werde? Sollen wir zwölf Jahre warten? Wir müssen irgendeine Lösung finden, mir fällt schon was ein. Wenn man vierundzwanzig Stunden am Tag ungestört nachdenken kann, kommt man auf die merkwürdigsten Ideen. Ich tue alles, um meine Panikattacken zu bekämpfen, und prickelnde Sexfantasien sind das perfekte Gegenmittel.

»Interessenkollision«, sage ich laut. Wer sich diesen Begriff wohl ausgedacht hat? Kollision klingt ein bisschen wie Emulsion. Delikatessen-Emulsion, Fusionsküche at its best.

Ob ich im Laufe der Zeit immer mehr Selbstgespräche führen werde? Wenn andere Stimmen Mangelware sind, bleibt einem wohl nichts anderes übrig, als sich selbst zuzuhören.

Ein einziges Mal habe ich laut gelacht. Das war, als ich Oscar von meiner Blasenentzündung erzählt habe. Er wollte wissen, wie sich das anfühlt, und ich habe gesagt, ungefähr so wie ein Unterleibsschnupfen. Ich weiß, dass man nicht über seine eigenen Witze lachen soll, aber ich habe einen hysterischen Lachanfall bekommen, der bestimmt fünf Minuten gedauert hat, bevor ich in Tränen ausgebrochen bin. Wenn man in U-Haft sitzt, ist die nächste Panikattacke nie weit. Gestern Morgen habe ich spontan ein kleines Lied gedichtet. Es geht so: »Panik, du teuflischer Begleiter. Lauerst hinter jeder Ecke, auch in meiner Zelle, das stimmt mich nicht besonders heiter.«

Bereue ich meine Tat? Ich glaube nicht. Vielleicht belüge ich mich aber auch selbst. Projiziere. Mein Lieblingswort. Vielleicht finde ich gewisse Gesetze auch nur falsch, weil ich mein Selbstbild nicht zerstören will, ein moralischer und guter Mensch zu sein. Ich bin nicht der Meinung, dass ein Menschenleben so verdammt heilig ist. Seit wann sind wirklich alle gleich viel wert? Das ist pure Heuchelei. Nancy lag einfach nur da, hat gelitten und den Tod herbeigesehnt.

Falls ich zwölf Jahre wegen Mordes bekomme, werde ich einen Weg finden, mir das Leben zu nehmen. Hier ist es unmöglich, aber in einem anderen Gefängnis wird es bestimmt irgendwie gehen. Wenn mir zwei Tage schon wie eine Ewigkeit vorkommen, wie werden sich dann erst zwölf Jahre anfühlen? Oder acht, wenn ich Glück habe. Acht Jahre! Wenn ich rauskomme, bin ich vermutlich eine lesbische, tablettensüchtige Mittdreißigerin mit einem Lebenslauf aus der Hölle.

»Scheiße!«, brülle ich und trete gegen den Gitterzaun, der laut scheppert. Ich darf jetzt nicht die Nerven verlieren.

Ganz ruhig, keine Gefühlsausbrüche. Deckel drauf. Alles wird gut.

Nein, ich bereue nicht, Nancy von ihrem Leid erlöst zu haben, aber ich bereue, dass ich die Erbschaft nicht ausgeschlagen habe. In derselben Sekunde, in der ich von dem Testament erfahren habe, hätte ich eine Verzichtserklärung unterschreiben sollen. Dann hätte die Person, die sich für die berühmteste Operndiva Schwedens hält – wobei sie eher die Auszeichnung als Schwedens beste Schauspielerin verdient hätte –, keinen Grund gehabt, Anzeige gegen mich zu erstatten, und ich säße jetzt nicht hier. Von dem Erbe sehe ich jetzt auch keine einzige Öre. Wie eiskalt diese Frau bei der Beerdigung war! Bei einem Fußballspiel hätte sie mich ausgedribbelt, als wäre sie Zlatan Ibrahimović und ich Rollator-Pär aus dem Lidingö-Zentrum.

Der Wind wird immer stärker, das Wetter ist verflucht ungemütlich. Was wohl passieren würde, wenn ich bei diesem Wachhäuschen anklopfe? Ob es überhaupt besetzt ist? Oder wollen sie nur, dass man sich bewacht fühlt?

Ich habe Oscar gebeten, Bente und meine Mutter zu informieren und ihnen zu sagen, dass ich leider nicht in der Lage bin, mich persönlich bei ihnen zu melden. Sie müssen unbedingt erfahren, dass ich keine Ahnung von Nancys Testament hatte. Oscar hat versprochen, beim Staatsanwalt eine Erlaubnis zu erwirken, damit er sich mit den beiden in Verbindung setzen darf, aber das kann ein paar Tage dauern. Ich muss mich daran gewöhnen, dass hier drin alles seine Zeit braucht.

Da sich meine Blase ungefähr alle fünfzehn Minuten meldet und es – wenn man Pech hat – eine halbe Stunde dauern kann, bevor man auf die Toilette gehen darf, zweckentfremde ich in meiner Zelle kurzerhand den Bodenabfluss unter dem Waschbecken. Ich habe eine gute, aber anstrengende Hocksitzhaltung gefunden. Falls sich die Harnwegsinfektion als chronisch erweisen sollte, habe ich bald eine Beinmuskulatur wie eine Abfahrtsläuferin.

47

»Hallo, Schwester, du steckst bis zum Hals in der Scheiße, oder?«

»Wie bitte?«, sage ich und fahre erschrocken von meiner Pritsche hoch.

Seit Stunden liege ich da und starre an die Decke, aber ich muss kurz eingedöst sein, denn jetzt kann ich mich nicht entscheiden, ob ich wach bin oder träume. In meiner Zelle steht eine toughe Ghettobraut in Lederjacke und einer hautengen schwarzen Jeans.

Sie gibt mir die Hand. »Mernosh Ebrahimi, deine neue Anwältin.«

»Ach so, ja, hallo, Caroline«, erwidere ich und ringe mir ein Lächeln ab.

»Ich weiß. Ich weiß ziemlich viel über dich. Zum Beispiel, was du gerade denkst. Du denkst, ›Was ist das für eine krasse Ghettoqueen aus Stockholm-Tensta?‹, aber mach dir keine Sorgen, ich bin auch außerhalb der Parallelgesellschaft zu Hause.«

»Ja, natürlich. Ich habe nicht …«

»Alles gut, entspann dich, daran bin ich gewöhnt. Du, der Besucherraum ist frei. Sollen wir uns da zusammensetzen und uns in Ruhe unterhalten?«

»Klar«, stimme ich zu. »Ich muss nur noch schnell meinen Lidstrich nachziehen und mich in Schale werfen.«

Mernosh lacht. »Gut, Oscar hat mir schon gesagt, dass du nicht auf den Mund gefallen bist.«

Wir verlassen die Zelle, und die Justizvollzugsbeamtin

begleitet uns bis zum Besucherraum am anderen Ende des Korridors.

»Echt krass, aber du bist mittlerweile schon Stadtgespräch, die Gerüchteküche brodelt. An jeder Straßenecke hört man: ›Caroline? Ist das nicht die, die alte Leute um die Ecke bringt und Rechtsanwälte flachlegt?‹«

Was sie da sagt, ist einfach nur geschmacklos. Sie geht mir bis zu den Schultern und gestikuliert wild, während sie ihren Ghettoslang auspackt. Weiß Oscar, was er tut, oder will er mir in die Parade fahren? Wie hat diese Gangsterbraut überhaupt eine Zulassung als Anwältin bekommen? Egal, ich habe gerade größere Probleme. Wenn ich merke, dass es mit ihr nicht funktioniert, lehne ich sie ab und suche mir einen anderen Rechtsbeistand.

Die Justizvollzugsbeamtin bleibt vor der Tür mit der Aufschrift *Besucherraum* stehen, öffnet sie und macht sie hinter uns wieder zu, ohne uns einzuschließen. Schön. Mernosh drückt auf den roten Knopf, auf dem *Besetzt* steht. Man kann es von hier nicht sehen, aber ich weiß, dass draußen auf dem Gang jetzt eine rote Lampe leuchtet.

Mernosh macht Anstalten, sich an die ihr zugewandte Seite des Tisches zu setzen.

»Macht es dir was aus, wenn ich da sitze?«, frage ich und höre selbst, wie giftig ich klinge.

»Message angekommen. Niemals mit dem Rücken zur Tür.«

Wir setzen uns, und Mernosh legt eine dicke Mappe auf den Tisch.

»Als Erstes habe ich eine schlechte Neuigkeit für dich«, sagt sie ernst und schaut mich an. Ihre Augen sind so dunkel, dass sie schwarz aussehen.

»Okay, ich bin auf alles gefasst«, lüge ich. In Wahrheit braucht sie mir nur zu erzählen, sie hätte auf dem Weg in die JVA eine tote Blaumeise auf der Straße liegen sehen, und ich erleide einen Nervenzusammenbruch.

»Ich bin hundert Prozent hetero.«

»Wie bitte?«

»Ich weiß, dass das eine niederschmetternde Nachricht für dich sein muss, aber diesen Rechtsbeistand bekommst du nicht ins Bett, damit das klar ist«, sagt sie und lacht laut über ihren eigenen Witz.

Normalerweise würde ich ihren Humor lustig finden, doch in dieser Situation ist mir ihre Art einfach zu viel. Sie ist wie ein Wirbelwind auf Amphetamin, aber auf meinem Karton steht *Vorsicht! Zerbrechlich!*

»Scherz beiseite, Schwester«, fährt Mernosh fort.

Muss sie mich andauernd Schwester nennen? Ich bin Sebastians Schwester und Augusts, von niemand anderem. Nicht einmal Bente und ich nennen uns Schwestern. Oh, Bente. Kann sie nicht meine Anwältin sein? Wenn sie die Geheimnisse der Buchhaltung und Tabellenkalkulation in ein paar Monaten lernen konnte, dann meistert sie Jura doch wohl mit links.

Mernosh schlägt ihre Mappe auf. Sie ist wirklich unglaublich dick. Das kann doch nicht alles über mich sein?

»Du hast die Tat also gestanden, berufst dich aber darauf, in einer Notsituation gehandelt zu haben, ist das korrekt?«, fragt sie.

»Ja, so in etwa«, erwidere ich.

»Gut, dann hast du meine Arbeit nicht untergraben.«

Ich bin verwirrt. Sie spricht jetzt ganz anders. Sogar ihr Akzent ist verschwunden.

»Entschuldige, aber ›nicht untergraben‹, ist das gut oder schlecht?«

»Gut natürlich.«

»Okay, diese ganzen Fachbegriffe … Ich bin einfach erschöpft. Und manche Ausdrücke verwirren mich.«

»Untergraben bedeutet schaden. Du hast meiner Arbeit mit deinem Geständnis nicht geschadet.«

»Manche Wörter kriege ich einfach nicht in meinen Kopf«, rede ich weiter. »Ich kann mir nie merken, was sie bedeuten. Wie *Bärendienst* zum Beispiel. Ich frage mich jedes Mal wieder, ob man jemandem etwas Gutes oder Schlechtes tut, wenn man jemandem einen Bärendienst erweist. Aber vielleicht kommt es auch auf den Bären an. Wenn Pu der Bär den Bärendienst erbringt, ist es bestimmt etwas Gutes, aber wenn der Bär in Gestalt eines vier Meter hohen hungrigen Grizzlys daherkommt, will man auf den Dienst garantiert lieber verzichten. Ich habe einmal einen Dokumentarfilm über einen ehemaligen Junkie gesehen, der in Alaska mit Grizzlybären zusammengelebt hat. Nach ein paar Jahren hielt er die Grizzlys für seine Freunde und war fest davon überzeugt, dass sie ihm nie etwas tun würden. Also blieb er auch den Winter über bei ihnen. Aber im Winter ist die Futtersuche schwierig, und tja, da ging es mit der Freundschaft bergab. Dieser Typ hat rund um die Uhr gefilmt, sodass offenbar sogar von der Bärenmahlzeit eine Tonaufnahme existiert, und ich meine *Bärenmahlzeit*. Aber die wurde nicht in den Film aufgenommen, weil der Polizist, der sich die Aufnahme anhören musste, meinte, das sei das Schlimmste, was er jemals gehört hätte, und dass keinem Menschen auf der Welt zugemutet werden könnte, die Schreie des Filmemachers ertragen zu müssen, während er von diesem Grizzly gefressen wird, und … warum erzähle ich das eigentlich?«

»Bärendienst.«

»Ach ja, genau, ob das eine gute oder schlechte Sache ist.«

Mernosh sieht mich abwartend an, und ich spüre, wie mir die Röte ins Gesicht schießt. Aber momentan ist mir jedes Thema recht, solange es nicht mit der Mappe zu tun hat, die zwischen uns auf dem Tisch liegt.

»Darf ich weitermachen?«, fragt sie.

»Natürlich, entschuldige. Ich …«

»Alles gut, Schwester. Ich habe selbst mal in U-Haft gesessen. Hier drin wird man verrückt.«

Ich wusste, dass sie ein Gangsterkid ist! Will Oscar mich auf den Arm nehmen?

»Hier ist dein schriftlicher Haftbefehl«, sagt Mernosh und reicht mir ein Dokument.

»Ach so?« Ich starre auf die Seite, und obwohl ich nichts von dem lesen will, was da geschrieben steht, formen sich die Wörter zu dem Satz *Gegen Caroline Södergren wird wegen des dringenden Tatverdachts des vorsätzlichen Mordes Haftbefehl erlassen …*

»Tut mir leid, aber ich kann mir das nicht durchlesen«, sage ich und höre, wie meine Stimme zittert. Ich schlucke und weiche Mernoshs Blick aus.

»Du musst nicht, wenn du nicht willst.«

»Und dieser Riesenstapel? Wofür ist der?«, frage ich. »Hat irgendjemand eine Fallstudie über mich geschrieben?«

»Noch nicht, Schwester, noch nicht. Das ist eine Zusammenfassung der polizeilichen Voruntersuchung bis zum jetzigen Zeitpunkt.«

Meine Beine zittern, ich kann nichts dagegen tun. Die Polizei hat eine Mörderin gejagt, und diese Mörderin bin ich.

Jetzt haben sie die Mörderin gefasst, und das schwedische Rechtswesen wird über sie zu Gericht sitzen.

»Caroline«, sagt Mernosh. Ihre Stimme ist leiser, weicher als vorhin, aber ich kann ihr nicht in die Augen sehen. Ich spüre, wie sie sich über den Tisch zu mir herüberbeugt. »Weißt du, was ich gerne möchte?«

Ich schüttele den Kopf. Schlucke erneut.

»Ich möchte, dass du mir von Nancy erzählst. Wie ihr euch kennengelernt habt und was ihr für eine Beziehung zueinander hattet. Ihr müsst euch sehr gerngehabt haben.«

»Mhm«, piepse ich. »Das hatten wir wirklich.«

»Ich habe gehört, dass du sie oft besucht hast, sehr viel öfter als ihre eigene Tochter.«

Ich nicke. Eigentlich ist es sinnlos, die Tränen zurückhalten zu wollen, sie werden ohnehin jede Sekunde wie eine Sintflut aus mir herausbrechen. Trotzdem versuche ich es.

»Und dass sie dich in ihrem Testament bedacht hat. Das tut man nur, wenn man jemanden liebt.«

Ich verberge mein Gesicht in den Händen. Warum habe ich es getan? Das war eine Riesendummheit. Nancy hatte sowieso nicht mehr lange zu leben. Wahrscheinlich wäre sie mittlerweile tot. Und ich hätte dreihunderttausend Kronen geerbt. Die kann ich mir jetzt abschminken. Ich bin wirklich so was von dämlich. Ich höre, wie Mernosh aufsteht, um den Tisch geht und sich neben mich setzt. Sie legt mir den Arm um die Schultern.

»Lass es raus, Schwester … Ich weiß, wie du dich fühlst. Wenn du weinen willst, dann wein. Tränen reinigen den Körper.«

Ich habe das Gefühl, mein Gesicht explodiert, als alle Dämme brechen und ich hemmungslos losheule. Ich werfe meine Arme um Mernoshs Hals und klammere mich an ihr fest.

Ich höre einen Schrei.

Es klingt wie jemand, der von einem Grizzlybären gefressen wird.

Der Schrei kommt aus meinem Mund.

48

Ich habe bestimmt zwanzig Minuten lang abwechselnd geweint und geschrien, bis ich mich wieder einigermaßen im Griff hatte und Mernosh die lange Geschichte von Nancys und meiner Freundschaft erzählen konnte. Wie wir uns kennengelernt haben, dass ich nachmittags gern auf eine Tasse Kaffee bei ihr vorbeigeschaut habe, weil sie so goldig war, mich zum Lachen gebracht und mir das Gefühl von Geborgenheit gegeben hat, dass ich ihr nach ihrem Schlaganfall geholfen und – weil es sonst niemand getan hat – sie regelmäßig im Pflegeheim besucht habe.

Natürlich hat Mernosh gefragt, woher ich gewusst hätte, dass Nancy den eindeutigen Wunsch hatte, aus dem Leben zu scheiden. Als ich ihr erzählte, dass Nancy auf meine ausdrückliche Frage, ob sie sterben wolle, mit »Ja, ja, ja« geantwortet habe, meinte Mernosh, dass das vor Gericht nicht ausreichen würde. Solche Argumente seien für den Staatsanwalt ein gefundenes Fressen, denn Nancy könnte auch »Au, au, au« gesagt haben.

Jetzt versucht sie gerade, Ibuprofen für mich aufzutreiben, weil ich vom Weinen immer Kopfschmerzen bekomme.

In der Zwischenzeit schaue ich mir den zweiunddreißig Seiten starken Voruntersuchungsbericht an, den die Polizei über mich angefertigt hat: *Interne und externe polizeiliche Ermittlungen haben ergeben, dass Caroline Södergren …* Ich erspare mir den Rest und blättere weiter. Ganz hinten in der Mappe befindet sich Nancys Obduktionsbericht. Der abschließende Befund des Rechtsmediziners lautet: *Die*

Verstorbene wies zum Zeitpunkt ihres Ablebens einen extrem niedrigen Blutzuckerwert auf, und es ist möglich – sogar sehr wahrscheinlich –, dass diese Unterzuckerung durch eine Überdosis Insulin herbeigeführt wurde.

Mernosh kommt mit einem Plastikbecher und zwei Tabletten zurück.

»Was ist der Unterschied zwischen internen und externen Ermittlungen?«, frage ich, nachdem ich beide Tabletten runtergeschluckt habe.

»Externe Ermittlungen bedeuten, dass sie dich schon länger auf dem Radar hatten und dich observiert haben.«

»Seit wann?«

»Lies selbst. In der Mappe liegt auch das polizeiliche Observationsprotokoll mit den wichtigsten Eckdaten. Wenn wir wollen, können wir den kompletten Observationsbericht anfordern. In dem Protokoll sind nur die Punkte aufgeführt, die für die Polizei wichtig sind.«

»Ach, nicht nötig. Ich hab nicht einmal die Nerven, das hier zu lesen.«

Ich will gar nicht wissen, was in dem Protokoll steht. Sie haben mich beschattet, und ich fühle mich, als wäre ich monatelang nackt durch die Gegend gelaufen.

»Obwohl, schau bitte mal nach, ob es einen Eintrag am 10. November gibt«, ändere ich spontan meine Meinung.

Mernosh blättert durch die Mappe. Ich schließe die Augen, lehne mich auf meinem Stuhl zurück und höre zu, wie sie leise Datumsangaben und Uhrzeiten vor sich hin murmelt, bis sie den fraglichen Tag findet.

»10. November, 13:42 Uhr. Caroline Södergren verlässt ihr Haus in der Alströmergatan 16. Sie betritt das Seniorenstift *Sonnenuntergang*. Zeugen sagten aus, dass die Mitarbeiter des

Pflegeheims Angst bekamen, als Frau Södergren auftauchte. Diese wird augenscheinlich nervös, weicht zurück, stößt sich an einem Rollator und läuft auf die Straße. Sie geht in Richtung Fridhemsgatan, biegt in die Sankt Göransgatan ein und überquert den Fridhemsplan. Auf Höhe der Hantverkargatan ist Streifenwagen 31-93-40 vor Ort, um im Falle eines Fluchtversuchs auf der Stelle zuzugreifen. Frau Södergren betritt die Kirche, in der der Beerdigungsgottesdienst für das Mordopfer stattfindet. Nach einer kurzen Unterhaltung mit der Tochter des Mordopfers nimmt Frau Södergren bei der Familie Platz und …«

»Das reicht, danke«, falle ich Mernosh ins Wort. »Ich kann mir das nicht weiter anhören.«

»Musst du auch nicht. Kommt dir das alles bekannt vor?«

»Das ist peinlich, verflucht noch eins. Und *interne* Ermittlungen, was sind das?«

»Zeugen. Die Tochter vielleicht. Es ist nicht ausgeschlossen, dass sie dich angezeigt hat.«

»Das hat sie hundertpro. Sie glaubt, dass ihr wegen mir dreihunderttausend Kronen durch die Lappen gegangen sind. Scheiße«, seufze ich und schweige einen Moment. »Als ich heute Morgen aufgewacht bin, hätte ich der Beamtin vor meiner Zelle fast gesagt, dass ich auf der Stelle nach Hause will und dass ich keinen Bock mehr auf das alles hier habe.«

»Ich weiß genau, was du meinst.«

Ich würde gern mehr über Mernoshs Knasterfahrungen hören, aber vermutlich ist dafür gerade nicht der richtige Moment.

Eine Weile sagt keine von uns ein Wort. Mernoshs Haare sind pechschwarz, und sie trägt einen Pony. Auf der linken Wange hat sie ein Muttermal oder eine Narbe. Ich denke, dass sie persische Wurzeln hat. Sie scheint ein besonderer Mensch zu sein. Ich sollte ihr wohl eine Chance geben.

»Ist es normal, dass die Polizei … Ich meine, dass … Sie haben ziemlich viel gegen mich in der Hand, oder?«

»Sie haben alles, was sie brauchen. Zeugen, ein Motiv, technische Beweise. Sogar ein Geständnis. Sie haben fucking Moonboots an den Füßen. Dieser Andersson scheint es außerdem auf dich abgesehen zu haben und will dich auf Teufel komm raus hinter Gittern sehen. Und dann dein Vorstrafenregister, Schwester. Mit siebzehn eine Anklage wegen Erpressung. Vor zwei Jahren begründeter Tatverdacht wegen Raubes alternativ groben Diebstahls. Und jetzt bringst du eine alte Dame um die Ecke … Verdammt, es ist höchste Zeit, dass du dich am Riemen reißt.«

»Ich weiß!«, sage ich wütend. So, wie sie es sagt, klingt es, als sei ich eine Berufskriminelle. »Was soll ich deiner Meinung nach tun? Soll ich ins Gefängnis marschieren, mich von der Welt verabschieden und sagen: ›Tschüs, wir sehen uns in zwölf Jahren?‹«

»Natürlich nicht. Du bist die barmherzige Samariterin, Caroline. Nicht die barmherzige Märtyrerin. Komm schon. Der Staatsanwalt muss erst einmal beweisen, dass du es aus Habgier getan hast. Aber du hattest keine Ahnung von der Erbschaft, oder?«

»Natürlich nicht«, äffe ich sie nach.

»Gut, dann kann das Urteil nicht Mord lauten. Du wirst entweder freigesprochen oder wegen Totschlags verurteilt, was auf eine Gefängnisstrafe von maximal einem Jahr hinausläuft. Dann bist du nächsten Sommer wieder auf freiem Fuß. Der Prozess wird beileibe kein Spaziergang, aber ich werde mein Möglichstes tun. Okay?«

Ich schweige. Das klingt zu einfach.

»Es geht darum, wem das Gericht glaubt. Wir werden zeigen, dass du besser bist als alle Gutmenschen zusammen. Lass uns den Teufel nicht an die Wand malen. Unsere Gegner sind Idioten, wir sind klüger als sie, verstehst du, Schwester? In ihrem Voruntersuchungsbericht reden sie schon vom ›Mordopfer‹. Sie glauben, dass wir ihnen auf den Leim gehen. Sie wollen alle, die den Bericht lesen, von vornherein manipulieren, jeder soll glauben, dass du eine kaltblütige Mörderin bist. Von wegen. Es war Totschlag. Tötung auf Verlangen. Ein Akt humanen Erbarmens. Okay?«

Ich höre zu, habe aber Schwierigkeiten, ihr zu folgen.

»Dieser Sommer wird hart für dich, aber in einem Jahr um diese Zeit bist du wieder draußen und kannst nach Lust und Laune grillen und im Park abhängen. Okay?«

Ich hole tief Luft, und zum ersten Mal, seit ich hier bin, bin ich fähig, meine Lungen mit Sauerstoff zu füllen und gleichmäßig zu atmen.

»Okay, Schwester«, erwidere ich lächelnd.

Mernosh sagt, dass sie jetzt gehen und sich hinter meinen Fall klemmen muss. Ich lasse mir nicht anmerken, wie sehr es mich bedrückt, dass sie mich wieder allein lässt.

Sie öffnet die Tür und ruft, dass wir fertig sind. Die Justizvollzugsbeamtin erscheint, und Mernosh verschwindet in die Freiheit.

»Dann bringe ich Sie jetzt zurück«, sagt die Beamtin freundlich. Sie muss um die fünfzig sein. Langsam stehe ich auf.

Auf dem Rückweg zu meiner Zelle erkundigt sie sich, ob ich Hunger habe.

»Ein bisschen«, gestehe ich.

Sie bittet mich, in die Zelle zu gehen und einen Moment zu warten. Ich setze mich auf die Pritsche.

Ein paar Minuten später kommt sie mit einem Tablett zurück und stellt es auf den kleinen Tisch in der Ecke.

Das Tablett ist fast haargenau so groß wie die Platte, als hätte man es eigens für diesen Tisch maßgefertigt.

»Eine Frikadelle für das Fräulein.«

Ich gehe an den Tisch und mustere meine Gefängnismahlzeit. Die Frikadelle ist verbrannt. Skeptisch drücke ich drauf. Sie ist lauwarm, trocken und hart. Die Kartoffeln sind komplett zerkocht und matschig. Auf der dunkelbraunen Soße, die den Rest des Papptellers überschwemmt, hat sich Haut gebildet.

49

Ich wünschte, Bente würde mich anschreien, aber sie sagt kein einziges Wort.

Die Justizvollzugsbeamtin hat mir ein schnurloses Telefon in die Zelle gebracht. Eine halbe Stunde lang habe ich mit dem Telefon in der Hand dagesessen, bevor ich mich traute, Bentes Nummer zu wählen. Ich dachte, ich wäre auf jedes erdenkliche Szenario vorbereitet – so kann man sich täuschen.

Als Bente abhob, sagte ich so fröhlich wie möglich: »Hallo, ich bin's.« Bevor von ihrer Seite überhaupt ein »Hallo« kam, erklang der tiefste Seufzer, den ich jemals gehört habe. Bente klingt resigniert und am Boden zerstört, und ich kann sie verstehen. Sie atmet schwer, und ich höre ihr an, dass sie geweint hat.

»Darf ich versuchen, es dir zu erklären?«, frage ich, nachdem wir uns bestimmt zwei Minuten lang angeschwiegen haben.

»Was willst du mir erklären?«

»Warum ich es getan habe.«

Erneute Stille.

»Nein. Das muss ich nicht wissen. Ich bin sicher, du hattest deine Gründe.«

Wieder breitet sich Schweigen aus. Warum schreit sie nicht einfach: »Du blöde Kuh, wie dämlich kann man sein!«

Ich gehe in meiner Zelle auf und ab.

»Jetzt verstehe ich, warum du dich über diese Erbschaft nicht richtig gefreut hast. Dir war klar, dass sie den Verdacht auf dich lenkt. Warum hast du das Erbe nicht abgelehnt, Caroline?«

»Ich weiß nicht.«

»Was soll ich Hannes sagen?«

Ich schweige.

»Ich weiß nicht«, flüstere ich schließlich kaum hörbar.

»Weißt du, warum du es nicht weißt? Weil niemand es weiß. Es gibt keine Erklärung dafür! Hannes wird dich vielleicht zwölf Jahre lang nicht sehen. Du bist wichtig für ihn, hast du das nicht kapiert? Er braucht Gewohnheiten und Routinen, Caroline. Sicherheit und Geborgenheit. Glaubst du, er braucht Menschen, die ihn im Stich lassen?«

Ich breche in Tränen aus. »Daran habe ich nicht gedacht«, schluchze ich.

»Fang bloß nicht an zu heulen. Wenn du heulst, lege ich auf.«

Ich hole tief Luft und reiße mich zusammen. Bente hat recht. Jetzt zu heulen wäre pures Selbstmitleid. Ich habe uns in diese Scheiße reingeritten und muss die Konsequenzen tragen.

»Gestern hat meine Freundin angerufen, die den Eisenwarenladen in Skärmarbrink hat, und weißt du, was? Sie braucht keine Leute, sie muss sogar Mitarbeiter entlassen, was für mich bedeutet: zurück zum Anfang. Hallo, Arbeitsamt.«

Bente hustet. Trinkt irgendwas. Bestimmt Leitungswasser.

»Nancy war neunzig und wäre ohnehin bald gestorben. Sie hat die meiste Zeit nur geschlafen. Das hast du selbst gesagt. Es gibt Millionen Menschen auf der Welt, denen es so geht wie ihr. Willst du die alle umbringen?«

»Nein«, flüstere ich leise, damit Bente nicht hört, dass ich wieder weine.

»Du hast ein Konsequenzbewusstsein wie eine Sechsjährige.«

»Ich wollte nur …«

»Oder wie Pu der Bär.«

Ich höre, wie Bente hin und her läuft.

Ein paar Minuten lang sagt keine von uns ein Wort. Ich nutze die Gelegenheit, um meine Tränen in den Griff zu bekommen.

»Bente …«, sage ich schließlich zaghaft.

»Ja«, erwidert sie kurz angebunden.

»Momentan ist es schwierig, in der U-Haft darf ich keinen Besuch bekommen … aber dann … Kommt ihr mich im Gefängnis besuchen?«

»Hannes wird begeistert sein, wenn fremde uniformierte Männer eine Leibesvisitation bei ihm machen«, erwidert Bente spitz.

»Meine Anwältin sagt, dass sie auf Totschlag plädieren wird, dann bekomme ich nur ein Jahr und bin nach acht Monaten wieder draußen.«

»Oder du wirst wegen Mordes verurteilt und sitzt lebenslänglich hinter Gittern.«

An diese Möglichkeit will ich gar nicht erst denken.

»Was wollen wir mit dem Restaurant machen?«, lenke ich ab.

»Wir?«

»Ja.«

»Du meinst, was *ich* mit dem Restaurant machen soll. Denn du kannst wohl kaum etwas tun.«

»Vielleicht kannst du das gesamte Inventar irgendwie verkaufen? Ich brauche kein Geld. Ich werde verreisen und acht Jahre lang Briefkästen schreinern.«

»Hältst du das Ganze für einen Riesenwitz?«

»Nein, es ist abscheulich.«

»Dann spar dir deine dummen Sprüche.«

»Tut mir leid.«

»Was tut dir leid?«

»Alles.«

»Tut es dir leid, dass du mein Leben ruiniert hast?«

»Mhm«, murmele ich, mehr bekomme ich nicht heraus.

Schweigend setze ich mich auf meine Pritsche und vergrabe den Kopf zwischen den Beinen. Wenn ich acht Stunden lang in dieser Haltung verharre, sammelt sich vielleicht mein ganzes Blut im Kopf, verursacht einen Überdruck und schwupp, platzt ein Blutgefäß, und ich sterbe an einer Hirnblutung.

»Ich weiß nicht, ob ich dir das jemals verzeihen kann, Caroline«, sagt Bente in ihrem bislang sanftesten Tonfall in diesem Gespräch. »Vielleicht werde ich irgendwann dazu in der Lage sein, aber momentan kann ich es nicht. Mir ist klar, dass du durch die Hölle gehst, und mir ist klar, dass du das alles nicht wolltest, aber ... Du hast so viel kaputt gemacht. Ich muss jetzt los und Hannes abholen. Mach's gut.«

Ich verabschiede mich, und wir legen auf. Ich strecke mich auf der Pritsche aus und starre an die Decke.

Ich habe vielleicht meine beste Freundin verloren. Meine einzige Freundin?

Ich drücke auf meinen Ellenbogen, der mittlerweile dicker ist als ein Tennisball. Der Schmerz strahlt bis in den hintersten Winkel meines Körpers aus.

50

Inzwischen bin ich seit neun Nächten hier und habe mich immer noch nicht daran gewöhnt. Beim Lesen verschwimmen die Buchstaben vor meinen Augen. Ich versuche, einen Brief an meine Mutter zu schreiben, aber mein Gehirn blockiert wie damals in der fünften Klasse, als ich mir irgendwelche Aufsätze aus den Fingern saugen sollte. Ich weiß nicht, auf wie viele weiße Seiten ich schon *Hallo Mama* geschrieben habe. Fest steht, dass sie alle im Papierkorb gelandet sind.

Außerdem läuft mein erotisches Kopfkino auf Hochtouren. Egal was ich tue und wie sehr ich versuche, mich abzulenken, meine Gedanken kreisen ständig um Sex. Oscar und ich machen jedes Mal rum, wenn er mich besucht, und jedes Mal denke ich, dass es diesmal endlich so weit ist, aber er sagt, dass es nicht geht. Oscar hat einen Zug in Bewegung gesetzt, der führerlos durch meinen Kopf rast. Und diese absolut unerotische Umgebung tut ihr Übriges, um wilde Sexfantasien zu beflügeln. Als würde sich der Überlebensinstinkt des Körpers melden. Oscar hält knallhart an seinen Prinzipien fest, aber ich weiß, dass er auch noch woanders hart ist. Bei seinem letzten Besuch haben wir uns fast gestritten, weil er meinte, gehen zu müssen, als wir mal wieder kurz davor waren. Oscar sagte, dass ihm der Ausschluss aus der Rechtsanwaltskammer drohe, wenn das rauskäme, worauf ich nur lakonisch erwiderte, dann könnte er sich ja endlich mit mir in mein stilles Kämmerlein zurückziehen, wo ich ihn mit meinen Reizen empfangen würde. Er hat gelacht und gesagt: »Tut mir leid, Caroline. Ich kann wirklich nicht. Aber sobald du wieder draußen bist, werde ich dich auf eine Reise entführen, die du dein Lebtag nicht vergessen wirst.« Er will irgendwann heute Nachmittag vorbeikommen. Ich bin es nicht gewohnt, dass man mich am ausgestreckten Arm verhungern lässt, und habe mir schon einen Plan zurechtgelegt, wie ich Oscar dazu bringe, seine Meinung zu ändern.

In ein paar Tagen wird eine neue Haftprüfung durchgeführt, und Mernosh ist der Ansicht, dass die Chance besteht, dass sie mich freilassen. Oscar meint, ich solle mir keine allzu großen Hoffnungen machen, weil eine lebenslange Haftstrafe im Raum steht, aber Mernosh hat mir hoch und heilig versprochen, alles zu tun, damit ich bis zur Hauptverhandlung auf freien Fuß gesetzt werde. Da ich nicht wegen Mordes, sondern wegen Totschlags angeklagt bin, besteht offenbar keine »obligatorische Haft«. Mernosh hat angeboten, meinen Pass an die Staatsanwaltschaft zu schicken und darauf zu pochen, dass in meinem Fall kein zwingender Haftgrund vorliege. Ich werde weder fliehen, eine neuerliche Straftat begehen noch irgendetwas verdunkeln und die Ermittlungen behindern. Der Gerichtsprozess kann beginnen. Bei ihrer letzten Besprechung mit dem Staatsanwalt hat Mernosh ihm einen Vorschlag gemacht. »Bald ist Weihnachten, wie wär's mit einem kleinen Ladyrabatt?«, hat sie gefragt. Doch der Staatsanwalt hat nur gelacht. Jeder weiß, dass es diesen Frauenrabatt gibt, aber niemand spricht es laut aus. Im Vergleich zu den Männern werden Frauen im schwedischen Rechtssystem bevorzugt behandelt, sie bekommen weniger Auflagen und mildere Strafen. Nehmen wir zum Beispiel ein Pärchen, das seine Wohnung zu einer Cannabis-Plantage umfunktioniert hat. Wen lässt die Polizei nach ein paar Verhören wieder laufen? Die Frau. Der Kerl wird in U-Haft genommen, angeklagt und verurteilt. Wenn es sich bei den Plantagenbesitzern aber um zwei Männer handelt, bekommen beide genau dasselbe Strafmaß aufgebrummt. Eine Vorzugsbehandlung von Frauen, ist das jetzt gut oder schlecht, ihr Hardcore-Feministinnen?

Mernosh hat zugegeben, dass sie unsicher ist, ob sie vor Gericht auf Freispruch oder auf ein Jahr Gefängnis wegen Totschlags plädieren soll. Offenbar gibt es zahlreiche Präzedenzfälle von Leuten, die Angehörige und andere ihnen nahestehende Menschen auf ihr ausdrückliches Verlangen hin getötet haben. Ein Mann, der seiner an Alzheimer erkrankten Mutter die zwanzigfache Menge Schlaftabletten verabreicht hat, wurde zu einem Jahr Haft wegen Totschlags verurteilt.

Die Verhöre mit Blanca und Leif sind völlig sinnlos, weil wir uns sowieso in allem einig sind. Der einzige Punkt, bei dem unsere Ansichten auseinandergehen, ist das Testament. Sie wollen mir auf Teufel komm raus das Geständnis abringen, dass ich von der Erbschaft wusste. Ich bleibe natürlich bei meiner Aussage, nicht die leiseste Ahnung gehabt zu haben, und Mernosh und ich beharren darauf, dass es total hirnrissig wäre, einen Menschen, der ohnehin bald stirbt, aus Habgier zu töten. Ich lüge in den ganzen Verhören kein einziges Mal.

51

»Mach die Augen zu«, sage ich, als die Justizvollzugsbeamtin die Tür hinter uns geschlossen hat.

»Was?«, fragt er verdutzt.

»Mach sie einfach zu«, wiederhole ich. Oscar steht mitten im Besucherraum und schließt die Augen. Ich drücke auf den Besetzt-Knopf, damit draußen auf dem Gang das rote Lämpchen leuchtet. Niemand soll uns jetzt stören. Dann schiebe ich Tisch und Stühle in eine Ecke.

»Oscar …«, fange ich an. Ich stehe direkt vor ihm und betrachte sein ebenmäßiges Gesicht. Er sieht völlig entspannt aus. Es ist ein schönes Gefühl, ihn anschauen zu können, ohne dass er mich sieht. Als würde man jemanden betrachten, während er schläft. »Du hast gesagt, dass dies nicht die passende Umgebung ist, um in Stimmung zu kommen, und ich gebe dir völlig recht. Die Atmosphäre hier ist der reinste Romantikkiller. Hier sitzt die Angst in den Wänden. Gar keine Frage. Aus diesem Grund werden du und ich eine kleine Reise machen. Okay?«

»Okay …«, sagt er zögernd.

»Wir verlassen diesen Besucherraum, wir verlassen die JVA Kronoberg. Wir befinden uns jetzt an der französischen Riviera. Wir haben ein Haus in den Bergen gemietet … in Antibes. Kannst du mir folgen?«

»Klingt verführerisch.«

»Nicht wahr?«

Ich mache eine kurze Pause und gehe um ihn herum. Meine Augen sind geschlossen, damit ich ebenfalls von hier verschwinde. Ich sehe die Kulisse, die ich heraufbeschwöre, vor mir, als wäre ich wirklich dort.

»Es ist Hochsommer, dreißig Grad im Schatten, durch die offenen Fenster weht eine leichte Meeresbrise. Ich bin allein im Haus, weil du noch irgendetwas einkaufst ... ein paar Flaschen Rosé. Ich stehe in der Küche, und auf dem Herd köchelt eine Tomatensoße mit fangfrischem Tintenfisch, während ich parallel ein mit Knoblauch gespicktes Milchlamm zubereite und den letzten Schluck Rosé genieße. Kannst du mir folgen?«

»Ich bin ganz bei dir«, erwidert Oscar erwartungsvoll.

»Aber obwohl ich das Essen vorbereite, sind meine Gedanken woanders. Ich denke an dich – und an das, was wir tun werden, wenn du nach Hause kommst. Und endlich bist du da. Du stellst die Einkaufstüten mit den Weinflaschen ab, und ich gehe auf dich zu und küsse dich. Daran ist nichts ungewöhnlich, das machen wir immer, denn wir sind frisch verliebt. Aber diesmal, Oscar ... Als du mich wie üblich in den Hintern kneifst, entdeckst du, dass er unbedeckt ist. Ich habe dich hereingelegt. Die Schürze ist mein einziges Kleidungsstück. Du fängst an, meine Pobacken zu streicheln. Wir beide sind völlig verrückt nach dieser Berührung. Du liebst knackige Pobacken, und weil sie meine erogenste Zone sind, ist alles perfekt. Du bist erregt, ich bin es schon lange. Schließlich habe ich die ganze Zeit auf dich gewartet. Du massierst meinen Po immer kräftiger und drückst deine Erektion dagegen. Und es ist keine Frage von *ob*. Es ist keine Frage von *wann*. Es ist nur eine Frage von *wie*.«

Oscar atmet zusehends heftiger, und ich bleibe dicht hinter ihm stehen. Aber ich berühre ihn nicht. Noch nicht.

»Du packst mich und setzt mich auf die Arbeitsfläche in der Küche. Dann sinkst du auf die Knie, hebst meine Schürze hoch und fängst an, meine anderen Lippen zu küssen. Du kannst mich beinahe trinken, und du liebst es. Ich stöhne immer lauter, weil du die richtigen Stellen triffst. Du weißt genau, was mir gefällt, weil du ein so aufmerksamer und einfühlsamer Mensch bist …«

Oscar stöhnt auf, seine Beine zittern leicht. Ich schaue nach unten und sehe, dass sich seine Hose verräterisch wölbt.

Ich spüre, wie ein Tropfen an meinem Bein herunterläuft. Mir fällt es schwer, meine Stimme resolut klingen zu lassen, aber ich bin noch nicht fertig.

»Es dauert nur eine Minute, bis ich zum Höhepunkt komme und meine Erlösung so laut herausschreie, dass es die Möwen draußen über dem Meer hören können. Ich trinke ein paar Schlucke eiskalten Rosé, und wir stoßen an. Dann bin ich an der Reihe, mich bei dir zu revanchieren. Ich knie mich vor dich hin und ziehe mit einer beinahe schon irritierenden Langsamkeit deine Shorts und deinen Slip nach unten. Meine Zungenspitze wandert vorsichtig über deine Eichel, und ich höre dein wohliges Aufstöhnen. Dann zeige ich dir meine andere Superkraft. Du zitterst, so gut gefällt es dir. Du lässt mich keine Sekunde aus den Augen, weil dir mein Genuss noch mehr Genuss bereitet als dein eigener. Das macht guten Sex aus. Man zieht seine Befriedigung aus der Befriedigung des Partners. Wir beide wissen, dass ich dich jede Sekunde zum Höhepunkt bringen kann, aber wir halten uns zurück … vorerst …«

Oh, ich liebe ausgedehnte Vorspiele. Aus dieser Nummer kommt er nicht raus. Oscar atmet unregelmäßig, und seine Lippen zittern. Jetzt werde ich uns über die Ziellinie bringen.

»Ich lasse von dir ab, weil ich will, dass du mich von hinten nimmst. Ich brauche es nicht einmal zu sagen, denn für dich gibt es nichts Schöneres. Ich drehe dir den Rücken zu und halte mich an der Arbeitsplatte fest. Du reißt dir deine letzten Kleidungsstücke vom Leib, aber ich behalte meine Schürze an, weil wir beide finden, dass ich megasexy darin aussehe. Ich spreize die Beine und strecke dir auffordernd mein Hinterteil entgegen. Du gleitest mühelos in mich hinein, und im selben Augenblick, in dem sich dein Samen in mich ergießt, komme auch ich zum Höhepunkt. Wir erleben ein ekstatisches Glücksgefühl, während der Orgasmus wie eine Welle durch unsere verschwitzten Körper flutet.«

Oscar stöhnt laut. Ich kann meine Lust ebenfalls nicht mehr unterdrücken.

»So, Herr Rechtsanwalt Stenberg. Jetzt sind wir leider am Ende unserer Reise angelangt … Aber Sie können die Augen noch geschlossen lassen. Wenn der Herr Rechtsanwalt es wünschen, können wir noch eine zweite Reise machen.«

»Ja …«, keucht er.

Ich räuspere mich, stelle mich auf die Zehenspitzen und flüstere ihm langsam ins Ohr: »Hiermit beantragt die Tatverdächtige, Rechtsanwalt Stenberg ihre zweite Superkraft unter Beweis stellen zu dürfen. Antrag stattgegeben oder abgelehnt?«

»Stattgegeben«, presst Oscar hervor, und ich sinke langsam auf die Knie.

52

So frei, wie ich mich während unserer kleinen Reise gefühlt habe, so gefangen fühlte ich mich hinterher. Es war, als hätte man mir einen kurzfristigen Freigang ins Paradies gewährt, aber nach meiner Rückkehr in die Hölle loderten die Flammen des Fegefeuers dafür umso höher. In Kronoberg lässt sich kein einziges Fenster öffnen, und noch nie ist jemandem von hier die Flucht gelungen. Das kann selbst den abgebrühtesten Gangster knacken, und ich bin mit meinen Nerven am Ende. Den Gefängnisfraß kriegt man nur mit geschlossenen Augen runter, selbst wenn einem der Magen förmlich in den Kniekehlen hängt. Im Vergleich dazu hat das schwedische Schulessen einen Michelin-Stern verdient. In ein paar Tagen ist Weihnachten, und ich bekomme Panik, wenn ich daran denke, dass ich Heiligabend in dieser Zelle verbringen werde. Was soll ich machen, etwa um das Waschbecken tanzen? Ich habe mal einen Film über einen Typen gesehen, der jahrelang im Gefängnis saß und nach einem Fluchtversuch in Isolationshaft gesteckt wurde. Er musste sich von Kakerlaken ernähren. Mir ist klar, dass seine Lage schlimmer war als meine, aber für mich fühlt es sich ziemlich ähnlich an. Vor ein paar Tagen meinte Aufseher-Agneta zu mir, dass ich positiv denken solle. Ich hätte ihr am liebsten eine verpasst, stattdessen habe ich versprochen, es zu versuchen. *Positiv denken.* Was für eine hohle Phrase.

Ich drücke so fest auf meinen Ellenbogen, dass mir die Tränen in die Augen schießen. Heute schillert er in Lila-Tönen, aber die Schwellung ist zurückgegangen.

Ich bin jetzt schon seit siebzehn Nächten hier, und morgen steht die erneute Haftprüfung an. Mernosh sagt, dass sie sich alle Mühe gegeben hat, den Staatsanwalt zu überzeugen, mich bis zum Prozessbeginn auf freien Fuß zu setzen, aber ich versuche, erst gar nicht darauf zu hoffen. Das ist das Schwierige daran, hinter Gittern zu sitzen. Wenn ich mir zu große Hoffnungen mache, werde ich enttäuscht. Wenn ich im Hier und Jetzt lebe, werde ich verrückt. Dieses Hier und Jetzt ist das schlimmste Hier und Jetzt, das ich in meinem ganzen Erwachsenenleben durchstehen musste.

Ich denke an Bo. Gerade könnte ich seine Hilfe wirklich brauchen. Wie soll man mit so einer Situation fertigwerden, wenn man nicht den Verstand verlieren will? Was, wenn ich tatsächlich verrückt werde? Was passiert dann? Stecken sie mich in die Klapse? Vielleicht ist das sogar besser. Kann man von da abhauen? Wahrscheinlich nicht, sie treffen bestimmt Vorkehrungen. Vielleicht sind ihnen ihre Patienten auch völlig egal. Sie lassen einen einfach nur da liegen und schreien, und warum sollte es sie auch kümmern?

Ich habe Mernosh notgedrungen gestanden, dass ich regelmäßig zu Bo gehe, weil sie wissen wollte, ob ich mich jemandem anvertraut hätte. Zuerst habe ich es abgestritten. Spielt auch keine Rolle, habe ich gedacht, denn beweisen tut es nichts. Aber Mernosh war superglücklich und wollte sich mit Bo in Verbindung setzen. Ich würde mich lieber selbst anzünden, als aller Welt zu erzählen, dass ich zu einem Psychiater gehe. Aber klar. Ich greife nach jedem Strohhalm, der das Gericht dazu bringen kann, mir zu glauben, dass ich Nancy nicht aus Habgier getötet habe.

Mernosh hat mir erzählt, dass die Staatsanwaltschaft einen Finn Bjurström als Zeugen vorladen wird. Als ich ihr daraufhin sagte, dass der Mann mein Vermieter sei und ich ihn halb im Ernst, halb im Scherz gefragt hätte, ob er mir dreihunderttausend Kronen für den Umbau leihen könnte, hat ihr das gar nicht geschmeckt. Solche Zeugenaussagen können einem das Genick brechen. Für Bjurström wird es ein Fest sein, mich dem ewigen Höllenfeuer zu übergeben. Kann ich nicht einfach die Zeit zurückdrehen und das letzte halbe Jahr noch einmal neu leben? Von Bente weiß ich, dass Bjurström bei ihr gewesen ist und ihr drei Monatsmieten geboten hat, wenn sie im Gegenzug den Mietvertrag vor dem Jahreswechsel auflöst. Sie wollen sich zwischen den Jahren treffen, und ich habe Bente gesagt, dass es ihre Entscheidung ist und sie tun kann, was sie will.

Draußen auf dem Gang erklingen Schritte. Vor meiner Zellentür bleiben sie stehen. Ich erwarte keinen Besuch, und für das Essen ist es noch zu früh.

Es ist Agneta.

»Hallo, Caroline. Ich habe hier eine E-Mail vom Staatsanwalt. Sie sind bis zur Gerichtsverhandlung auf freien Fuß gesetzt.«

»Ich bin was?«

»Hier. Lesen Sie selbst.«

Sie hält mir ein Blatt Papier hin, aber ich greife nicht danach. Ich schaue sie an, um zu sehen, ob sie sich einen üblen Scherz mit mir erlaubt. Das tut sie nicht.

Ich nehme ihr den Computerausdruck aus der Hand. Dort steht klar und unmissverständlich: *Caroline Södergren ist umgehend aus der Untersuchungshaft zu entlassen.*

Ich sehe noch mein Geburtsdatum und meine Anschrift, dann erkenne ich vor lauter Tränen nichts mehr.

53

Am Fridhemsplan ist die Hölle los. Einen Moment lang frage ich mich, ob irgendetwas passiert ist, aber dann wird mir klar, dass es nur der übliche Vorweihnachtsansturm auf die Geschäfte ist. Es ist dunkel und kalt, und es schneit. Die ganzen blinkenden Lichterketten kommen mir wie grelle Blitze vor. Mein Herz rast, und meine Knie sind weich wie Butter. Die Justizvollzugsbeamten waren freundlich zu mir, als sie mir meine Kleidung, mein mausetotes Handy, meinen Schlüsselbund und mein Portemonnaie ausgehändigt haben. Aber ich habe trotzdem Angst, dass meine Haftentlassung ein Missverständnis ist. Das Ganze ist so schnell gegangen. Ich fühle mich nicht so euphorisch, wie ich sollte.

An der großen Kreuzung bleibe ich stehen. Normalerweise gehe ich einfach über die Straße, ich warte nie, bis die Ampel grün wird, aber jetzt traue ich mich nicht. Ich habe das Gefühl, alle Leute starren mich an. Oscar hat erzählt, dass die Zeitungen über mich berichtet haben. Aber die Sache wird doch wohl kaum so hohe Wellen geschlagen haben, dass mich alle Welt erkennt? Ich will auf keinen Fall nach Hause. Bei dem Gedanken, dass die Polizei meine Wohnung durchsucht und auf den Kopf gestellt hat, wird mir flau im Magen. Ich würde mich dort nie im Leben sicher fühlen. Ich werde ins Restaurant gehen, mein Handy aufladen und jemanden anrufen. Nur wen?

Bente ist viel zu wütend, mein Vater besoffen und meine Mutter in Mexiko. Bleiben nur noch Oscar oder Mernosh.

Die Ampel wird grün. Das klickende Geräusch, mit dem das Ampelmännchen umspringt, erinnert mich an das

Stakkato von Maschinengewehrfeuer. Siebzehn Nächte und eine Ewigkeit habe ich eingesperrt in einer Zelle verbracht. Habe ich in dieser Zeit vergessen, wie man sich im Straßenverkehr verhält? Die Menschen um mich herum überqueren den Zebrastreifen, ich rühre mich nicht vom Fleck. Warum habe ich mein Handy nicht in der JVA aufgeladen und Mernosh oder Oscar direkt von dort aus angerufen? Ich hätte mir auch ein Taxi bestellen können. Ich weiß einfach nicht mehr, wie man sich als Fußgänger bewegt. Reiß dich zusammen, Caroline, natürlich weißt du das! Sei nicht so kindisch. Es ist nur eine verdammte Straße.

Ich gehe los und sehe aus dem Augenwinkel, dass von links ein Auto kommt. Der Fahrer hupt, und ich mache mir vor Angst beinahe in die Hose. War die Ampel schon wieder rot? Wie konnte sie so schnell umspringen? Ich drehe mich um und fange an zu rennen. Vielleicht war das ein Polizist in Zivil, der mich wieder festnehmen will. So schnell ich kann laufe ich in die Straße hinter der Justizvollzugsanstalt, um meinen Verfolgern zu entkommen. Sie sind hinter mir her. Ich will nicht wieder hinter Gittern sitzen, es ist zu furchtbar. Ich fliehe. Inzwischen habe ich das andere Ende des Kronobergsparks erreicht. Ich bin dermaßen außer Atem, dass ich keine Luft mehr bekomme. Werde ich hier und jetzt sterben? Ich sacke auf dem Gehweg zusammen. Werfe einen Blick über die Schulter. Niemand verfolgt mich. Ich presse mein Gesicht in den Schnee, bereit, hier liegen zu bleiben und zu erfrieren. Ich habe mal gehört, dass der Erfrierungstod in der Endphase ganz angenehm sein soll. Man fängt an zu schwitzen, reißt sich die Kleider vom Leib, und dann stirbt man.

Jemand bleibt neben mir stehen. Eine ältere Dame, die einen eleganten blauen Hut trägt, beugt sich zu mir herunter und fragt, ob es mir gut gehe. Ich stehe auf. Hier kann ich nicht bleiben. Ich stammele irgendetwas Unverständliches und gehe zum Fridhemsplan zurück. Diesmal nehme ich einen anderen Weg, damit ich auf der Sankt Göransgatan rauskomme. Ich kann meine Tapas-Bar schon fast sehen, aber ich traue mich immer noch nicht, die Sankt Eriksgatan zu überqueren. Ein Taxi kommt mir entgegen. Ich winke, es bleibt stehen. Ich setze mich schräg hinter den Fahrer auf die Rückbank. Er dreht sich um und lächelt mich freundlich an. Mir ist klar, dass ich mein Fahrziel irgendwie erklären muss.

»Hallo … also ich hab's gar nicht so weit. Ich muss zur Sankt Göransgatan 48 … das ist das Haus da drüben, aber …«

»Sie müssen nicht erklären«, sagt der Fahrer mit irgendeinem osteuropäischen Akzent. »Alle Fahrten gleich wichtig. Kunde immer recht. Spielt keine Rolle, ob Sie eine Straße weit oder nach Paris wollen.« Er fährt los.

»Einmal wollte Fahrgast nur zehn Meter weit. Ein Schwede, wohnte auf Lindingö, war so betrunken, dass er nicht mehr wusste, dass er nur nebenan bei Nachbar war.« Der Taxifahrer lacht, und obwohl die Story wirklich witzig ist, kann ich nicht einmal müde lächeln.

»Alle sagen, wir Polen viel trinken, aber die Schweden viel schlimmer. Ich glaube, alle Schweden Alkoholiker.«

Er hupt, und ich bekomme einen solchen Schreck, dass ich aufschreie.

»Vollidiot! Bist du besoffen? Hast du Blinker im Arsch oder was …«

Wir halten vor *Carolines Tapas*. Ich gebe dem Mann ein riesiges Trinkgeld und steige aus. An der Tür hängt ein Zettel, auf dem mit großen schwungvollen Buchstaben GESCHLOSSEN steht. Ich erkenne Bentes Handschrift, und mir ist sofort klar, dass sie wütend war, als sie das Schild geschrieben hat.

Ich gehe rein. Die Luft ist muffig und abgestanden, es riecht nach Staub und schalem Bier. Kein Wunder, schließlich war seit meiner Festnahme niemand mehr hier. Theke und Fußboden sind mit Glassplittern übersät. Bente muss alles stehen und liegen gelassen haben und nicht mehr hergekommen sein. Ich kann sie verstehen.

In der Küche stinkt es nach Schimmel und vergammeltem Fisch. Als ich den Kühlschrank öffne, schlägt mir ein widerlicher Ammoniakgeruch entgegen. Mir fällt ein, dass ich in meinem früheren Leben zwölf Kilo Garnelen gekauft habe. Mit einem lauten Knall werfe ich den Kühlschrank wieder zu.

Morgen früh, bei Tageslicht, werde ich mich nach Hause wagen, aber heute Abend setze ich keinen Fuß mehr vor die Tür. Vielleicht bin ich gerade das letzte Mal hier. Ich werde mich wohl oder übel mit dem Gedanken anfreunden müssen, meinen Lebenstraum für drei Monatsmieten zu verscherbeln. Und Bente soll jede einzelne Öre bekommen. Ich schulde ihr mein Leben, aber fürs Erste müssen ungefähr fünfzigtausend Kronen als Anzahlung genügen.

Was habe ich getan?

Von allen kreuzdämlichen Impulshandlungen, die ich in meinem Leben schon gebracht habe – wie zum Beispiel einen sexbesessenen geilen Bock zu erpressen oder einen Fleischtransporter zu stehlen –, war diese Spritze die mit Abstand hirnverbrannteste Aktion überhaupt. Damit habe ich das Leben von so vielen Menschen zerstört, und das werde ich mir niemals verzeihen. Kann man irgendwo ein Katapult mieten, um sich selbst ins Weltall zu schießen?

Ich bin hundemüde. Verzweifelt suche ich nach einem Ladekabel für mein Handy. Finde keins. Auch dieses Problem werde ich morgen lösen müssen. Ich schnappe mir mein deutsches Lieblingsmesser, hole mir eine Decke aus dem Büro und rolle mich unter dem Bartresen auf dem Fußboden zusammen. Mein Körper und mein Verstand befinden sich im Flugmodus. Als ich das letzte Mal an dieser Stelle gelegen habe, hatte ich zwei Gorillas über mir. Ich stehe auf, vergewissere mich zum dritten Mal, dass ich die Tür abgeschlossen habe, und lege mich wieder hin. Ich muss mich beruhigen. Muss schlafen. Mich ausruhen. Leise summe ich die Melodie von Astrid Lindgrens Kinderlied *Kalle Teodor* vor mich hin. Nach der dritten Strophe spüre ich, wie das Messer in meiner Hand immer schwerer wird.

54

Obwohl es erst fünf Uhr morgens war, als ich aufwachte, konnte ich nicht wieder einschlafen. Abwechselnd tigerte ich rastlos in der Küche herum oder lag auf dem Fußboden unter dem Bartresen. Als es hell wurde, habe ich mich nach draußen auf die Straße gewagt, ein Ladekabel gekauft. Sobald ich mein Handy wieder einschalten konnte, habe ich Mernosh angerufen und sie gebeten vorbeizukommen. Sie hat sich natürlich über meine Entlassung gefreut und mich gefragt, ob ich sie zu Bo begleiten will, mit dem sie heute Nachmittag einen Termin vereinbart hat. Weil es sowieso nicht mehr schlimmer werden kann, habe ich Ja gesagt.

Es klopft leise an der Tür. Ich spähe durch den Gardinenspalt und sehe, dass es Mernosh ist.

Sie kommt rein, und wir umarmen uns. Sie trägt eine megadicke Daunenjacke, und ich habe das Gefühl, ein voluminöses, flauschiges Maskottchen zu umarmen.

»Glückwunsch, Schwester!«

»Ja, ich kann es gar nicht glauben.«

»Ich habe es so satt, dass sie den Anwälten nie Bescheid sagen, wenn ihre Mandanten aus der Haft entlassen werden. Verdammte Idioten. Wie war's, wieder frische Luft zu atmen? Die erste Zeit nach der Haftentlassung kann echt krass sein.«

»Nein, alles gut, ich hatte keine Probleme.«

Mernosh schaut mich prüfend an. »Und warum bist du dann hier im Restaurant und nicht zu Hause?«

»Mir war nicht danach …«

»Dir war nicht danach?«

»Nein.«

Ich sehe Mernosh an, dass sie mir nicht ganz glaubt.

»Hast du Kaffee da?«, fragt sie.

Wir gehen in die Küche. Ich laufe völlig ziellos umher, weil ich mich beim besten Willen nicht mehr daran erinnere, wie man Kaffee kocht. Mernosh übernimmt die Regie.

Als ich ihr sage, dass keine Milch da ist, bietet sie an, schnell welche einzukaufen.

»Nein, du darfst nicht gehen!«, schreie ich panisch, worauf Mernosh mich bittet, mich hinzusetzen.

»Wie geht es dir eigentlich wirklich, Schwester, ganz ehrlich, ohne Mist?«, fragt sie.

»Beschissen.«

»Das merke ich.«

Sie geht vor mir in die Hocke und streicht mir über die Wange. Ich kann sie nicht ansehen, hoffe aber, dass sie merkt, wie sehr ich die Geste zu schätzen weiß.

»Ich kann niemandem einen Vorwurf machen«, seufze ich. »Diese Scheiße habe ich mir ganz allein eingebrockt. Ich bin die Titanic und der Eisberg in Personalunion.«

Mernosh lacht, ich kapiere nicht, warum. Was ist so lustig? Ich bin eine Katastrophe, da gibt es nichts zu lachen.

»Die meisten würden sagen, dass sie sich selbst ein Bein gestellt haben. Du bezeichnest dich als die Titanic und der Eisberg in Personalunion. Das ist witzig.«

»Wenn du meinst.«

»Du bist noch nicht wieder im wahren Leben angekommen. Ich weiß, wie du dich fühlst.«

»Woher willst du das wissen?«

»Weil ich auch mal in U-Haft gesessen habe und wieder rausgekommen bin. Man fühlt sich wie ein Zombie.«

»Entschuldige, aber das musst du mir erklären. Warum hast du in U-Haft gesessen? Du bist Anwältin.«

»Ich war nicht immer Anwältin.«

»Warum hast du in U-Haft gesessen?«

»Willst du meine Story hören?«

»Gern«, sage ich. Wir müssen erst in einer Stunde bei Bo sein, und ich höre mir lieber die Lebensgeschichte von jemand anderem an, als mir mein eigenes verkorkstes Dasein vor Augen zu halten.

Mernosh stellt die Kaffeemaschine an und fängt an zu erzählen. »Eigentlich eine ziemlich klassische Story. Mein Vater ist gestorben, als ich zwei war. Meine Mutter brachte einen neuen Kerl nach Hause. Er hatte Kohle, aber er mochte mich nicht und hat mich gemobbt. Seinen widerlichen Kindern hat er Süßigkeiten gekauft, mir nicht. Mir hat er stattdessen gesagt, dass ich dumm und hässlich bin. Der Typ war Rassist, obwohl er mit einer Iranerin zusammengelebt hat. Meine Schulnoten sackten in den Keller, ich konnte mich nicht konzentrieren, immer wenn ich etwas lesen sollte, bekam ich Kopfschmerzen. Und, na ja, du weißt, wenn man nicht der Beste im Gutsein ist, wird man eben der Beste im Schlechtsein. Also habe ich mit vierzehn angefangen, mit den harten Jungs im Viertel abzuhängen. Habe geraucht, getrunken und gevögelt. Ich habe Schmiere gestanden, wenn meine Kumpel irgendwo eingebrochen sind. Habe sie angestachelt, sie als Feiglinge beschimpft, die sich mit kleinen Einbrüchen zufriedengeben. Im Laufe der Jahre haben wir immer größere Dinger gedreht. Wir sind durch die Vororte gezogen und haben uns in den Villen der Reichen bedient. Als ich neunzehn war, sind wir der Polizei ins Netz gegangen, und da stellte sich heraus, dass die ganzen mutigen Typen ihre Storys so aufeinander abgestimmt hatten, dass ich diejenige war, die am tiefsten in der Scheiße steckte. Plötzlich war ich der führende Kopf, *das Gehirn der Bande.*«

»Oh«, mache ich.

»Ja, das kannst du laut sagen«, erwidert Mernosh.

Der Kaffee ist fertig. Mernosh reicht mir einen Mumin-Becher und nimmt sich selbst einen mit einem Zwerg.

»Ich kam mehrere Wochen in U-Haft, und dort gab es einen Mann, der jeden Tag mit einem Bücherwagen durch die Flure gegangen ist. Er hat mir ständig in den Ohren gelegen, dass ich lesen sollte. ›Das hilft gegen Angst und Langeweile‹, sagte er immer. Worauf ich nur zurückgab: ›Ich hasse lesen, verzieh dich, Alter, such dir jemand anderen.‹ Aber er hörte nicht auf, und als ich ihm schließlich gestand, dass ich vom Lesen Kopfschmerzen bekäme, meinte er, dass ich möglicherweise unter Dyslexie leiden würde, und hat mir ein Hörbuch gebracht. Und so habe ich ein Buch gelesen *und* gehört, *Der Graf von Monte Christo*. Hast du es gelesen?«

»Nein.«

»Angestaubte Sprache, aber megageile Story. Plötzlich ist mir das Lesen leichtgefallen, es hat mir sogar Spaß gemacht. Ich *war* der Graf von Monte Christo. Eingesperrt, unschuldig verurteilt und von meinen Freunden verraten. Verrückt. Und ich sehnte den Tag meiner Rache herbei. Kurze Zeit später wurde ich zu zwei Jahren Gefängnis verurteilt, und ich dachte mir: ›Okay, jetzt oder nie.‹ Ich habe mir schwarz auf weiß bescheinigen lassen, dass ich tatsächlich Dyslexie habe, woraufhin ich die Erlaubnis erhielt, mithilfe von Hörbüchern ein Fernstudium zu beginnen. Ich habe mich richtig reingehängt und dem Macker meiner Mutter bewiesen, dass ich ganz und gar nicht dumm bin. Als ich entlassen wurde, musste ich nur noch ein paar Prüfungen machen, um meinen Abschluss zu bekommen.«

»Du bist genial, Mernosh!«

»Genialer als genial. Ich bin die Gräfin von fucking Monte Tensta! Alle wollen in meinem Team sein, Schwester!«

»Klar«, bestätige ich lächelnd. »Hast du deine Rache bekommen, so wie der Graf?«

»Das war nicht nötig. Schließlich war ich das Gehirn der Bande, und ohne Gehirn funktionieren die Menschen nicht, wie du weißt. Die Kerle sitzen entweder im Knast oder haben sich den goldenen Schuss verpasst. Feige Idioten. Du, ich rufe uns ein Taxi.«

»Mach das«, stimme ich zu.

Wir sammeln unsere Sachen zusammen, und ich gehe noch schnell auf die Toilette. Die Tür lasse ich angelehnt und rufe Mernosh zu: »Tut mir leid, aber ich habe eine schlechte Neuigkeit für dich!«

»Was denn? Hast du etwa noch eine alte Dame ins Jenseits befördert?«

»Schlimmer.«

»Raus mit der Sprache.«

»Ich bin nicht nur in meinen Anwalt, sondern auch in meine Anwältin verknallt!«

Ich höre Mernoshs lautes perlendes Lachen, und sie ruft zurück: »Ich weiß. Ich bin auch in dich verknallt, aber leider wäre das Inzest, Schwester!«

55

Nachdem ich Mernosh und Bo einander vorgestellt habe, marschiert Mernosh schnurstracks in Bos Besprechungsraum und setzt sich auf meinen Platz. Bo sieht mich an und deutet mit der Hand auf seinen Sessel. Er selbst holt sich einen Schreibtischstuhl, den ich heute zum ersten Mal sehe.

»Krass«, sagt Mernosh, »hier sitzen also die Leute und machen vor Ihnen einen Seelenstriptease. Was erzählen sie so?« Sie blickt sich im Zimmer um.

»Alles und nichts«, erwidert Bo.

Die Situation gefällt mir nicht.

»Was kostet eine Sitzung?«

»Neunhundert Kronen für fünfzig Minuten.«

»Krass. Und ich dachte, Anwälte wären teuer. Hier gehst du also hin, Caroline? Worüber redet ihr während eurer Sitzungen?«

Bo und ich schauen uns an.

»Sorry, das war ein Witz!«

Mernosh ist die Einzige, die lacht. Ich starre auf den Fußboden, Bo räuspert sich.

»Okay, Folgendes …« Mernosh angelt einen Notizblock und einen Stift aus ihrer schwarzen Handtasche. Sie stellt beide Füße auf den Boden und schaut Bo in die Augen. »Caroline hat Ihnen erzählt, dass sie mit dem Gedanken spielt, Nancy Urdin von ihrem Leid zu erlösen. Ist das korrekt?«

Endlich klingt sie, wie eine Anwältin klingen soll.

»Damit ich Ihre Frage beantworten kann, muss Caroline mich von meiner Schweigepflicht entbinden.«

»Hiermit entbinde ich Sie von Ihrer Schweigepflicht«, sage ich und mache eine alberne Handbewegung, als würde ich Bo einen Segen erteilen.

»Können Sie sich an die betreffende Sitzung mit Caroline erinnern?«

»Selbstverständlich.«

»Wissen Sie auch noch das genaue Datum?«

Bo geht zu seinem Schreibtisch und schlägt einen Block auf. »Ich protokolliere meine Sitzungen und habe mich im Vorfeld auf dieses Treffen vorbereitet, demnach ...« Er schaut auf die aufgeschlagene Seite. »Es war der 28. September um elf Uhr vormittags.«

»Ausgezeichnet«, sagt Mernosh, und ich sehe ihr an, wie erleichtert sie ist, dass Bo so präzise Auskunft geben kann.

»Erzählen Sie mir bitte von der Sitzung. Woran erinnern Sie sich?«

»Zuerst haben wir ziemlich lange darüber geredet, dass Caroline immer ihren eigenen Weg geht, im Guten wie im Schlechten. Sie hatte eine ganz treffende Beschreibung dafür. Ich weiß es noch so genau, weil es ihre Lebenseinstellung auf den Punkt bringt. Sie sagte: ›Ich gehöre zu den Leuten, die sich weigern, am Hauptbahnhof auszusteigen, weil ich nicht sein will wie alle anderen.‹«

Mernosh nickt zufrieden. »Dazu gehöre ich auch. Raten Sie mir auch zu einer Therapie?«

»Dann erzählte sie, dass sie ernsthaft darüber nachdenken würde, einer alten Dame ... Wie hieß sie noch gleich? Den Namen habe ich mir nicht notiert.«

»Nancy«, sagen Mernosh und ich wie aus einem Mund.

»Dass sie darüber nachdenken würde, Nancy zum Tod zu verhelfen, und ihr auch schon eine Methode vorschwebe.«

»Was haben Sie daraufhin gesagt?«

»Ich hatte vor allem zwei Fragen. Warum ausgerechnet Nancy, und warum ausgerechnet Caroline.«

»Was hat Caroline Ihnen geantwortet?«

»Dass Nancy ihr leidtäte und sie es nicht mehr ertragen könnte, mit anzusehen, wie sehr sie sich quält. Sie mochte Nancy unwahrscheinlich gern und fand, dass sie genug gelitten hatte.«

»Haben Sie Caroline zu der Tat ermutigt?«

»Nein, das habe ich nicht.«

»Und warum war Caroline der Ansicht, dass ausgerechnet sie Nancys Leben ein Ende setzen müsse?«

»Weil sie diejenige sei, die sich traut. Weil sie nicht wie alle anderen ist. Weil sie nicht wie alle anderen am Hauptbahnhof aussteigt, wie sie sagte.«

Mernosh nickt und macht sich Notizen. »Hatte Caroline Ihrer Meinung nach dabei irgendwelche Hintergedanken?«

»Nein, auf keinen Fall«, antwortet Bo und fügt hinzu, dass er meine Zuneigung zu Nancy als ehrlich und aufrichtig empfand.

»Okay«, sagt Mernosh nachdenklich. »Dann habe ich keine weiteren Fragen. Aber jetzt spielen wir ein bisschen Gericht, und ich übernehme dabei die Rolle des Advocatus Diaboli, der im Volksmund gemeinhin als Staatsanwalt bezeichnet wird.«

Bo nickt.

»Ihr müsst euch vorstellen, dass ich ein dickes weißes fünfzigjähriges Rassistenschwein bin, okay?«, sagt Mernosh und lacht dabei so ansteckend, dass Bo und ich nicht anders können, als mitzulachen. Doch dann räuspert sie sich und wird schlagartig ernst. »Bo, lassen Sie mich mit folgender Frage beginnen … Warum haben Sie Caroline nicht davon abgehalten, wenn Sie Grund zu der Annahme hatten, dass sie vorhatte, Nancy Urdin zu töten?«

»Weil diese Tat für mich kein Mord ist. Es ist ein Akt der Barmherzigkeit von einem mutigen Menschen.«

Was Bo da gerade gesagt hat, ist so schön, dass ich ihm am liebsten um den Hals fallen würde, aber ich tue es nicht. Keiner der beiden sieht mich an, doch ich verfolge die fiktive Gerichtsverhandlung wie ein spannendes Tennismatch, falls es so etwas überhaupt gibt.

»Sie sagten, Caroline rechtfertigte ihr Vorhaben, Frau Urdin zum Tod zu verhelfen, damit, dass sie ihr leidtat?«

»Das ist korrekt.«

»Können Sie sehen, ob Menschen die Wahrheit sagen oder lügen?«

»Nein, natürlich nicht. Gibt es jemanden, der das kann?«

»Warum sollen wir Ihrer Aussage Glauben schenken, wenn Sie selbst nicht hundertprozentig sicher sind, dass Caroline die Wahrheit gesagt hat?«

»Das müssen Sie nicht.«

»›Danke, ich habe keine weiteren Fragen‹, würde der Staatsanwalt an dieser Stelle sagen und sich auf seinen Platz setzen.«

Ich ahne Mernoshs Enttäuschung darüber, die Aussage ihres Zeugen vollständig zerpflückt zu haben.

»Wenn ich noch eine Sache hinzufügen dürfte«, meldet sich Bo noch einmal zu Wort, und Mernosh meint, dass der vorsitzende Richter das selbstverständlich gestatten würde.

»Ich bin mir hundertprozentig sicher, dass Caroline die Wahrheit gesagt hat.«

»Wie können Sie das bitte sein?«

»Ganz einfach«, sagt Bo und legt eine Kunstpause ein. »Dank des Ausschlussverfahrens.«

»Dank des Ausschlussverfahrens?«, wiederholt Mernosh.

»Wenn Caroline eine kaltblütige Mörderin wäre, die auf das Geld ihres Opfers aus ist, hätte sie niemals jemandem von ihrem Vorhaben erzählt, ganz egal ob die betreffende Person der Schweigepflicht unterliegt oder nicht. Das wäre viel zu riskant gewesen.«

Mernosh und Bo schauen sich lange an, ohne ein Wort zu sagen.

Schließlich erwidert Mernosh: »Nein, das hätte sie nicht.«

Endlich sieht sie mich an, und ihre pechschwarzen Augen funkeln wie Diamanten.

Ich fühle mich wie jemand, der wieder an die Oberfläche kommt, nachdem er sich gezwungen hat, so lange wie möglich unter Wasser zu schwimmen.

56

»Also, Schwester, du bekommst natürlich die Chance, deine Story vor Gericht zu erzählen, und du wirst mit deinem Charme jeden Richter und Schöffen im Saal umhauen, aber … dieser Typ. Krass, was für ein Kronzeuge. Der reinste Super-Bo!« Mernosh ist strahlender Laune. »Viel Glück bei der Beweisführung, Herr Staatsanwalt, kann ich da nur sagen. Nach dieser Zeugenaussage dürfte es ihnen schwerfallen, dir vorsätzlichen Mord aus Habgier nachzuweisen! Ausschlussverfahren, der Seelenklempner versteht sein Handwerk!«

Wir sitzen nebeneinander auf der Rückbank eines Taxis, und ich stimme in Mernoshs Lachen ein, weil ich ihr die Freude nicht verderben möchte, aber ich kann ihren Enthusiasmus nicht teilen.

Ich kann verstehen, dass sie zuversichtlich ist. Aber sie redet davon, dass sie auf ein Jahr Gefängnis wegen Totschlags plädieren will, und scheint gar nicht daran zu denken, dass das immer noch eine Katastrophe für mich ist. Wenn ich wieder rauskomme, bin ich pleite und habe nicht die geringste Möglichkeit, mir eine neue Existenz aufzubauen. Keine Bank der Welt wird mir noch einen Kredit geben, und außerdem habe ich keine Bente mehr. Selbst wenn sie mir verzeiht, wird sie nie im Leben ein neues Restaurant mit mir eröffnen. Nach dem, was ich ihr zugemutet habe, kann ich mich mehr als glücklich schätzen, wenn sie überhaupt noch mit mir befreundet sein will.

Mernosh doziert darüber, dass sich die Unterbringung im offenen Strafvollzug nicht mit der U-Haft vergleichen ließe.

Dass man dort kaum das Gefühl habe, eingesperrt zu sein, weil die Zäune so niedrig wären, dass man drüberklettern könnte, und man genau aus diesem Grund gar nicht das Bedürfnis hätte, es zu tun.

Aber vielleicht ist sie dafür geschaffen, eingeschlossen in einer Zelle zu sitzen. Ich bin es nicht. Schon allein bei dem Gedanken, acht Monate im Gefängnis zu verbringen, bekomme ich Panik.

Auch wenn ich jetzt aus dem Fenster schauen und Stockholms Schönheit bewundern kann, macht es mir Angst, daran zu denken, dass ich eines Tages wieder wie ein ganz normaler Mensch durch die Straßen laufen soll. Ich habe einen schweren Gefängniskoller. Diese siebzehn Tage U-Haft haben mich fertiggemacht. Ich habe eine Panikattacke nach der nächsten geschoben, und dass mir ein Auto gestern einen solchen Schreck eingejagt hat, dass ich blindlings in den Kronobergspark gelaufen bin, sagt so einiges. Am liebsten wäre ich bei Bo geblieben, aber das geht natürlich nicht. Außerdem macht er seine Praxis über Weihnachten zu, es wird also dauern, bis ich ihn das nächste Mal sehe.

Wenn ich erst mal im Knast bin, sollte ich irgendein Fernstudium machen. Ich bin ungebildet und unausgebildet. Alle Menschen um mich herum sind irgendetwas. Sogar mein kleiner zwölfjähriger Bruder weiß zehntausendmal besser als ich, wie Dinge funktionieren und zusammenhängen. Ich kann kochen. Punkt. Aber weil ich ein Autoritätsproblem habe, kann ich nicht für jemanden arbeiten, und ich kann mich auch nicht wieder selbstständig machen.

In drei Tagen ist Heiligabend, wo soll ich Weihnachten verbringen? Meine Mutter ist in Mexiko, Oscar will mit seinen Kindern feiern. Und bis zum 24. hat er am Landgericht

Södertörn mit irgendeinem todlangweiligen Fall von Wirtschaftskriminalität zu tun.

Ich werde Bente anrufen und darauf hoffen, dass sie sich mit mir treffen will, damit wir uns aussprechen können. Ich frage mich, ob wir uns noch in irgendeiner Form um das Restaurant kümmern müssen, oder ob Bjurström alles Weitere in die Hand nimmt. Das Inventar gehört uns, das können wir verkaufen, aber das ist meine Verantwortung, damit muss Bente sich nicht abmühen. Und eine Umzugsfirma kostet Geld, ich habe keins, also ... Verdammte Scheiße. Wie konnte nur alles so schnell den Bach runtergehen? Leider kenne ich die Antwort. Und sie lautet: Alles ist den Bach runtergegangen, weil ich Gott spielen musste.

Der Taxifahrer hält vor dem Grand Hôtel. Mernosh verstummt.

Das Grand Hôtel weckt zwiespältige Erinnerungen in mir. Lustig, dass sie ausgerechnet hierhin fährt.

»Was willst du hier?«, frage ich.

»Nichts.«

»Aha ... und warum ...«, stammele ich verwirrt.

»Aber du willst«, sagt sie und sieht mich ernst an.

Allmählich fällt bei mir der Groschen. Oscar ist gar nicht den ganzen Tag im Landgericht Södertörn beschäftigt, sondern hat etwas völlig anderes geplant. Leider steht mir der Sinn gerade gar nicht nach Überraschungen.

»Entschuldige ... aber ich ...«, stottere ich. »Ich muss einen Haufen Dinge erledigen.«

»Du musst gar nichts erledigen. Champagner und Sex, das ist es, was du brauchst, Schwester!«

Ein livrierter Portier mit Zylinder öffnet die Tür auf meiner Seite. »Caroline?«, fragt er zuvorkommend, und ich registriere, dass er meinen Namen korrekt mit kurzem i ausspricht.

»Ja …«, erwidere ich zögernd und schaue zu Mernosh, die mir verschwörerisch zuzwinkert.

»Genieß das Leben und reiß dir die Kleider vom Leib, oder ich gehe für dich rein, verdammt!«

Ich lache und steige aus dem Taxi.

Der höfliche Portier mit dem Zylinder hält mir einen Regenschirm über den Kopf, weil es angefangen hat zu schneien.

57

Ich habe die Gardinen vor den Fenstern zugezogen und sitze auf einem Barhocker. Ich warte auf Bente. Das ist jetzt wirklich das allerletzte Mal, dass ich *Carolines Tapas* von innen sehe. Ich bin nervös, muss aber trotzdem immer wieder an Oscars Überraschung denken.

Irgendwie hat er das Wunder vollbracht, sich ein paar Stunden freizuschaufeln. An der Rezeption des Grand Hôtels bekam ich die Schlüsselkarte für die exklusivste Suite des Hauses ausgehändigt – die ich übrigens nicht zum ersten Mal betreten habe, aber das braucht niemand zu wissen. Ich hatte erwartet, dass Oscar nackt im Bett liegen würde oder irgendetwas in der Art, aber die Suite war leer. Auf einem Tisch stand eine Flasche Champagner, daneben lag ein Päckchen mit einem handgeschriebenen Zettel, dass ich »dieses Geschenk anprobieren« sollte. Es war eine weiße Schürze aus hochwertigem Leinen mit meinem Namen in Goldstickerei auf der Brust. Ich bin ins Badezimmer gegangen, schnell unter die Dusche gesprungen und habe mir anschließend wie gewünscht die Schürze umgebunden. Sie saß wie angegossen, und ich fand mich megasexy, als ich mich im Spiegel betrachtete. In der Suite lag inzwischen ein neuer Zettel auf dem Tisch. Diesmal sollte ich mich ans Fenster stellen und hinausschauen. Ich folgte der Anweisung, und nur ein paar Sekunden später hörte ich, wie eine Tür geöffnet wurde. Meine Beine zitterten leicht, während seine Schritte näher und näher kamen. Als er so dicht hinter mir stand, dass ich seine Erektion spüren konnte, spreizte ich die Beine und reckte ihm meinen Hintern entgegen. Offensichtlich war er genau wie ich der Meinung, dass das als Vorspiel genügte. Er nahm mich auf der Stelle, und unser erster Orgasmus ließ keine Minute auf sich warten. Aber es war nicht unser letzter.

Die Tür geht auf, und Bente kommt ins Restaurant. Ich habe Angst, wie sie reagieren wird, wenn sie mich sieht. Sie trägt einen eleganten Mantel, den sie auf einem Flohmarkt ergattert hat, und eine niedliche gestreifte Mütze.

»Hallo«, sagt sie.

»Hallo«, erwidere ich.

Sie schließt die Tür hinter sich ab, legt ihren Mantel über einen Stuhl und holt sich in der Küche einen Kaffee.

»Wie geht es dir?«, frage ich nach einer Weile.

»Geht so.«

»Wie geht es Hannes?«

»Schlechter als geht so.«

Mein Magen krampft sich zusammen. Dass mein eigenes Leben ein einziges Desaster ist, damit komme ich klar, aber dass ich Bentes und Hannes' Leben zerstört habe, ist eine Katastrophe.

Bente setzt sich auf den Barhocker neben mich, und ich sage, was ich ihr zu sagen habe, langsam und deutlich, damit sie versteht, dass ich gründlich darüber nachgedacht habe. »Bente, ich werde dich nicht um Verzeihung bitten. Denn das, was ich getan habe, ist unverzeihlich. Ich habe geglaubt, einer wundervollen Frau zu helfen, und das habe ich vielleicht auch getan. Ich wollte auf keinen Fall euer Leben zerstören.«

Bente schweigt eine gefühlte Ewigkeit.

»Aber das hast du getan, Caroline.«

Zum ersten Mal schaut sie mir direkt in die Augen, und

ich merke, wie unglaublich traurig und niedergeschlagen sie aussieht.

»Was sollen wir jetzt mit dem Restaurant machen?«, frage ich.

»Mach damit, was du willst. Wenn du den ganzen Kram verkaufen oder die Einrichtung und die Küchenausstattung irgendwo einlagern willst, tu das. Meiner Meinung nach lohnt sich der Aufwand nicht.«

»Nein, das kommt vermutlich aufs Selbe raus.«

»Aber ich will, dass du Bjurströms Angebot, uns drei Monatsmieten zu zahlen, annimmst. Wir teilen das Geld, jede bekommt 27.000 Kronen. Das ist wenigstens etwas.«

»Natürlich akzeptiere ich sein Angebot, und natürlich bekommst du die ganze Summe.«

»Nein, sei nicht albern.«

»Ich will keine einzige Krone davon«, sage ich bestimmt.

»Sicher?«

»Wenn ich mein schlechtes Gewissen in Geld umwandeln könnte, könnte ich darin baden wie Dagobert Duck. Du bekommst das Geld, und ich beruhige damit mein schlechtes Gewissen, wenigstens ein klitzekleines bisschen, okay?«

»Okay«, seufzt Bente und sieht mich an.

Ich schneide eine Grimasse, und ihr Blick wird weicher. Ich versuche, so zerknirscht auszusehen, wie ich nur kann.

»Verdammt, Caroline …« Bente lacht. »Ich liebe dich. Ich liebe alles an dir, selbst dein Konsequenzbewusstsein auf dem Niveau von Pu der Bär.«

Jetzt muss auch ich lachen.

»Ja, das gehört wohl nicht zu meinen Stärken … Du musst mir nicht verzeihen, aber du kannst mich doch trotzdem weiter lieben, oder?«, sage ich.

»Ich habe versucht, es nicht mehr zu tun, aber es ging nicht. Du sitzt uns beiden unter der Haut, sowohl Hannes als auch mir. Aber sieh verdammt noch mal zu, dass das Urteil ein Jahr wegen Totschlags lautet und nicht zwölf Jahre wegen Mordes. Denn ich weiß nicht, ob Hannes damit klarkommt. Oder ich.«

»Wir arbeiten daran. Ich habe eine neue Anwältin, weil … Ach ja, das habe ich dir noch gar nicht erzählt, es ist so viel passiert. Es gibt wieder einen Mann in meinem Leben!«

Bente schüttelt den Kopf, und ich gehe hinter die Bar und hole eine Flasche Sekt. Mein Kaffeepensum ist für heute erfüllt, und wenn man die Story seines Lebens zum Besten gibt, muss man dazu eine Flasche Prickelbrause köpfen.

Ich fange bei meiner Festnahme an und erzähle Bente dann, wie Oscar in meiner Zelle aufgetaucht ist und seinen ellenlangen Liebesmonolog gehalten hat, ich schildere ihr unseren ersten Kuss und meine Ellenbogengeschichte und den ganzen Kram. Ich sehe ihr an, dass sie – zumindest für den Augenblick – verdrängt hat, dass ich ihr Leben ruiniert habe. Sie lacht und kichert über alle verfänglichen Situationen, wie jede beste Freundin es tun würde. Und als ich zu Oscars und meinem Kurztrip an die Riviera komme, starrt sie geniert auf den Tresen, läuft rot an und sieht so goldig aus, dass ich sterben könnte.

Ich liebe es, sie mit erotischen Details in Verlegenheit zu bringen, weil ich weiß, wie gern sie sie hört.

Als ich am Ende der Story mitsamt dem grandiosen Finale im Grand Hôtel angelangt bin, das ich allerdings in einer abgeschwächten Version wiedergegeben habe, weil ich merkte, dass Bente ein bisschen neidisch wurde, schweigen wir beide, und der Ernst der Lage holt uns wieder ein. Mit diesem

Bartresen verbinden wir beide unglaublich viele lustige und spannende Erinnerungen. Das ist jetzt vorbei.

»Wann, hattest du gesagt, wollte Bjurström vorbeikommen?«, frage ich.

»Er ist über Weihnachten in Sälen. Wir haben vereinbart, dass er am 28. um siebzehn Uhr herkommt. Sein Anwalt hat mir mitgeteilt, dass er alle Formalitäten vor Silvester unter Dach und Fach haben will. Ich habe gesagt, dass du ebenfalls anwesend sein würdest, falls du bis dahin aus der U-Haft entlassen sein solltest. Andernfalls müssten sie mit mir eine Einigung erzielen. Ich werde mich keine Sekunde länger mit ihm rumstreiten, das ist dir doch klar, oder? Und du solltest es auch nicht tun.«

»Nein, auf keinen Fall. Hier wird nicht mehr gestritten. Ich streite mich nicht mehr.«

Wir schweigen erneut. Ich fahre mit dem Finger über die Theke. Der Finger wird schwarz. Das Restaurant ist völlig versifft. Die Leute haben *Carolines Tapas* im wahrsten Sinne des Wortes fluchtartig verlassen. Die Glasscherben von der Stunt-Einlage der Polizisten liegen nach wie vor auf dem Fußboden.

»Das Ganze ist echt jammerschade«, sagt Bente und erzählt, dass sie sich in den vergangenen Wochen die Augen aus dem Kopf geweint hat und wie sehr sie es vermissen wird, mit mir zusammen ein Restaurant zu betreiben.

»Bjurström bietet uns also 54.000 Kronen.«

»Ja, und angesichts der Tatsache, dass dieses Rattenloch seit einigen Wochen wegen Mordes geschlossen ist, ist das extrem großzügig.«

»Du hast recht«, sage ich und grinse.

»Womit habe ich recht?«

»54.000 Kronen sind für dieses Rattenloch, das wegen

Mordes geschlossen ist und in dessen Kühlschrank zwölf Kilo vergammelte nach Ammoniak stinkende Garnelen liegen, ein extrem großzügiges Angebot.«

Ich springe vom Barhocker und laufe im Gastraum auf und ab.

»Als ich zwanzig war, habe ich ein paar Monate in einer Vorschule gearbeitet.«

»Das wusste ich nicht.«

»Mit den Kindern bin ich wunderbar klargekommen. Mit den Angestellten weniger.«

»Warum überrascht mich das nicht?«

»Wie dem auch sei, wir sollten den Kindern beibringen, dass man etwas tun muss, um seine Fehler wiedergutzumachen. Manchmal genügt es nicht, Entschuldigung zu sagen.«

»Mit diesem Wort kenne ich mich aus.«

»Wenn man das Legoauto eines anderen Kindes kaputt gemacht hat, reicht eine einfache Entschuldigung nicht aus, man muss dabei helfen, das Auto zu reparieren. Man muss seinen Worten Taten folgen lassen.«

»Wovon redest du?«

»Weil es nicht ausreicht, dass ich dich um Verzeihung bitte, werde ich dir durch meine Taten beweisen, dass es mir ehrlich leidtut.«

»Du redest wirres Zeug. Erklär mir, was du meinst.«

»Ich habe einen Plan!«

»Und wie sieht der aus? Wir befördern Finn Bjurström mit einer Insulinspritze ins Jenseits und erben anschließend siebenundzwanzig Milliarden?«

»Viel besser. Und falls mein Plan nicht aufgeht, hat Pu der Bär ausgerechnet, dass wir dabei zumindest nichts verlieren werden.«

»Na, dann ist ja gut«, erwidert Bente lakonisch.
»Willst du meinen Plan hören?«
»Auf gar keinen Fall.«
»Sicher?«
»Habe ich eine Wahl?«
»Auf gar keinen Fall«, sage ich. »Du kennst mich doch.«
»Ja«, seufzt Bente. »Ich kenne dich nur allzu gut.«

58

Am Ende hat Bente meinem Plan zugestimmt. Stundenlang sind wir die unterschiedlichsten Worst-Case-Szenarien durchgegangen. Allerdings durfte Pu der Bär auf Bentes Beschluss hin nicht mit von der Partie sein. Er musste mit einem Heffalump spielen oder seinen Honigtopf ausschlecken, während wir einen extrem detaillierten Schlachtplan austüftelten.

»Es ist ein Schuss ins Blaue«, meinte Bente, »aber ich bin ganz deiner Meinung, es kann die Sache nicht schlimmer machen, also ziehen wir es durch.«

Seitdem haben wir rund um die Uhr geschuftet, außer gestern an Heiligabend, da waren wir bei Bentes Mutter, haben lecker gegessen und Fernsehen geguckt. Es war urgemütlich, und Hannes hat stundenlang auf meinem Schoß gesessen und nicht gemerkt, dass mir zwischendurch ein paar Tränen über die Wangen gekullert sind.

Jetzt ist es zehn Uhr morgens, und ich bin auf dem Weg zu meinem Vater. Ich bin meganervös, was wohl passieren wird, aber er ist Teil des Plans, also muss ich es tun. Jetzt oder nie.

Ich klingele etliche Male. Als niemand öffnet, schließe ich die Tür auf und gehe in die Wohnung. Auf dem Sofa im Wohnzimmer liegt ein spärlich bekleidetes Paar. Keiner der beiden ist mein Vater. Ich gehe in sein Schlafzimmer und finde ihn ausgeknockt auf dem Bett. Unsanft rüttele ich ihn an der Schulter, bis er aufwacht. Ich bin extra vormittags gekommen, damit er seinen Rausch einigermaßen ausgeschlafen hat, aber nicht schon wieder jenseits von Gut und Böse ist.

Sobald er so weit bei Bewusstsein ist, dass wir Augenkontakt haben, sage ich mit einer Stimme, die keinen Widerspruch duldet: »Wir machen einen Spaziergang.«

»Wie nett …«, lallt er.

Er steht auf und torkelt ins Badezimmer. Ich schlüpfe an ihm vorbei und nehme sämtliche Xanor-Schachteln aus dem Schrank. Er guckt mich verblüfft an, klappt aber stumm den Toilettendeckel hoch, um zu pinkeln.

Als wir gerade gehen wollen, behauptet er, dass er noch kurz etwas in der Küche erledigen müsste. Ich bleibe dicht hinter ihm und sage: »Du kannst erledigen, was du willst, aber du rührst keinen Tropfen Alkohol an.« Worauf er entrüstet »Nein, natürlich nicht!« ausruft, als wäre das der abwegigste Gedanke der Welt. Er gießt sich demonstrativ ein Glas Wasser ein, um mir zu verstehen zu geben, dass er das ohnehin vorgehabt hatte, mit oder ohne seine Tochter als Wachhund.

Wir verlassen die Wohnung. Es ist ein schöner, sonniger Wintertag. Drei Minusgrade, kein Wind, und der Schnee glitzert so stark, dass einem die Augen wehtun.

Es hat keinen Sinn, dass ich meine und seine Zeit mit aufwärmendem Small Talk vergeude, also komme ich direkt zur Sache. Wenn ich jetzt nicht Klartext rede, werde ich es nie tun.

»Weißt du, wann ich das erste Mal das Gefühl hatte, dass mit dir irgendetwas nicht stimmt?«, frage ich.

»Bei mir hat immer alles gestimmt«, erwidert mein Vater lachend.

»Antworte bitte auf meine Frage.«

»Ich weiß nicht, ich …«

»Ich war ungefähr sechs, du und ich waren abends allein zu Hause, und ich habe dich gefragt, warum du so viel Bier trinkst. ›Weil es gut schmeckt!‹, hast du gesagt. Und ich weiß noch, dass ich mich über diese Antwort gewundert habe, weil ich fand, dass Cola gut schmeckt, aber deswegen wäre ich noch lange nicht auf die Idee gekommen, an einem Abend zehn große Dosen zu trinken.«

»Allerdings kann ich mich nicht erinnern, dass ich zehn …«

»Doch, das hast du«, schneide ich ihm das Wort ab. »Hör mir zu. Ich habe dich als Kind geliebt, und ich liebe dich immer noch, aber …« Ich merke, dass meine Stimme anfängt zu zittern. Ich muss zum springenden Punkt kommen, und zwar schleunigst. »Papa, dass du eingeschlafen bist, wenn wir Verstecken gespielt haben, und dass du gegenüber Mama behauptet hast, keinen Tropfen getrunken zu haben, obwohl ich ganz genau wusste, dass du es getan hattest …«

»Caroline, jetzt wirst du aber …«

»Sei still«, fahre ich ihm über den Mund. »Jetzt rede ich.«

Mein Vater schweigt.

Wir sind schon fast am Fuß des Henrikdalsbergs. Ein Junkie kommt uns entgegen. Er geht schnell, starrt geradeaus und trinkt aus einer vermutlich frisch geklauten Sweet-Chili-Flasche. Die Hölle hat viele Gesichter.

»Und dass wir … dass *ich* mich nie getraut habe, Freunde mit nach Hause zu bringen, weil ich nicht wusste, in welcher Verfassung du sein würdest. Das ist alles völlig okay, oder es war, wie es eben war. Davon können ich und alle Kinder von Alkoholikern ein Lied singen, da macht uns keiner was vor.«

»Nein, Caroline, jetzt muss ich aber wirklich …«

»Hast du mir nicht zugehört?!«, schreie ich. »ALLE VOLLBLUTALKOHOLIKER AUF DIESEM SPAZIERGANG HALTEN VON JETZT AN DEN MUND!« Ich huste, und mir bleibt um ein Haar die Stimme weg. Ich schlucke krampfhaft, um den Scheißkloß loszuwerden, der wie ein Bremsklotz in meinem Hals steckt. Zumindest hält mein Vater jetzt die Klappe. Die Saltsjö-Bahn donnert an uns vorbei und verschafft mir eine kleine Verschnaufpause. Als der Zug außer Hörweite ist, rede ich weiter.

»Aber weißt du, was das Schlimmste ist, Papa? Dass ich mich nie getraut habe, dich zu fragen, was dir lieber ist: einen ganzen Tag nüchtern mit mir zu verbringen oder einen ganzen Tag sturzbesoffen mit deinen Kumpels. Weil ich ganz genau weiß, wofür du dich entscheiden würdest. Und dieses Gefühl ist für eine Tochter, die ihren Vater über alles auf der Welt liebt und alles für ihn tun würde, die Hölle auf Erden.«

Meine Selbstbeherrschung ist am Ende. Mein Vater nimmt mich in den Arm, und ich heule Rotz und Wasser in seinen Mantelkragen. Ich weiß nicht, ob er weint, aber ich glaube zu spüren, dass er zittert.

Wenn ich bis hierhin gekommen bin, schaffe ich den Rest auch noch.

»Papa …«

»Ja, mein geliebtes Kind?«

Das bringt mich nur noch mehr zum Heulen. Irgendwann habe ich mich wieder so weit im Griff, dass ich reden kann, und schaue zu ihm hoch. Ich weiß nicht, ob seine Augen tränen, weil er gerührt ist oder weil ihn die Sonne blendet.

»Jetzt kannst du deinen Worten Taten folgen lassen und beweisen, dass du mich wirklich liebst, wie du behauptest. Und zwar indem du mindestens drei Tage lang nüchtern bleibst. Schaffst du das?«

»Klar schaffe ich das.«

»Zu sagen, dass du es schaffst, ist keine große Kunst. Aber schaffst du es auch *wirklich*?«

»Wir werden sehen.«

»Willst du es?«

Mein Vater nickt stumm, und wir gehen weiter. Es ist so unglaublich schön, sich diesen ganzen Ballast von der Seele geredet zu haben, und ich fühle mich um Tonnen leichter. Auch wenn alles zum Teufel geht, das ist es wert gewesen.

Ich weihe meinen Vater in meinen Masterplan ein und schildere ihm seine zentrale Rolle dabei. Er verspricht mir hoch und heilig, mitzumachen.

Wir haben das Londonviadukt erreicht, und weil keine Fähren im Hafen liegen, die uns die Sicht versperren, breitet sich die Stockholmer Skyline vor uns aus.

59

Alles ist bis ins kleinste Detail vorbereitet. Bente und ich waren wieder ein unschlagbares Duo, die Ideen sind förmlich aus uns rausgesprudelt. Wir sind uns so häufig ins Wort gefallen und haben die Sätze füreinander beendet, dass wir gar nicht mehr sagen können, was eigentlich wessen Idee war. Aber der Masterplan ist mein Werk.

Wir haben das Restaurant von oben bis unten auf Hochglanz gebracht. Gestern bin ich sogar auf die Idee gekommen, eine Zahnbürste zu kaufen, um unter dem Bartresen den Spalt zwischen der Wand und der Steckdose für die Kasse zu reinigen. Wir haben die Fenster geputzt, die gesamte Küche dreimal gewienert, und Bente hat selbst im Büro Staub gesaugt und sämtliche Papiere sortiert und eingeordnet. Okay, vielleicht ist das total überzogen, aber dieses Mal wollen wir nicht das geringste Risiko eingehen.

Carolines Tapas blitzt und blinkt in allen Ecken. So sauber war es hier noch nicht einmal bei unserer Eröffnungsfeier vor anderthalb Jahren. Wir haben sieben Kerzenständer gekauft, sie im Gastraum verteilt und probehalber die Kerzen angezündet. Die Flammen verbreiten eine urgemütliche Atmosphäre. Auf die Idee hätten wir schon früher kommen sollen.

Unser gesamtes Team präsentiert sich in frisch gewaschenen, gebügelten T-Shirts und Kochkleidung. Jeder trägt ein Namensschild. Agnes und Julia sind beide hier. Es war eine Heidenarbeit, sie zu überreden, heute Abend zu kommen. Aber als ich versprach, ihnen den doppelten Spätschichtzuschlag zu zahlen, haben sie eingewilligt. Jetzt sind sie bester Laune und können gar nicht oft genug betonen, wie cool es ist, ihre Namen in Goldstickerei auf der Brust zu haben.

Auf meinen fantastischen Tischlermeister Jonas war ebenfalls Verlass. Er ist am zweiten Weihnachtstag gekommen, hat den Fußboden im Lagerraum mit Plastikplane abgedeckt und ein paar Eimer Farbe, Werkzeug und eine Leiter hineingestellt. Nicht einmal ein alter Baulöwe wie Bjurström kann diese Attrappe durchschauen. Es sieht wirklich so aus, als hätte Jonas vor, nach Neujahr mit dem Umbau zu beginnen.

Und mein Vater. Mein wunderbarer Vater. Mir kommen die Tränen, wenn ich ihn anschaue. Er war die Krönung. Einen ganzen Tag hat er eingesperrt in meiner Wohnung verbracht, die ich zuvor vorsorglich in eine alkohol- und tablettenfreie Zone verwandelt hatte. Als ich nach vierundzwanzig Stunden nach ihm sah, hatte ich höllische Angst, ihn tot auf dem Fußboden zu finden. Natürlich hat er behauptet, dass der kalte Entzug ein Klacks gewesen sei, aber das Sofa, auf dem er geschlafen hat, war feucht wie ein ausgedrückter Schwamm. Ich weiß, dass diese vierundzwanzig Stunden mit die schlimmsten seines Lebens gewesen sein müssen, aber er hat es durchgezogen. Für mich. Er hat seinen Worten Taten folgen lassen.

Und jetzt. Nach einem Friseurbesuch, einer Rasur, einem Spa-Aufenthalt, ein paar gesunden Mahlzeiten und einer erholsamen Nacht ohne Schweißausbrüche und Schüttelfrost könnte man meinen, einen neuen Menschen vor sich zu haben. Er ist noch ein bisschen wackelig auf den Beinen, aber ihn umgibt ein neuer Glanz.

Als er mich ansieht, merke ich, wie sehr ich ihn vermisst habe. Er war so lange abwesend.

Er führt das Kommando in der Küche, hackt und schnippelt schneller als der Blitz und hat drei verschiedene Gerichte gleichzeitig am Start. Agnes und Julia scheint er im Sturm erobert zu haben, die beiden haben noch nie so effizient gearbeitet wie unter Papas Regie. Er scherzt mit ihnen und gibt lustige Anekdoten zum Besten. Natürlich trägt er ebenfalls eine nigelnagelneue Kochjacke. Jeder soll auf den ersten Blick erkennen, wer in der Küche das Sagen hat, und ich glaube, dass sogar so ein routinierter alter Fuchs wie er seine Brust gerne mit dem goldenen Schriftzug *Torbjörn Holst* schmückt.

Bei der Teambesprechung heute Morgen um sieben habe ich ihn den anderen vorgestellt.

»Das ist mein Vater Torbjörn. Er ist Alkoholiker, aber momentan gerade nüchtern, er darf also absolut keinen Alkohol trinken.«

Papas Blick hätte einen Brunnen in den Fußboden bohren können, er hat sich geschämt wie ein Hund. Aber das ist mir egal. Es geschieht ihm nur recht. »Wenn ihr also seht, dass er auch nur den kleinsten Tropfen Alkohol anrührt, sagt ihr mir sofort Bescheid, okay?«, schärfte ich meinem Team abschließend ein. Alle haben es mir in die Hand versprochen, und seitdem haben wir nicht mehr darüber geredet. Mein Vater verhält sich vorbildlich.

Jetzt gibt es nur noch einen Punkt, der unsere Kulisse zum Einsturz bringen könnte und den wir nicht beeinflussen können: die Gäste. Wer zum Teufel geht zwischen Weihnachten und Neujahr auswärts essen? Natürlich haben wir sämtliche Freunde und Stammgäste angerufen, aber trotzdem. Die Leute, denen wir vertrauen, haben wir in unseren Plan eingeweiht. Den anderen haben wir lediglich gesagt, dass wir wieder aufmachen und Freitag ab siebzehn Uhr ein paar

Specials auf der Karte haben. Und außerdem: Nur weil der Köder perfekt ist, heißt das noch lange nicht, dass der Fisch auch anbeißt.

Es klopft an der Tür, und mein Herz bleibt stehen. Es ist Punkt siebzehn Uhr. Ich mache auf. Mein Magen dreht sich um. Dieser Kerl ist das reinste Brechmittel, kein Wunder, dass mein Körper sich am liebsten übergeben würde.

Aber ich unterdrücke meinen Würgereflex und strecke ihm freudestrahlend die Hand entgegen.

»Hallo, Finn, hatten Sie schöne Feiertage in Sälen?«

»Ja, es war wunderbar«, erwidert er, gibt mir die Hand und betritt *Carolines Tapas*.

60

»Haben Sie geputzt?«, fragt er verblüfft und schaut sich im Restaurant um.

»Ja, natürlich«, antworte ich.

»Aber ... das hätten Sie nicht tun müssen. Meine Jungs kommen am Montag und ...«

»Welche Jungs?«, erkundige ich mich.

Bjurström lässt seinen Blick weiterhin erstaunt durch den Gastraum schweifen. Bente kommt mit einem Tablett, auf dem ein Glas steht, aus dem Barbereich.

»Hallo, Finn«, begrüßt sie ihn gut gelaunt.

»Hallo«, erwidert er ausdruckslos. Die Überraschung ist uns gelungen.

»Aber ...«, stammelt er.

»Was aber?«

»Sie haben doch nicht etwa geöffnet?«

»Natürlich haben wir geöffnet. Wir haben freitags immer geöffnet.«

Ein Vermögen für seine Gedanken.

Er gibt sich alle Mühe, mir ein überlegenes Lächeln zu schenken. »Aber ich bitte Sie, meine allersüßeste kleine Caroline, Sie verstehen doch wohl, dass ...«

»Wollen wir uns setzen?«, frage ich und ignoriere seine männliche Machtsprache. »Möchten Sie einen Kaffee?«

»Gern. Offenbar muss ich Ihnen einige Dinge erklären.«

»Nehmen Sie Milch in den Kaffee?«, ruft Bente von ihrem Platz hinter dem Bartresen.

»Nein danke, schwarz bitte«, antwortet Bjurström, und

wir setzen uns an den frisch geölten hohen Holztisch am Fenster. Das Holz duftet himmlisch.

»Ja, die Lage sieht folgendermaßen aus«, hebt Bjurström an, nachdem er seinen Kaffee bekommen und einen Schluck getrunken hat. »In dieser Mappe habe ich einen Vertrag, der Sie dazu verpflichtet, dieses Lokal unmittelbar in meine Hände zu übergeben. Im Gegenzug zahle ich Ihnen drei Monatsmieten à 18.000 Kronen. Sie bekommen für dieses Rattenloch also 54.000 Kronen, und das ist ein sehr gutes Geschäft. Ich dachte, darin wären wir uns einig.«

»Habe ich diesen Vertrag unterschrieben?«

»Nein, meine Süße, deswegen bin ich hier.«

»Dann liegt also *kein* Vertrag in Ihrer Mappe, der mich dazu verpflichtet, dieses Lokal unmittelbar in Ihre Hände zu übergeben?«

Bente kommt zu uns und stellt einen Kerzenständer auf den Tisch. Drei flackernde Flammen zwischen mir und Bjurström. Er knetet sein Kinn zwischen Daumen und Zeigefinger. Sein Lächeln wirkt mit jeder Sekunde angestrengter.

Jetzt wäre der perfekte Zeitpunkt für ein paar Gäste. Die Kulisse ist nach wie vor nur eine Kulisse.

»Aber wie wollen Sie …« Er zögert und denkt nach. »Ich appelliere jetzt an die Geschäftsfrau in Ihnen, Caroline …«

»Ja, zu Ihren Diensten«, sage ich fröhlich.

»Ihr Restaurant ist von Anfang an sehr schlecht gelaufen, ich weiß noch, dass Sie schon bei unserer ersten Begegnung erwähnt haben, dass Sie Geld bräuchten. Das werde ich übrigens auch vor Gericht aussagen, und zwar in dem Prozess, in dem Sie sich wegen Mordes an einer alten Dame verantworten müssen. Sie haben eine Mordanklage am Hals, Caroline.«

»Vielleicht wird das Urteil auf Totschlag hinauslaufen.«

»Das glauben Sie doch selbst nicht.«

»Weder Sie noch ich sind Jurist, ich finde, die Entscheidung sollten wir den Profis überlassen.«

Verdammt, wo bleiben die Gäste? Wenn niemand kommt, fliegen wir auf.

»Sie haben aus Habgier einen Menschen getötet. Gott sei Dank hat Sie der schwedische Rechtsstaat diesmal gestellt.«

»Sind Sie fertig?«

»Nein, ich bin nicht fertig. Sind Sie eine … Psychopatin, Caroline?«

Ich kann mir ein Lachen nicht verkneifen. *»It takes one to know one.«*

»Wie bitte?«

»Wissen Sie, was, Finn? Ich halte mich eher für eine barmherzige Samariterin, deren Konsequenzbewusstsein allerdings auf dem Niveau von Pu der Bär liegt.« Ich strahle ihn an.

Er schaut mir ins Gesicht. Wenn Blicke töten könnten. Wenn Blicke foltern und Köpfe abschlagen könnten.

»Es spielt keine Rolle, was Sie sind. Aber Sie hatten vom ersten Tag an einen schlecht laufenden Betrieb, den Sie an die Wand gefahren haben. Ich habe mich geschämt, wenn ich an Ihrem Restaurant vorbeigegangen bin – es hat ausgesehen wie eine Spelunke. So was merken die Leute. Der kleine Kundenkreis, den Sie hatten, ist weg.«

»Glauben Sie?«

»Sehen Sie hier einen einzigen Gast, Caroline?«

»Ja, das tue ich«, erwidere ich und deute nach draußen auf die Straße, wo Rikard mit einer größeren Gesellschaft im Schlepptau auf die Eingangstür zusteuert.

»Herzlich willkommen!«, rufe ich und stehe auf, als sie den Gastraum betreten.

Oh, mein fabelhafter Rikard! Ich würde ihm am liebsten um den Hals fallen, aber jetzt ist Professionalität gefragt. Er stellt mir seine Mutter, seinen Vater und zwei jüngere Brüder vor, die seine Halbbrüder sein müssen. Im Gegensatz zu Rikard sind sie hellhaarig und schlank. Aber sie haben denselben warmen, schelmischen Blick wie er.

»Camilla kommt später«, sagt Rikard. »Sie bringt noch ein paar von ihren Mädels mit. Schließlich wollen wir deine Neueröffnung feiern. Ohne *Carolines Tapas* ist die Welt ein dunklerer Ort. Hallo, ich bin Rikard«, sagt er und gibt Bjurström die Hand.

Ich schiele verstohlen zu Finn, um zu sehen, ob er die letzte Bemerkung durchschaut hat, doch er starrt nur leer vor sich hin. Wenn mein Plan heute Abend aufgeht, werde ich den Boden küssen, auf dem Rikard und seine Brüder und Eltern wandeln.

»Finn, ich muss jetzt in die Küche, aber Sie können mitkommen, wenn Sie wollen, dann können wir uns weiter unterhalten.«

Bjurström läuft mir hinterher. »Caroline«, zischt er, als wir hinter der Bar sind. »Ganz egal wie das Urteil lautet, um eine Gefängnisstrafe kommen Sie nicht herum. Was wollen Sie dann tun?«

»Ich weiß, es ist eine Schande, aber ich habe eine Lösung.«

Wir gehen am Lagerraum vorbei, in dem Jonas seine Gerätschaften platziert hat.

»Hier sehen Sie übrigens unser neues Projekt. Wir werden umbauen, damit ich genug Platz habe, um in der Küche zu backen, und außerdem werde ich mir einen größeren Räucherofen anschaffen.«

Bjurström scheint anstandslos alles zu glauben, was er sieht und hört. »Der Tischler fängt direkt nach Neujahr an. Man könnte also sagen, dass *meine* Jungs hier loslegen«, sage ich, als würde ich erwarten, dass er über meine Anspielung lacht.

Wir gehen weiter, ohne dass Bjurström auch nur ein Wort des Protests äußert. Wir betreten die Küche genau in dem Moment, als mein Vater in einer großen Gusseisenpfanne irgendein Gericht mit Cognac flambiert. Eine riesige Flamme lodert empor. Bjurström zuckt zusammen.

»Agnes«, sage ich. »Bring unseren Gästen doch schon mal die ersten Schälchen mit Feigen im Speckmantel. Die dürfen nicht zu lange stehen.« Agnes kommt meiner Bitte sofort nach und drängt sich mit einer Entschuldigung an Bjurström vorbei, der im Türrahmen verharrt.

»Das ist mein Vater Torbjörn Holst«, sage ich zu ihm. »Er ist einer der besten Köche der Welt und hat in den edelsten Nobelrestaurants in Paris gearbeitet. Aber ich konnte ihn überreden, in die Heimat zurückzukehren.«

»Ja, im Herbst seines Lebens möchte man die Karriereleiter schließlich noch einmal hochklettern«, sagt mein Vater und zwinkert mir liebevoll zu.

»Jetzt arbeiten wir zusammen, und wenn – falls – ich zu einer Gefängnisstrafe verurteilt werde, übernimmt er hier das Ruder.«

»Das Haus muss gerettet werden. Wir haben schon mit dem Gedanken gespielt, das Restaurant in *Carolines Papas Tapas* umzutaufen«, sagt mein Vater, und jeder in der Küche lacht – bis auf Bjurström. »Nein, Scherz beiseite. Alles, was

Caroline kann, hat sie von mir gelernt, die Gäste werden also keinen Unterschied bemerken«, wiegelt Papa ab.

Bjurström blickt sich verzweifelt um, aber alles, was er sieht, sind geschälte Garnelen, Tintenfischringe, marinierter Manchego-Käse, Lammfleischklößchen, eine Riesenplatte mit Prosciutto und Melonenscheiben, die in einer Limetten-Chili-Marinade eingelegt sind, Jakobsmuscheln, Gambas, Käsebällchen und vier ganze Spinat-Feta-Quiches. Ich habe über hundert Mini-Baguettes gebacken, und mein Vater hat ein Trüffel-Parmesan-Dressing zubereitet, weil wir heute Abend Hamburger direkt aus dem Himmel anbieten wollen. Auf dem Boden steht ein großer Eimer Bloody-Mary-Gazpacho. Ich hebe ihn hoch und stelle ihn demonstrativ auf die Arbeitsfläche.

»Was habe ich dir zu Töpfen auf dem Boden gesagt, Papa? Wir sind nicht mehr in den Siebzigern. In meinem Restaurant steht Hygiene an allererster Stelle«, rüge ich ihn gespielt streng, und mein Vater steigt ein und macht einen auf zerknirschten Praktikanten.

»Er ist der einzige Koch, dem ich vertraue. Nichts geht über die Familie«, sage ich. »Allerdings neigt er ein bisschen zur Unordnung, das werden wir ändern. Schließlich möchte man nicht, dass irgendwann das Gesundheitsamt auf der Matte steht«, füge ich hinzu und starre Bjurström an, der den Blick abwendet.

Agnes und Julia wirbeln durch die Küche, aber sie arbeiten zielstrebig und konzentriert, es herrscht also eher ein geordnetes Chaos. Als würden wir uns für einen stressigen Abend rüsten.

»Wenn ihr mich bitte entschuldigt, ich muss mich um meinen Gast kümmern, immerhin ist er mein Vermieter«, sage ich.

»Kein Problem«, antwortet mein Vater. »Wenn wir acht Monate ohne dich zurechtkommen sollen, schaffen wir ein paar Minuten allemal.« Den letzten Satz sagt er besonders laut, damit Bjurström ihn auf jeden Fall mitbekommt.

Für mich ist dieser Abend schon jetzt ein voller Erfolg, ganz gleich was passiert. Auch wenn er mich wirklich und wahrhaftig mein letztes Hemd kostet.

Als Bjurström und ich in den Gastraum zurückkommen, hat dort eine weitere fünfköpfige Gesellschaft Platz genommen. Immerhin schon zehn Gäste, und die Stimmung scheint gut zu sein. Die Tür geht auf, und ein paar von Oscars Kollegen schneien herein. Oscar selbst darf nicht auf der Bildfläche erscheinen, nichts darf auch nur den kleinsten Verdacht erregen, dass das Ganze inszeniert ist. Aber seine Kollegen spielen ihre Rollen perfekt und tun so, als würden sie mich nicht kennen. Der Trick ist nämlich, dass Bjurström den Eindruck bekommt, dass sowohl Stammgäste als auch Neukunden den Weg zu *Carolines Tapas* gefunden haben.

»Hier ist es wirklich urgemütlich«, bemerkt einer von Oscars Kollegen, und die anderen pflichten ihm bei. Bjurströms Miene wird von Sekunde zu Sekunde finsterer.

Wir setzen uns wieder an den Fenstertisch.

»Okay, ich habe einen Vorschlag, wie wir die Situation lösen können, sodass beide Parteien zufrieden sind«, verkündet er.

»Ach ja?«, erwidere ich. »Ich bin zufrieden, so, wie es ist.«

Bjurström ziert und windet sich, als würde er mir gleich etwas ausgesprochen Feierliches eröffnen.

»Ich zahle Ihnen nicht drei, sondern sechs Monatsmieten. Also die halbe Jahresmiete. Insgesamt *108.000 Kronen.*« Er zieht die Summe in die Länge, damit ich begreife, wie überaus großzügig er ist.

»Wir können auf 110.000 aufrunden, wenn Sie wollen«, legt er nach.

Ich lächele ihn freundlich an und sage: »Sie haben mich nicht verstanden, Finn. Dieses Restaurant ist mein Lebenstraum, es ist nicht zu verkaufen. Ich dachte, das hätten wir geklärt. Wenn Sie mich jetzt bitte entschuldigen, ich muss meiner Arbeit nachgehen. Sie können gern noch sitzen bleiben, aber dann möchte ich, dass Sie etwas bestellen, denn dies ist mein bester Tisch.«

Bjurström hat es die Sprache verschlagen. Bei einem Flipperspiel würde er jetzt garantiert tilten.

»Bitte entschuldigen Sie mich einen Moment«, sagt er schließlich, greift nach seinem Handy und verschwindet nach draußen.

Ich gehe zu Bente an die Bar und flüstere ihr ins Ohr: »Ich habe das magische Kribbeln im Handgelenk gespürt.«

»Was?«

»Der Fisch hat angebissen.«

»Gut, dann müssen wir ihn nur noch ins Boot ziehen«, antwortet Bente und wischt die Theke ab.

61

Der Abend könnte nicht besser laufen. Mein Vater ist in seinem Element, und die Gerichte, die er aus der Küche schickt, sind besser als jemals zuvor. Alles klappt reibungslos, die Stimmung im Gastraum ist auf dem Höhepunkt. Alle scheinen froh zu sein, den Resten des Weihnachtsessens entkommen zu sein. Das Restaurant ist brechend voll, aber das steigert die Gemütlichkeit nur. Und es kommen immer noch mehr Gäste. Ohne genau hinzuhören, merke ich, dass viele Leute miteinander ins Gespräch kommen, obwohl sie sich gar nicht kennen. Das gehört zu den Dingen, die ich an der Gastronomie so liebe. Ich genieße das Stimmengewirr und die klassische Musik, die ab und zu von Rikards dröhnendem Lachen übertönt wird.

Jedes Gericht ist ein voller Erfolg. Mein Vater ist gourmettechnisch immer noch die Nummer eins der Familie.

Inzwischen habe ich zwei weitere Angebote von Bjurström ausgeschlagen. Das letzte belief sich auf anderthalb Jahresmieten, also insgesamt auf 324.000 Kronen. Er muss mich für geisteskrank halten, was ich vielleicht auch bin, aber ich darf jetzt nicht wackeln.

Bjurström läuft immer wieder vor die Tür, führt ewig lange Telefongespräche und kommt dann mit einer neuen Offerte zurück. Er hat sich Bente geschnappt und sie gebeten, mich zur Besinnung zu bringen, aber sie hat nur erwidert, dass die Bank uns einen großzügigen Kredit gewährt habe und dass die Prognose für einen Neubeginn sehr gut aussähe, seit wir den Sternekoch Torbjörn Holst mit ins Team geholt hätten.

Sie hat Bjurström sogar angeboten, einen Blick auf ihre Budgetaufstellung zu werfen, doch er hat abgelehnt.

»Hast du wirklich eine Budgetaufstellung gemacht?«, habe ich gefragt, als Bjurström zum dritten Mal zum Telefonieren vor die Tür gegangen ist.

»Natürlich nicht, aber es macht Spaß, den Fisch ins falsche Gewässer zu locken.«

Ganz egal wie die Sache ausgeht, ich bin überglücklich, dass Bente so fröhlich und guter Dinge ist. Sie scheint mir wirklich verziehen zu haben.

Auch James gehört zu den Helden des Abends. Irgendwann hat er mir zugeflüstert, dass er sich wie sein Idol Robert Redford in *Der Clou* fühlt. Er hat zahlreiche Schauspielerkollegen mitgebracht, dafür bin ich ihm unendlich dankbar. Ich glaube, Bjurström hatte sogar einen kleinen Promiflash, als er im Gewimmel eine gut aussehende Schauspielerin um die vierzig entdeckte, die ich noch nie gesehen hatte. Plötzlich wurde er nahezu kindisch und wollte wissen, ob ich mit ihr befreundet wäre.

»Nein«, sagte ich, »aber meine Gäste sind automatisch meine Freunde.«

Ich habe sie zu uns herübergewinkt, und die beiden haben sich die Hand gegeben.

»Hallo, Finn«, stellte Bjurström sich vor und lief dabei puterrot an.

»Frida«, erwiderte die Schauspielerin. »Was für einen festen Handschlag Sie haben. So männlich.«

»Danke«, sagte Bjurström. »Entschuldigen Sie bitte, aber ich muss Ihnen einfach sagen, dass Sie meine absolute Lieblingsschauspielerin sind.«

»Wie überaus charmant von Ihnen. Das war genau das

Kompliment, das ich heute Abend gebraucht habe. Ach übrigens, Caroline«, fuhr sie fort und drehte sich zu mir, »diese Spinat-Feta-Quiche ...«

»Ja?«, hakte ich erwartungsvoll nach.

»Wo war die nur mein ganzes Leben?« Sie feuerte das strahlendste Lächeln ab, das ich jemals gesehen habe, zwinkerte Bjurström zu und rauschte von dannen. Ich weiß nicht, was James ihr erzählt hat, aber ab heute ist diese Frida auch meine absolute Lieblingsschauspielerin.

Jonas ist hier und hat seine süße Frau Nina mitgebracht. Er hat sich so schick gemacht, dass ich ihn im ersten Moment gar nicht erkannt habe. Rikards Freundin Camilla und ihre Mädelsclique sind mittlerweile ebenfalls gekommen. Sie sind alle Mitte vierzig und eine attraktiver als die andere.

Bjurström läuft herum und scheint den Gastraum zu inspizieren. Lieber Gott, bitte lass ihn nicht misstrauisch werden.

Rikard und seine Familie sind immer noch da und biegen sich vor Lachen, weil er einen Kalauer nach dem nächsten zum Besten gibt. Als ich vorhin an ihrem Tisch vorbeigegangen bin, hat seine Mutter mich kurz zur Seite genommen und mir zugeflüstert, dass sie mir die Daumen drückt. »Wenn ich alt und dement bin, möchte ich, dass Sie mir eine Spritze geben. Die alte Dame wird Ihnen von ihrem Platz im Himmel, oder wo immer sie jetzt auch sein mag, unendlich dankbar sein.«

Bjurström steuert auf mich zu. Er sieht wütend aus.

»Ich möchte mit Ihnen reden. Allein.«

»Kein Problem«, stimme ich zu und gehe in Richtung Büro.

Langsam, aber sicher scheinen wir uns dem Ende zu nähern. Hat er unseren Bluff durchschaut? War es eine dumme

Idee, James einzuweihen? Hat er zu viele Profi-Schauspieler angeschleppt, sodass selbst ein Blinder mit Krückstock kapiert, dass die ganze Vorstellung nur inszeniert ist?

Da ich unser Mini-Büro wegen Hannes schallisoliert habe, wird es schlagartig still, als ich die Tür hinter uns schließe. Es ist so eng, dass Bjurström und ich nur ein paar Zentimeter voneinander entfernt stehen. Sein Atem riecht nach Kaffee, und im Schein der Schreibtischlampe sieht er aus wie ein Gespenst. Das einzige Geräusch sind unsere Atemzüge.

»Irgendetwas stimmt hier nicht«, sagt er ernst.

»Was meinen Sie?«, frage ich und spüre, wie meine Beine anfangen zu zittern.

»Ich glaube, Sie wissen, was ich meine.«

»*This office ain't big enough for the both of us,* oder was wollen Sie sagen?«

Bjurström schüttelt den Kopf und holt tief Luft. »Ich zahle Ihnen zwei Jahresmieten, Caroline. Das ist mein letztes Angebot.«

»Tut mir leid. Wir kommen nicht miteinander ins Geschäft.«

»Sie sind doch nicht ganz bei Trost. Ihr Mietvertrag läuft ohnehin in dreieinhalb Jahren aus. Danach sind Sie hier raus, das kann ich Ihnen garantieren.«

»Ja, in dreieinhalb Jahren bin ich hier vielleicht tatsächlich raus.«

»Okay, sagen Sie mir verflucht noch mal, was Sie wollen! Was wollen Sie, damit Sie von hier verschwinden?«

»Dreieinhalb Jahresmieten.«

»Das ist ein Witz!«

»Sehe ich aus, als würde ich Witze machen?«

»Okay … über welche Summe reden wir?«

»Zweiundvierzig Monatsmieten à 18.000 Kronen. Also insgesamt 756.000.«

»Sie sind verrückt. Ich mache keine Geschäfte mit Verrückten. Auf Wiedersehen.«

Er rauscht aus dem Büro und knallt die Tür hinter sich zu. Ich sinke auf den Schreibtischstuhl. Verdammt. Ich hätte sein letztes Angebot annehmen sollen. Habe ich gerade eine halbe Million in den Sand gesetzt?

Die Tür geht auf. Ich habe nicht die Kraft, mich umzudrehen. Bestimmt Bente, die wissen will, was passiert ist.

»Siebenhundertfünfzigtausend.«

Bjurström! Ich drehe mich um.

»In Ordnung.«

»Und morgen sind Sie hier raus.«

»Morgen früh um Punkt sieben Uhr gehört das Lokal Ihnen, und Sie können damit machen, was Sie wollen.«

»Dann werden wir den Vertrag bei Übergabe unterzeichnen. Sie haben sich so unmöglich aufgeführt. Ich werde meinen Anwalt bitten ...«

»Nein, wir unterschreiben jetzt, damit die Sache unter Dach und Fach ist. Wie Sie sagten, haben Sie den Vertrag ja bereits in Ihrer Mappe, Sie müssen also nur die Summe ändern.«

Bjurström sieht mich fragend an.

»Und dann setzen wir unsere Initialen neben den Betrag, damit es rechtsgültig ist«, sage ich, genau wie Bente mich instruiert hat.

Bjurström holt die Verträge und einen Stift aus seiner Aktentasche und beginnt zu unterschreiben.

»Das ist verflucht noch eins das erste schlechte Geschäft meines Lebens«, murmelt er.

»Irgendwann ist immer das erste Mal«, sage ich mit Pseudo-Dalarna-Dialekt.

Nachdem Bjurström das Feld geräumt hat, rufe ich nach Bente. Triumphierend halte ich den Vertrag in die Höhe und zeige auf die Summe. Wir umarmen uns, hüpfen jubelnd auf der Stelle und schreien: »Der Fisch zappelt im Boot, der Fisch zappelt im Boot, der Fisch zappelt im Boot!«

Wir küssen uns mitten auf den Mund, und da sind so viele Lippen und so viel Speichel, dass es sich eher wie ein richtiger Kuss als ein Küsschen zwischen Freundinnen anfühlt.

»Komm!«, rufe ich. »Wir müssen zu unseren Gästen!«

Wir trommeln unsere gesamte Küchencrew zusammen und laufen in den Gastraum. Ich klettere auf die Theke und bitte Rikard, an sein Glas zu klopfen. Das Stimmengewirr verstummt, und irgendwer dreht die Musik leiser.

»Ich wollte nur sagen: Tausend Dank … Tausend Dank an euch alle, die heute Abend gekommen sind. Ihr wart einfach spitze …« Ich merke, wie mir die Stimme versagt. »Und … ich werde nachher noch die Runde machen und mich bei jedem Einzelnen von euch bedanken. Wenn ich es jetzt tue, werde ich nur heulen, und ich … ich heule nicht gerne vor anderen … Eigentlich halte ich auch nicht gerne Reden, aber …«

Ich bitte Astrid, mir die Sektflasche zu geben, die neben ihr steht. Ich entferne die Banderole und das Metallgestell um den Korken, während ich meine improvisierte Rede fortsetze.

»Liebe Freunde«, verkünde ich. »Ich weiß nicht, wann, ich weiß nicht, wo, ich weiß nicht, wie, aber eines weiß ich ganz genau: Bente und ich werden in dieser Stadt ein neues Restaurant eröffnen.«

»Und noch eins wissen wir ganz genau: Finn Bjurström wird dann nicht unser Vermieter sein«, ergänzt Bente mit Dalarna-Dialekt, und alle biegen sich vor Lachen.

»Allerdings werdet ihr euch ungefähr ein Jahr gedulden müssen, denn ich mache eine Reise … Aber davon lassen wir uns die Stimmung heute Abend nicht verderben!«, schreie ich und schüttele die Sektflasche. Unter dem Jubel meiner Gäste knallt der Korken an die Decke.

»JETZT VERPUTZEN WIR SÄMTLICHE KÖSTLICHKEITEN, DIE UNSERE KÜCHE NOCH ZU BIETEN HAT, UND LEEREN DIE BAR BIS AUF DEN LETZTEN TROPFEN! JETZT QUALMEN WIR HIER DRINNEN ALLES VOLL …« Der Sekt spritzt in alle Richtungen. »… UND FEIERN DEN LETZTEN ABEND IN *CAROLINES TAPAS*! PROST, FREUNDE!«

Alle stoßen miteinander an. Bente und ich liegen uns in den Armen. Ich trinke direkt aus der Flasche und höre, wie Rikard meinen Namen skandiert und Bente und alle anderen einstimmen.

62

Hin und wieder spiele ich sogar Minigolf, um die Zeit totzuschlagen. Hier gibt es eine Anlage mit neun Löchern. Die Bahnen sind ziemlich schief und ramponiert. Aber das sind wir Menschen auch, finde ich, und deswegen muss man die Dinge akzeptieren, wie sie sind, und versuchen, die tiefsten Risse zu umspielen. Wenn der Ball wegen der Unebenheit der Bahn verspringt, ist das nicht der Fehler der Bahn, sondern des Spielers, der den Ball in den Riss geschlagen hat. Bis vor Kurzem war eine Frau hier, die Bezirksmeisterin im Minigolf gewesen ist, bevor sie ihre sportliche Karriere zugunsten einer weniger erfolgreichen Laufbahn als Kreditkartenbetrügerin an den Nagel hängte. Sie hat diese Anlage gehasst. Nach anderthalb Runden zerdepperte sie ihren Schläger. Ich habe sie nicht gefragt, ob dieser entzweite Minigolfschläger es ihrer Meinung nach wert war, eine Woche lang Vogelhäuschen für lau zusammenzubauen, aber ich schätze, dass sie das nicht fand. Neulich war ich bei Sturm und Regen als Einzige draußen und habe mein bislang bestes Ergebnis erzielt. Beim Schulsport gehörte ich zu denen, die eine Ballphobie und alle zwei Wochen ihre Tage hatten, aber mittlerweile macht mir dieses Ballspiel richtig Spaß, und ich habe die Runde mit insgesamt dreiundzwanzig Schlägen beendet. Diesen persönlichen Bahnrekord habe ich mit einem Käsebrötchen gefeiert.

Ich sitze in der JVA Stortuna außerhalb von Hudiksvall ein. Es ist ein reines Frauengefängnis, auch das Wachpersonal besteht ausschließlich aus Frauen. Die Justizvollzugsanstalt umfasst drei völlig identische Gebäudekomplexe. Ich residiere in Haus drei, Zimmer 113. Das Gelände ist groß, und außer der Minigolfanlage gibt es noch einen kleinen Fußballplatz, eine Laufbahn und einen Fitnessraum. Die gesamte JVA wird von einem vielleicht drei Meter hohen Zaun umgeben – ohne Stacheldraht. Stortuna ist offiziell als »Sicherheitsklasse eins« eingestuft, aber alle betrachten es als offene Anstalt. Mernosh hatte recht. Weil ich weiß, dass ich abhauen könnte, will ich es nicht.

Die Justizvollzugsbeamtinnen haben noch nicht einmal das Recht, eine flüchtige Person aufzuhalten, sobald sie es nach draußen geschafft hat. Sie schreiben die Person nur zur Fahndung aus, und sobald die Polizei sie wieder eingefangen hat, wird sie in den geschlossenen Strafvollzug verlegt und bekommt ein paar Jahre extra aufgebrummt. Ich habe gehört, dass eine Frau aus Haus Nummer eins abgehauen ist, aber ich spiele nicht einmal mit dem Gedanken.

Heute ist der 2. August, es ist warm, und nicht das leiseste Lüftchen regt sich. Ich habe meine Haftstrafe am 24. Mai angetreten und werde – falls nichts Unvorhergesehenes geschieht – am 24. Januar entlassen. Ich mache meinen üblichen schnellen Morgenspaziergang und plane in Gedanken das heutige Abendessen. Wir sind Selbstversorger, in unserem Haus habe ich das Kochen übernommen. Mit zweiundvierzig Kronen pro Person und Tag kann man mit dem richtigen Koch schon eine vorzeigbare Mahlzeit auf den Tisch bringen.

Man hat hier eher das Gefühl, in einem Gesundheitscamp eingesperrt zu sein. Ich bewege mich jeden Tag, ernähre mich gesund und trinke natürlich keinen Alkohol. Mein Ellenbogen ist endlich wieder auf seine normale Größe geschrumpft.

Und ich lese jeden Abend. August, der es supercool findet, eine Schwester zu haben, die es in die Schlagzeilen geschafft hat und hinter Gittern sitzt, hat mir drei Gefängnisbücher geschickt. *Papillon*, *Der Graf von Monte Christo* und ein Tatsachenbericht mit dem Titel *438 Tage*, in dem es um zwei schwedische Journalisten geht, die über ein Jahr in einem äthiopischen Höllenknast gesessen haben, weil sie dubiosen Ölgeschäften auf der Spur waren. Ich weiß, dass ich nach dieser Lektüre wieder an meinem Bildungskomplex zu knabbern haben werde, deswegen spare ich mir das Buch noch auf. Aber *Der Graf von Monte Christo* hat mir gefallen. Wie Mernosh gesagt hat: angestaubte Sprache, aber megageile Story.

Seit Kurzem darf ich Besuch bekommen. Nächste Woche haben sich meine Mutter und mein Bruder angekündigt, Bente und Hannes waren letzte Woche hier. Wir haben die Gelegenheit zu einem effektiven Brainstorming über unser neues Gastro-Konzept genutzt. Neben *Carolines Tapas* werden wir ein zweites Restaurant eröffnen, das *Die Anstalt* heißen wird. Meine erste Idee war *Knast*, aber Bente meinte, dass es bereits eine Kneipe mit diesem Namen in Stockholm gebe. Die kulinarische Linie sind Eintöpfe, Schmorgerichte und günstige Innereien, die trotzdem gut schmecken. Und genau wie eine richtige Anstalt ist das Restaurant eine alkoholfreie Zone. Weil ich einen gewissen Bekanntheitsgrad erlangt habe und die ganze Stadt weiß, dass ich eine alte Dame aus Mitleid getötet habe, glaubt Bente, dass unsere Eröffnung ziemlich viel Aufmerksamkeit erregen wird. Egal wie sehr ich es hasse, dass die Zeitungen über mich schreiben, auch mir ist klar, dass uns das einen Blitzstart verschaffen wird, auf dessen Bugwelle wir erst einmal eine Weile surfen können. »Das neue Zauberwort heißt Storytelling«, sagt Bente. »Erfolgreiches Marketing basiert auf einer guten Hintergrundgeschichte, und die hast du!« Bente hat inzwischen Fernlehrgänge in Wirtschaftswissenschaft und Marketing belegt. Ich liebe sie dafür, dass sie die Sache so ernst nimmt, und sie findet selbst, dass sie ihre Kenntnisse vertiefen muss, wenn wir expandieren wollen. Und das wollen wir, nächstes Jahr.

Mit unserer Erfahrung wird uns nichts in der Welt stoppen können. Außerdem haben wir unsere Bank um den Finger gewickelt und verfügen über eine Dreiviertelmillion Kronen Startkapital.

Hier in der JVA schlafe ich wie ein Murmeltier und träume schöne Träume von Nancy.

Aber die Gerichtsverhandlung war ein Albtraum.

Es fing damit an, dass der Staatsanwalt auf zwölf Jahre wegen Mordes plädierte und sagte, dies sei ein glasklarer Mordprozess und ich eine heimtückische Mörderin. In meinem ganzen Leben bin ich noch nie so nervös gewesen, aber Bos Zeugenaussage brachte die Wende. Am Ende sah das Gericht es als zweifelsfrei erwiesen an, dass ich Nancy aus Mitleid getötet habe, um ihr weitere Qualen zu ersparen. Ich wurde zu einem Jahr wegen Totschlags verurteilt, was in der Praxis eine achtmonatige Haftstrafe bedeutet. Mehr als zwei Monate habe ich bereits abgesessen.

Maya, die ebenfalls als Zeugin gehört wurde, sagte aus, dass ich der beste Mensch sei, dem sie jemals begegnet wäre, und dass ich die Pflegekräfte sogar entlastet hätte, weil ich mich so liebevoll mit allen Patienten beschäftigte. Und als Bo im Zeugenstand saß, spulte Mernosh ihr Verhör genau so ab wie bei dem Probelauf in Bos Praxis. Bo machte einen extrem glaubwürdigen Eindruck. Der Staatsanwalt fiel mit demselben Getöse in die Grube wie die Maduskan in Michels Wolfsgrube. Bo hat sein Ausschlussverfahren so überzeugend dargelegt, dass ein deutlich vernehmbares Raunen durch den Gerichtssaal ging. Sogar einer der Schöffen konnte sich ein anerkennendes Lächeln nicht verkneifen. Nach Bos Aussage hatte der Staatsanwalt keine Chance mehr. Er will nicht einmal in Berufung gehen.

Seit ein paar Wochen habe ich eine neue Zellennachbarin. Sie heißt Selma und ist zweiundzwanzig. Obwohl ich nur fünf Jahre älter bin, komme ich mir vor wie ihre Mutter. Sie ist stark drogenabhängig, hat sämtliche Substanzen genommen, die man überhaupt nur nehmen kann, und kam mit extremen Entzugserscheinungen hier an. Ich habe dieses Höllenszenario aus Schweißausbrüchen und Muskelkrämpfen, das ein kalter Entzug mit sich bringt, mit eigenen Augen gesehen. Ab zehn Uhr abends musste ich sie diesen Kampf allein ausfechten lassen, denn nach zweiundzwanzig Uhr dürfen wir uns nicht mehr gegenseitig in den Zellen besuchen. Aber tagsüber habe ich über sie gewacht. Als sie auf der anderen Seite herauskam, hat sie mir von ihrem bisherigen Leben erzählt, das so voller Tod, Gewalt und sexueller Übergriffe war, dass meine Kindheit dagegen wie das reinste Bullerbü-Idyll erscheint.

Aber ich merke, dass Selma mit jedem Tag stärker wird, und sie liebt es, meine Geschichten zu hören. Wenn ich mein vergangenes Jahr für sie Revue passieren lasse, wird mir klar, dass ich vermutlich ziemlich skurril bin. Aber mein kleiner Bruder hat mir beigebracht, dass immer der Sieger die Geschichte schreibt, also schmücke ich meine Story etwas aus und stehe am Ende wie ein Engel da.

In den ersten Wochen haben Oscar und ich uns regelmäßig Briefe geschrieben. Um mir die Zeit zu vertreiben, habe ich abends erotische Novellen verfasst, sie enthielten sowohl sinnliche als auch ziemlich unverblümte Passagen. Ich habe seit meiner Schulzeit nichts mehr zu Papier gebracht, doch ich finde, ich bin gar nicht so schlecht im Schreiben. Leider werden sämtliche Briefe gelesen, bevor sie verschickt werden. Ich habe versucht, nicht daran zu denken, aber als Anita, die einzige Justizvollzugsbeamtin hier, die ich auf den Tod nicht ausstehen kann – sie ist ungefähr dreißig, muskulös, hat eine kurze Pottschnitt-Frisur und trägt immer Uniform –, anfing, Stellen aus meinen Briefen zu zitieren, habe ich meine literarischen Ambitionen wieder an den Nagel gehängt. Es reicht schon, dass mich alle hier als die »Oma-Mörderin« bezeichnen, ich muss nicht auch noch die »Pornoqueen« sein. Aber Anita hat mich regelrecht gestalkt und behauptet, sie fände es schade, dass ich nicht mehr schreiben würde. Das, was sie gelesen hätte, hätte ihr ausgesprochen gut gefallen. Ich habe mir alle Mühe gegeben, höflich zu ihr zu sein, aber die Frau jagt mir kalte Schauer über den Rücken. Eines Abends kam sie sogar zu mir in die Zelle und hat mich gefragt, ob ich eine Novelle extra für sie schreiben würde.

»Als Gegenleistung kann ich dir zum Essen ab und zu eine Flasche Wein organisieren und dir gewisse Vergünstigungen verschaffen, obwohl es dafür eigentlich noch zu früh ist.«

Ich habe ihr ins Gesicht gesagt, dass ich mich für niemanden prostituiere, und wenn sie mich auch nur noch ein einziges Mal in irgendeiner Weise stören würde, würde ich mich bei der Anstaltsleitung über sie beschweren. Sie hat wortlos meine Zelle verlassen, und seitdem grüßen wir uns nicht einmal mehr.

Ich denke immer seltener an Oscar. Er hat den Schlüssel zu mir gefunden, doch leider habe ich das obere Schloss verriegelt und alle Ersatzschlüssel verloren. Schade, aber es ist, wie es ist, und ich konzentriere mich ganz darauf, im Gefängnis zu überwintern und im Frühjahr die Stockholmer Gastro-Szene zu erobern.

DANK

Der Autor möchte folgenden Personen für ihre unschätzbare Hilfe bei verschiedenen Recherchen danken:

Bente Danielsson
Mikael Engström
Peter Frisk
Sophia Grigoriou
Mats Paulsen
Pella Persdotter
Mårten Stenström
Erik Söderlind
Johan Åkermark